KATHRYN TAYLOR

Ein Cottage für zwei.

KATHRYN TAYLOR

Ein Cottage für zwei

Roman

blanvalet

Sollte diese Publikation Links auf Webseiten Dritter enthalten,
so übernehmen wir für deren Inhalte keine Haftung,
da wir uns diese nicht zu eigen machen, sondern lediglich auf
deren Stand zum Zeitpunkt der Erstveröffentlichung verweisen.

MIX
Papier | Fördert gute Waldnutzung
FSC® C014496

Klimaneutral*
Druckprodukt
ClimatePartner.com/14044-1912-1001

Penguin Random House Verlagsgruppe FSC® N001967

1. Auflage

Redaktion: Anne Fröhlich
Umschlaggestaltung und -motiv: www.buerosued.de
LH · Herstellung: sam
Satz: KCFG – Medienagentur, Neuss
Druck und Bindung: GGP Media GmbH, Pößneck
Printed in Germany
ISBN: 978-3-7341-1096-2

www.blanvalet.de

1

Verdammt, sie kam zu spät! Julia nahm eine Hand vom Steuer und schob ihre Brille ein Stück nach oben. Sie hasste es, unpünktlich zu sein. Das passierte ihr sonst fast nie, und es machte sie noch nervöser, als sie ohnehin schon war.

Dabei konnte sie gar nichts dafür! Sie war heute Morgen so rechtzeitig in London losgefahren, dass sie eigentlich wie verabredet zum Tee in Cornwall hätte sein können. Aber dann war sie auf der M3 in gleich drei lange Staus geraten, und als sie die Autobahn endlich verlassen hatte, war kurz hinter Amesbury der Verkehr noch einmal komplett zusammengebrochen. Zahllose Besucher hatten versucht, auf den Parkplatz des berühmten Steinkreises von Stonehenge zu gelangen, und die anderen waren extrem langsam an dem Feld vorbeigefahren, um die eindrucksvoll angeordneten Felsbrocken zu bestaunen. Und so hatte Julia jetzt, kurz vor dem Ziel, fast vier Stunden Verspätung.

Die Sonne sank längst wieder über den grünen Hügeln und tauchte die raue Küstenlinie in ein goldenes Licht. Nach einem kurzen, aber heftigen Regenschauer war es kühler geworden, und in den ausgefahrenen Spurrillen stand noch Wasser. Ein kräftiger Wind wühlte das Meer auf, setzte helle Schaumkronen auf die Wellen, die unterhalb der Steilküste an die Strände rollten, und bewegte das hohe Gras und die Wildblumen am Straßenrand.

Gelegentlich säumten niedrige Mauern die Straße. An einer davon war ein Schild angebracht, und es verriet Julia, dass ihr Ziel, die kleine Ortschaft Carywith, jetzt nur noch ein paar Meilen entfernt lag. Während sie abbog, warf sie einen prüfenden Blick auf ihr Handy, das in einer an der Windschutzscheibe befestigten Halterung steckte. Laut Navigations-App erreichte sie das Dorf in etwa fünfzehn Minuten. Das bedeutete, sie würde um kurz nach acht ankommen. Unwahrscheinlich, dass Isobell Chegwin dann noch mit dem Tee auf sie wartete.

Julia überlegte, ob sie erneut im Cove Cottage anrufen sollte. Sie hätte so gerne Bescheid gesagt, dass sie sich verspätete, aber bei ihren bisherigen Versuchen war niemand rangegangen, was ihre Nervosität nur noch steigerte. Hatte sie sich etwa im Datum vertan? Oder ignorierte die alte Tierärztin das Klingeln des Telefons, weil sie es sich anders überlegt hatte? Der Gedanke ließ Julia das Gaspedal durchtreten. Nein, es musste klappen. Wenn sie den Zuschlag nicht bekam, dann …

Der Saugnapf der Handyhalterung gab ohne Vorwarnung nach und fiel mitsamt Handy auf den Schaltknüppel, rutschte von dort in den Fußraum des Beifahrersitzes.

»Nein!« Aus einem Reflex heraus beugte Julia sich vor und tastete danach, bekam das Handy jedoch nicht zu fassen. Als sie sich wieder aufrichtete und nach vorn blickte, sah sie voller Schrecken, dass der Mini viel zu weit nach links geraten war. Er rumpelte bereits über die Böschung und hielt auf einen kleinen runden Findling zu, der am Straßenrand aus dem Boden ragte. Entsetzt trat Julia die Bremse durch und riss das Steuer nach rechts, aber sie konnte nicht mehr ganz ausweichen. Der Wagen prallte mit einem hässlichen Krachen gegen den Stein, blieb jedoch nicht stehen, sondern fuhr weiter. Julia wurde in den Gurt gedrückt und durchgeschüttelt, als auch der Hinterreifen über den Stein rumpelte. Sie versuchte zu lenken, aber das Steuer reagierte kaum, ließ sich nur sehr schwer bewegen. Dann griffen endlich die Bremsen, und der Mini kam am Rand der Straße zum Stehen. Der Motor soff ab, und es wurde still.

Für einen langen Moment saß Julia mit wild klopfendem Herzen hinter dem Steuer und versuchte, wieder zu Atem zu kommen. Das ist nicht passiert, dachte sie verzweifelt. Sie war nicht so kurz vor dem Ziel gegen einen blöden Stein gefahren!

Vielleicht ist es ja nicht so schlimm, beruhigte sie sich und stieg aus, um sich den Schaden anzusehen. Aber leider war es sogar sehr schlimm. Die gesamte linke Front des Wagens war beschädigt. Die Stoßstange hing herunter, und der Kotflügel war verbogen. Außerdem stand das Vorderrad schräg, was vermutlich bedeutete, dass irgendetwas mit der Achse nicht mehr stimmte. In diesem Zustand würde sie damit nicht weiterfahren können.

»So ein Mist«, murmelte Julia und nahm die Umgebung in Augenschein. Es war noch ein gutes Stück bis Carywith, und hier gab es nichts außer Hügeln und Wiesen. Sie sah kein Haus und keinen Hof, nur die Straße, die ein paar Hundert Meter weiter über einen Hügel führte.

Was mach ich denn jetzt?, überlegte sie und entdeckte zu ihrer großen Erleichterung, dass sich aus der Richtung, aus der sie gekommen war, ein roter Sportwagen näherte.

»Hallo?« Julia trat einen halben Schritt auf die Straße und hob die Hand, winkte dem Fahrer zu. »Hallo, ich brauche Hilfe!«

Der Sportwagen, ein Aston Martin DB11, wurde nicht langsamer und rauschte an ihr vorbei. Dabei durchpflügte er die Pfütze in der Fahrrinne. Eiskaltes Wasser spritzte hoch und traf Julia, durchtränkte den Rock ihres geblümten Sommerkleides und sprenkelte das Oberteil. Dann brauste das Auto weiter den Hügel hinauf, bis es dahinter verschwand.

»Nein, nein, nein!« Entsetzt starrte Julia auf das Fleckenmuster, das sich auf ihren hellen flachen Pumps und dem Kleid abzuzeichnen begann. Tränen schossen ihr in die Augen, ohne dass sie es verhindern konnte.

Ganz ruhig, dachte sie und zwang sich, ein paarmal tief durchzuatmen. Es war nicht ihre Art zusammenzubrechen, egal was das Leben ihr in den Weg schleuderte. Andererseits war das in den letzten Wochen schon eine Menge gewesen, deshalb fiel es ihr schwerer als sonst, sich zusammenzureißen. Na ja, wenigstens konnte sie sich damit trösten, dass es nach den ganzen Desastern heute nicht mehr viel schlimmer werden konnte …

Ein weiteres Auto näherte sich, diesmal ein alter grauer Land Rover Defender mit weißem Dach. Julia trat instinktiv einen Schritt zurück, um nicht noch einmal unfreiwillig zu duschen. Doch das Auto hielt an, und ein Mann mit blonden Haaren streckte den Kopf aus dem heruntergekurbelten Fenster.

Er schien groß zu sein, und seinem Arm nach zu urteilen, den er quer auf das offene Fenster gelegt hatte, war er auch recht durchtrainiert. Julia sah die Sehnen, die sich unter seiner gebräunten Haut seines Unterarms abzeichneten, und den beeindruckenden Bizeps unter dem aufgekrempelten Hemdärmel.

»Brauchen Sie Hilfe?«, fragte er und musterte sie mit einer

Mischung aus Sorge und Belustigung, was Julia sehr unangenehm war. Hastig verschränkte sie die Arme vor der Brust.

»Ich hatte einen Unfall«, sagte sie. »Und jetzt fährt mein Auto nicht mehr.«

»Unfall?« Das Lächeln des Mannes erlosch. Er fuhr den Defender ein Stück weiter und parkte ihn vor Julias Mini. Dann stieg er aus, und während er auf sie zukam, fand Julia ihre Vermutungen bestätigt.

Er war tatsächlich groß und sportlich, mit breiten Schultern und Muskeln an den richtigen Stellen. Sein Alter schätzte sie auf Anfang dreißig, und seine blonden Haare waren für ihren Geschmack etwas zu lang. Aber er sah gut aus mit seinen strahlend blauen Augen, die einem sofort auffielen, und dem gepflegten Dreitagebart. Kleidungstechnisch war er eher der Holzfällertyp, mit Jeans, kariertem offenem Baumwollhemd über einem weißen T-Shirt und ausgetretenen Sneakers. Also nichts für mich, dachte sie, weil sie auf elegant gekleidete Männer stand. Nicht dass das eine Rolle spielte. Nach der Katastrophe mit Rob war sie definitiv nicht mehr auf der Suche …

»Wow, das sieht echt übel aus«, meinte der Mann, und Julia nahm wahr, dass er einen schottischen Akzent hatte. Er starrte auf die beschädigte Front des Mini und musterte dann Julia mit neuer Sorge. »Sind Sie verletzt?«

Sie schüttelte den Kopf. »Aber der Wagen fährt nicht mehr. Und ich muss dringend nach Carywith.«

Der Mann überhörte ihre Bemerkung, war offenbar immer noch mit dem Wagen beschäftigt. »Wie ist das denn passiert?«

»Ich bin gegen den Stein da gefahren.« Julia deutete auf den Findling, der ihr zum Verhängnis geworden war.

»Gegen den großen da?« Der Mann runzelte die Stirn. »Warum?«

Julia spürte, wie ihre Wangen warm wurden, weil ihr der Findling jetzt, wo sie ihn noch mal betrachtete, auch ziemlich unübersehbar vorkam.

»Ich … war abgelenkt«, erklärte sie ausweichend.

»Und wieso ist Ihr Kleid nass?« Der Mann blickte zum Himmel. »Es regnet doch gar nicht mehr.«

»Ein Sportwagen ist vorbeigerast und hat mich nass gespritzt«, erklärte sie und löste die Arme, um noch einmal an sich hinunterzublicken. Dabei fiel ihr auf, wie viel der nasse Stoff von ihrer Figur enthüllte, deshalb verschränkte sie die Arme gleich wieder.

»Können Sie mich vielleicht ein Stück mitnehmen?«, bat sie den Mann.

Er nickte. »Ich kann Sie sogar nach Carywith bringen. Dahin bin ich nämlich unterwegs.«

»Aber ich habe ein paar Sachen dabei«, wandte Julia ein, als er schon wieder in Richtung Jeep gehen wollte. »Die müssen wir auch mitnehmen.«

»Wenn ich sie noch reinkriege, gerne«, erwiderte er und folgte Julia zum Kofferraum des Minis.

»Nicht wundern«, erklärte sie, bevor sie die beiden Hecktüren öffnete, aber der Mann stieß trotzdem überrascht die Luft aus, als er den großen rechteckigen Käfig sah, der mit mehreren Handtüchern abgedeckt war. Die Tücher waren verrutscht, vermutlich durch die Erschütterungen eben.

»Was ist denn das?«, wollte er wissen.

»Das ist mein Goldhamster«, erklärte Julia. »Also sein Käfig. Aber er ist da irgendwo drin.«

Sie hob das Handtuch an und warf einen Blick durch die

Gitterstäbe. Doch von Bungee war nichts zu sehen, also hatte das Rumpeln ihn nicht geweckt – oder wenn, hatte es ihn offenbar nicht aus der Ruhe gebracht. Erleichtert zog Julia das Handtuch wieder gerade und richtete sich auf.

Der Mann musterte sie mit gerunzelter Stirn. »Sie nehmen Ihren Hamster mit auf Reisen?«

»Na ja, ich konnte ihn ja schlecht allein zu Hause lassen«, erwiderte sie und schob ihre Brille ein Stück hoch, so wie immer, wenn sie nervös war.

Der Mann schüttelte den Kopf. »Haben Sie denn niemanden, der auf ihn aufpassen kann, während Sie nicht da sind?«

Bei der Frage musste Julia schlucken. Nein, im Moment hatte sie niemanden, der das für sie tun konnte. Ihr Freund Rob hatte das sonst immer übernommen, und wenn er nicht konnte, hatte sie ihre beste Freundin Stella gefragt. Nur hatte Rob ihr kürzlich gestanden, dass er sich von ihr trennen wollte, weil er sich in Stella verliebt hatte. Die beiden waren jetzt ein Paar, weshalb Julia nicht nur keinen Freund und keine beste Freundin, sondern auch keinen Hamstersitter mehr hatte. Doch mit diesen traurigen Details ihres gerade sehr verkorksten Lebens wollte sie den Mann nicht langweilen, deshalb zuckte sie nur mit den Schultern.

»Ich bleibe eine Weile«, erklärte sie. »Zumindest glaube ich das.«

»Aber wissen tun Sie es nicht genau?« Der Mann betrachtete sie skeptisch. »Ist wirklich alles in Ordnung mit Ihnen? Haben Sie sich bei dem Unfall den Kopf gestoßen?«

»Nein«, erklärte Julia, peinlich berührt, und ärgerte sich, dass sie ihre momentan sehr unsichere Lage überhaupt erwähnt hatte. Vielleicht war sie durch den Schock wirklich ein bisschen durcheinander. Auf jeden Fall ging es den Mann nichts an, wie ihre Zukunftspläne aussahen, und sie hatte auch keine Lust, sie mit ihm zu diskutieren. Deshalb hob sie den Käfig vorsichtig aus dem Auto.

»Würden Sie die anderen Sachen nehmen?« Sie deutete mit dem Kinn auf die prall gefüllte Reisetasche und die große Plastiktasche mit Hamsterfutter und Streu, die sich noch im Kofferraum befanden.

Der Mann hob beides aus dem Wagen und betrachtete die Gepäckstücke skeptisch.

»Könnte tatsächlich eng werden«, murmelte er, und als sie einen Moment später bei seinem Defender ankamen und er die Hecktüren öffnete, begriff Julia, was er meinte.

Die komplette Ladefläche, die bis zu den vorderen Sitzen reichte, war eigentlich schon voll. Auf der rechten Seite stand eine Transportkiste mit Gittern für einen größeren Hund, die jedoch leer war. Daneben lagen ein verpacktes Zelt, ein nicht zusammengerollter Schlafsack, eine Isomatte, Werkzeuge, ein Seesack und mehrere Kartons ohne ersichtliche Ordnung übereinander. An der Ladekante stand außerdem noch ein Paar sehr dreckige Wanderschuhe.

Der Mann nahm die Schuhe und warf sie weiter nach vorne in den Wagen. Dann räumte er Zelt und Schlafsack so zur Seite, dass Julia den Hamsterkäfig neben der Hundekiste abstellen konnte.

»Ich sehe mal, wo ich den Rest unterbringe«, meinte er und räumte weiter das Gepäck um, während Julia zum Mini zurückkehrte, um ihre Handtasche und ihr Handy zu holen.

»Vorne muss ich auch noch aufräumen«, warnte der Mann sie, als sie zur Beifahrertür ging.

Und tatsächlich bot sich ihr, als sie die Tür öffnete, ein ähnlich chaotisches Bild. Im Fußraum lagen mehrere leere

Wasserflaschen und eine ebenfalls leere Kekspackung, auf dem Sitz diverse Landkarten und – zu Julias großer Überraschung – die aktuelle Ausgabe des *Journal of Veterinary Pharmacology and Therapeutics*, eine Fachzeitschrift für Tiermedizin, die sie selbst auch regelmäßig las.

»Sind Sie Tierarzt?«, erkundigte sie sich.

»Ja.« Er hatte die Hecktüren wieder geschlossen und kam zu ihr, schob sie ein Stück zur Seite und räumte die Sachen aus dem Fußraum und vom Sitz, indem er sie nach hinten stopfte. »Deshalb finde ich es auch nicht gut, dass Sie Ihren Hamster mit auf Reisen nehmen. Das ist doch viel zu viel Stress für den Kleinen.«

»Bungee ist sehr robust«, widersprach Julia ihm. »Und im Übrigen bin ich auch Tierärztin, also brauchen Sie sich keine Sorgen zu machen. Mein Hamster ist bei mir in den besten Händen.«

»Tierärztin?« Der Mann blickte über seine Schulter und musterte sie so ungläubig, dass ein vertrautes Gefühl der Wut in Julia aufstieg.

Sie hasste es nicht nur, unpünktlich zu sein, sondern auch, von Leuten nicht ernst genommen zu werden. Aber das passierte leider häufig, wenn man nur einen Meter fünfundsechzig groß und sehr zierlich war. Viele hielten sie deshalb für jünger und konnten kaum glauben, dass sie mit inzwischen sechsundzwanzig nicht nur ihr Studium der Veterinärmedizin erfolgreich abgeschlossen, sondern auch schon fast zwei Jahre Berufserfahrung hatte.

Dem Mann schien es ähnlich zu gehen. »Wo arbeiten Sie denn?«, fragte er, hörbar skeptisch.

»Im Moment nirgends. Ich …« Sie zögerte nur ganz kurz. »Ich mache mich gerade selbstständig.«

»Na, dann viel Erfolg.« Er verzog den Mund zu einem spöttischen Grinsen. Anscheinend rechnete er ihr wegen ihres vermeintlich fehlenden Wissens über die Bedürfnisse von Nagetieren nur wenig Chancen aus.

»Und Sie?«, fragte Julia zurück. »Wo arbeiten *Sie* denn?«

»Im Moment bin ich zwischen zwei Jobs.« Er strich mit der Hand über den Sitz und fegte ein paar Krümel nach draußen. »Ich habe die letzten Jahre im Ausland gearbeitet, jetzt schaue ich mal, wohin es mich verschlägt.«

»Im Ausland?«, hakte Julia, gegen ihren Willen neugierig, nach. »Wo denn?«

»Das letzte halbe Jahr in Skandinavien. Davor in Südafrika und davor in Indonesien«, erwiderte er. »Immer da, wo ich gerade gebraucht wurde. Tierärzte sind überall gefragt, und so konnte ich beim Arbeiten ein bisschen von der Welt sehen. Gefällt mir besser, als immer an einem Ort zu sein.«

»Ich bin gerne nur an einem Ort«, erklärte Julia, wohl wissend, dass ihr zu dieser Behauptung die praktischen Erfahrungen fehlten. Sie hatte sich immer ein festes Zuhause gewünscht, doch als einzige Tochter von zwei erfolgreichen Geschäftsleuten, die ständig durch die Weltgeschichte jetteten, hatte sie nie eines besessen. Als Kleinkind war sie mit ihren Eltern gereist, dann hatten die beiden sich scheiden lassen, und Julia war, sobald es Zeit für die Schule wurde, auf verschiedene Internate gegangen, wo sie sich nicht besonders wohlgefühlt hatte. Und selbst die Ferien waren ein Roulette gewesen, weil sie nie gewusst hatte, in welches Land sie diesmal fliegen musste, um Zeit mit ihrem Vater oder ihrer Mutter zu verbringen. Dieses unstete Leben hatte in Julia die tiefe Sehnsucht geweckt, endlich mal irgendwo anzukommen. Sie wollte einen Ort, an den sie gehörte, und hatte eigentlich

London dafür ausgewählt. Doch dort konnte sie nicht mehr bleiben, deshalb begann die Suche von vorn …

Der Mann, der ihr jetzt wieder den Rücken zuwandte und irgendetwas hinter den Sitzen zurechtrückte, schnaubte leise.

»Was?«, fragte Julia, leicht ungehalten.

Er wandte sich zu ihr um, und ihr fiel wieder auf, wie groß er war. Sie reichte ihm gerade mal bis zur Schulter. Mit skeptischem Blick sah er auf sie herunter.

»Wenn das Vagabundenleben nichts für Sie ist, warum muten Sie es dann Ihrem Hamster zu?«

»Weil es …« Julia hob die Arme und ließ sie wieder fallen. »Es ging eben nicht anders.«

Mühsam schluckte sie gegen den Kloß an, der ihr plötzlich im Hals saß. Herrgott, sie wollte nicht vor diesem blonden Hünen in Tränen ausbrechen. Aber das würde sie, wenn er noch lange auf der Tatsache herumritt, dass sie im Moment verdammt allein war.

»Können wir jetzt fahren?«, bat sie.

Er trat einen Schritt zur Seite und deutete auf den Beifahrersitz. »Bitte sehr.«

Julia zögerte, denn besonders einladend wirkte das abgeschabte und teilweise beschädigte Leder immer noch nicht.

»Sehen Sie es positiv«, meinte der Mann, der ihren skeptischen Blick offenbar richtig gedeutet hatte. »Hätte ich top gepflegte Velourledersitze, würde ich Sie mit Ihrem dreckigen Kleid vielleicht nicht so gerne darauf Platz nehmen lassen.«

Erschrocken sah Julia ihm dabei zu, wie er den Wagen umrundete und an der Fahrerseite einstieg. Er hat recht, dachte sie beschämt. Sie konnte froh sein, dass er angehalten hatte und nicht einfach weitergefahren war wie der rote Sportwagen. Das war schon sehr nett von ihm gewesen.

»Tut mir leid«, sagte sie. »Ich wollte Ihnen keine Umstände machen.«

Er machte eine wegwerfende Handbewegung. »Passt schon. Steigen Sie ein.«

Julia blickte noch mal zurück zu ihrem Mini, der beschädigt am Straßenrand stand, dann zog sie sich an der Tür hoch und setzte sich auf den Beifahrersitz. Der nasse Rock berührte unangenehm kalt ihre Beine.

»Denken Sie, es ist okay, wenn ich den Wagen erst mal hierlasse?«, fragte sie, während sie sich anschnallte. »Ich kümmere mich gleich morgen darum, dass er in die nächste Werkstatt abgeschleppt wird. Es gibt hier doch sicher eine?«

»Das weiß ich nicht«, gestand er. »Früher ja, aber ich war schon einige Jahre nicht mehr in Carywith.«

Er startete den Motor. Das Gebläse sprang an, und der kalte Luftzug ließ Julia in ihrem nassen Kleid frösteln. Sie dachte an ihre Jacke, die sie heute Morgen in ihre Reisetasche gestopft hatte, weil das Juliwetter so schön gewesen war. Den Mann bitten, die Tasche noch mal aus dem Auto zu holen, wollte sie nicht, das würde nur Zeit kosten, und sie war sowieso schon unglaublich spät dran. Deshalb verschränkte sie nur die Arme vor der Brust und wartete darauf, dass es losging.

Der Mann warf ihr einen Seitenblick zu. »Ist Ihnen kalt?«

»Es geht schon«, erklärte sie. »Bitte, können wir fahren? Ich habe es ein bisschen eilig.«

Er griff hinter seinen Sitz und zog mit einigen Mühen eine dunkelblaue Sweatjacke heraus. »Hier, die können Sie überziehen, wenn Sie wollen.«

Julia nahm die Jacke entgegen, die ihr mehrere Nummern zu groß war. »Aber dann wird sie dreckig«, gab sie zu bedenken.

»Das macht nichts«, erwiderte der Mann. »Na los, so viel Zeit muss sein. Sie klappern ja gleich mit den Zähnen.«

Hastig schnallte Julia sich noch einmal ab und schlüpfte in die Jacke. Sie musste die Ärmel umkrempeln, aber der dicke Sweatstoff wärmte sie sofort angenehm.

»Danke.« Sie schloss den Reißverschluss der Jacke und schnallte sich wieder an, während der Mann den Jeep zurück auf die Straße lenkte.

Erst jetzt registrierte Julia den männlichen Duft, den die Jacke verströmte. Es war eine Mischung aus Zeder, Moos und Seife, die sie sehr angenehm fand, aber die sie gerade deshalb auch irritierte. Genauso warm und wohlriechend wäre vermutlich eine Umarmung des Mannes gewesen, und das fühlte sich viel zu intim an, schließlich kannten sie sich gar nicht.

»Ich bin übrigens Henry«, sagte er, fast so, als hätte er ihren Gedanken erraten, und setzte den Blinker, um einem Straßenschild zu folgen. »Henry Campbell.«

»Julia Shaw«, erwiderte sie und betrachtete den Mann von der Seite. Campbell war ein schottischer Name. Und dann noch der deutlich hörbare Akzent …

»Sie kommen nicht aus Carywith, oder?«

»Nein«, bestätigte er. »Ich besuche hier nur eine alte Freundin.«

Julia fragte sich, ob das Adjektiv auf das Alter der Freundin bezogen war. Oder meinte er, dass er sie schon lange kannte? Eine Ex-Freundin vielleicht? Er sah irgendwie so aus, als hätte er Erfolg bei Frauen. Jedenfalls bei denen, die auf Chaoten stehen, dachte sie und warf einen schnellen Blick über ihre Schulter auf das achtlos gestapelte Gepäck.

Die Straße führte über einen weiteren Hügel, und Julia stieß überrascht die Luft aus.

»Ist das Carywith?«

Henry Campbell nickte. »Schön, oder?«

Da konnte Julia ihm nur zustimmen, denn das Fischerdorf, das sich unten an den Rand der Bucht schmiegte, war wirklich ganz zauberhaft. Kleine Häuser, deren Steinfassaden teilweise weiß getüncht waren, standen dicht beieinander, ein Kirchturm ragte aus den Dächern heraus, und im Hafen lagen die Boote hinter der Kaimauer nicht an Stegen, sondern waren einfach mit einem gewissen Abstand zueinander im Hafenbecken festgemacht.

Julia hatte im Internet viel über Carywith recherchiert und wusste, dass gerade Flut sein musste. Bei Ebbe würden die Boote nämlich wie gestrandete Wale auf dem Strand liegen und warten müssen, bis das Wasser zurückkam. Das betraf auch die Fischerboote direkt an der Kaimauer, über denen zahlreiche Möwen ihre Kreise zogen. Weiter draußen am Ende der Landzunge entdeckte Julia außerdem den kleinen Leuchtturm, der den Schiffen den Weg wies.

Sie seufzte tief und vergaß für einen Moment ihr dreckiges, nasses Kleid und die Sorgen, die sie sich wegen ihrer Verspätung machte.

Es war richtig, an diesen idyllischen Ort zu fahren, weit weg von London, dachte sie. Hier konnte sie endlich zur Ruhe kommen und vergessen, was in der St. George's Vet Clinic passiert war. Und hier lief sie auch nicht Gefahr, Rob und Stella zu begegnen und mitansehen zu müssen, wie die beiden miteinander turtelten …

»Alles okay?« Henry Campbell warf ihr einen Seitenblick zu, und Julia merkte zu ihrem Schrecken, dass sich eine Träne aus ihrem Auge gelöst hatte. Hastig nahm sie ihre Brille ab und wischte sich über die Wange.

»Ja, alles gut«, versicherte sie ihm.

Er griff an ihr vorbei und öffnete das Handschuhfach, zog zwischen den vielen Dingen, die darin herumflogen, zielsicher eine Packung Taschentücher hervor. »Hier.«

Julia nahm die Taschentücher dankbar an. Sie schnäuzte sich und stopfte das benutzte Taschentuch in ihre Handtasche. Dann klappte sie die Sonnenblende herunter und blickte in den kleinen Spiegel.

Na toll, dachte sie und nahm sich noch ein Taschentuch, um damit den schwarzen Strich wegzuwischen, den die Träne über ihre Wange gezogen hatte. Normalerweise schminkte sie sich kaum, aber heute hatte sie Eyeliner und Wimperntusche aufgetragen. Es betonte ihre bernsteinfarbenen Augen, die das Auffälligste an ihr waren, wie sie fand. Die dünne Fassung ihrer Brille war deshalb goldfarben – weil das gut zusammenpasste. Ansonsten war sie nicht wirklich etwas Besonderes. Ihre Gesichtszüge waren gleichmäßig und weder auffällig schön noch hässlich, mit einer geraden Nase und geschwungenen Lippen. Ihre langen Haare, die eine fiese Klassenkameradin mal als »mausbraun« bezeichnet hatte, waren zu einem Pferdeschwanz zusammengefasst, doch einzelne Strähnen lösten sich bereits daraus. Und sie war wie immer viel zu blass. Ihre Haut neigte generell eher zu Sonnenbrand als zu Sonnenbräune, aber im Moment war sie weiß wie die Wand, und das betonte die dunklen Schatten unter ihren Augen. Sie schlief einfach nicht mehr gut in letzter Zeit, weil ihr das alles so zusetzte. Dann noch der schreckliche Tag heute – war es da ein Wunder, dass sie nicht aussah wie das blühende Leben?

Julia klappte die Sonnenblende energisch wieder hoch, und als sie nach vorn blickte, sah sie, dass sie den Ortsrand von Carywith erreicht hatten.

Wohin müssen Sie denn?«, erkundigte sich Henry Campbell.

»Zum Cove Cottage«, erwiderte Julia. »Das liegt etwas außerhalb des Ortes, an der Ocean Road.« Sie kramte ihr Handy heraus. »Warten Sie, ich kann Ihnen genau sagen, wo Sie …«

»Ich weiß, wo das ist«, sagte er und musterte sie mit neuem Interesse. »Da wohnt Isobell Chegwin. Sie ist die alte Freundin, die ich besuchen will.«

»Oh!« Julia starrte ihn an, erschrocken darüber, dass sie nicht viel früher geschaltet hatte. Herrje, er war auch Tierarzt! Und wenn er ebenfalls zum Cove Cottage wollte, dann war das vielleicht kein Zufall! »Aber Sie sind nicht wegen der Praxis hier, oder?«, erkundigte sie sich vorsichtig.

»Wegen Isobells Tierarztpraxis?«, fragte er zurück. »Wieso? Was ist denn damit?«

»Doktor Chegwin will sich zur Ruhe setzen«, erwiderte Julia. »Sie verkauft das Haus und die Praxis.«

Sie sah die Anzeige wieder vor sich, auf die sie bei ihren Recherchen im Internet gestoßen war. *Altes Cottage in Cornwall mit angeschlossener Tierarztpraxis an Nachfolger/in zu verkaufen* hatte es darin geheißen, und Julia hatte sofort gewusst, dass das die Lösung für sie war. Schon als Kind hatte sie immer davon geträumt, Landtierärztin zu sein. So wie in »Der Doktor und das liebe Vieh«, der Lieblingsserie ihres Kindermädchens. Nala hatte alle Folgen auf DVD besessen, und es gehörte zu Julias glücklichsten Kindheitserinnerungen, auf dem Schoß der Spanierin zu sitzen und den Geschichten um die Tierärzte James Herriot und Siegfried und Tristan Farnon zu folgen, die in einem Dorf in Yorkshire praktizierten. Manchmal war sie sogar sicher, dass ihr Entschluss,

Veterinärmedizin zu studieren, etwas mit diesem Kindheitserlebnis zu tun hatte.

Ihre Eltern waren total entsetzt gewesen über ihren Berufswunsch, beide hatten erwartet, dass ihre einzige Tochter in ihre Fußstapfen treten und in die Wirtschaft gehen würde. Ihr Vater hatte sogar gedroht, ihr die Studiengebühren nicht zu bezahlen. Zum Glück war Julias Großtante Paige vermögend genug gewesen, um für sie in die Bresche zu springen. Auntie Paige hatte sie immer unterstützt, und ihr war es am Ende auch gelungen, Julias Eltern davon zu überzeugen, dass Julia ihren eigenen Weg gehen musste.

Und genau das hatte Julia getan. Sie hatte ihr Studium der Veterinärmedizin in Rekordzeit beendet, und zwar so gut, dass sie anschließend sofort von einer der renommiertesten Tierkliniken Londons angeworben worden war. Und dort wäre sie jetzt vermutlich auch noch angestellt, wenn die Sache mit Dominion nicht passiert wäre. Der Skandal um das wertvolle Rennpferd hatte Julias Leben massiv aus der Bahn geworfen, und für einige lange, dunkle Wochen hatte sie nicht mehr gewusst, was sie tun sollte. Erst die Anzeige von Isobell Chegwin hatte das geändert. Ein Cottage in Cornwall mit angeschlossener Praxis war der Ausweg, nach dem Julia gesucht hatte. Und den würde sie sich auch nicht nehmen lassen, deshalb hielt sie Henry Campbells forschendem Blick stand.

»Isobell will … was?«, fragte er, sichtlich entsetzt.

»Sie verkauft das Cottage und die Praxis«, wiederholte Julia. »Und zwar an mich. Das hat sie mir mündlich schon zugesagt, und ich bin hier, um …«

»Nein, da irren Sie sich«, unterbrach er sie. »Ich bin Isobells Nachfolger. Wenn sie die Praxis tatsächlich aufgibt, dann geht sie an mich.«

2

»Aber …« Julias Gedanken rasten zurück zu ihrem Telefonat mit der alten Tierärztin. »Das kann nicht sein! Ich habe gestern noch mit Doktor Chegwin gesprochen, und da meinte sie, es gäbe keine weiteren Bewerber.«

Henry Campbell wich einem Transporter aus, der ihm auf einer der engen Gassen im Ort entgegenkam.

»Ich muss mich nicht bewerben«, erklärte er. »Diese Abmachung haben Isobell und ich schon getroffen, als ich damals mein Studium begonnen habe. Sie meinte, dass ich die Praxis übernehmen kann, wenn ich das will. Das habe ich sogar schriftlich.«

Julia schwieg. Ihr war plötzlich kalt, und sie achtete nicht mehr auf den Hafen, an dem sie jetzt vorbeifuhren. Ihre Gedanken überschlugen sich. Konnte das wirklich sein, dass ausgerechnet der Mann, der ihr in ihrer Not geholfen hatte, ihr die eine Sache wegnahm, die überlebenswichtig für sie war?

Nein, so haben wir nicht gewettet, dachte sie und spürte, wie ihr Kampfgeist zurückkehrte.

»Doktor Chegwin hat Sie nicht erwähnt«, beharrte sie. »Und Sie haben eben selbst noch gesagt, dass Sie nicht wissen, wie es für Sie weitergeht. Da war von einer Praxisübernahme noch nicht die Rede.«

Henry Campbell hupte, weil ein anderes Auto ihn nicht

passieren ließ, dann bog er ab, und Julia sah, dass sie dabei waren, den Ort wieder zu verlassen.

»Ich hatte keine Ahnung, dass Isobell aufhören will«, erklärte er. »Aber wenn es so ist, dann trete ich selbstverständlich ihre Nachfolge an. So war es immer verabredet.« Er deutete nach vorn. »Aber wir können Isobell auch selbst fragen, wem von uns sie die Praxis gibt. Wir sind nämlich gleich da.«

Julia sah, dass sich der Weg vor ihnen gabelte. Henry folgte dem linken Abzweig einen kleinen Hügel hinauf. Nach einer sanften Rechtskurve lag das Cottage vor ihnen.

Die letzten rosavioletten Streifen am Himmel tauchten das Haus mit dem tiefgezogenen Reetdach und dem schwarzweißen Fachwerk in ein zauberhaft warmes Licht. Ein Garten umgab das Anwesen, mit knorrigen Bäumen und üppigen Stauden und Blumen, deren Blüten sich zur Nacht bereits geschlossen hatten. In die niedrige Steinmauer, die das gesamte Grundstück umgab, war ein weiß gestrichenes, einladend geöffnetes Tor eingelassen, durch das Henry den Defender fuhr. Als er auf dem großen Platz vor dem Haus neben einem dunkelgrünen Range Rover anhielt, sah Julia, dass sich hinter dem Cottage noch ein weiteres Gebäude anschloss, das sie ebenfalls schon von den Fotos im Internet kannte. Es war der ehemalige Stall, der erweitert und zur Praxis umfunktioniert worden war. Weiter hinten auf dem Grundstück erkannte sie außerdem noch etwas, das wie ein kleines Gartenhaus aussah.

Julia konnte es kaum fassen. Auf den Bildern hatte Cove Cottage schon zauberhaft gewirkt, aber in natura war es …

»Perfekt«, murmelte sie und sah zu Henry Campbell, der den Kopf zu ihr gewandt hatte.

»Das finde ich auch.« Seine blauen Augen funkelten herausfordernd, während er schwungvoll die Fahrertür öffnete und den Wagen verließ. Mit langen Schritten ging er zum Cottage.

»Warten Sie!« Julia wollte ihm folgen, doch als sie ausstieg, merkte sie, dass sie immer noch die viel zu große Sweatjacke trug. Verärgert öffnete sie den Reißverschluss, um sie abzustreifen – und sah die Flecken auf ihrem Kleid. Sie überlegte kurz und beschloss dann, dass die Jacke das kleinere Übel war. Schnell schloss sie den Reißverschluss wieder und umrundete das Auto.

Henry Campbell stand schon an der Haustür, die sich gerade öffnete. Licht fiel aus dem Innern des Cottages und umgab die alte Frau, die im Türrahmen erschien, wie ein Heiligenschein. Sie musste um die siebzig sein, war groß und schlank und hielt sich sehr gerade. Ihr schlohweißes Haar war in ihrem Nacken zu einem Pferdeschwanz zusammengefasst, und sie trug einen braunen Rock und einen langen grünen Cardigan, den sie vor der Brust zusammenhielt.

»Duncan, jetzt sag nicht, du hast schon wieder …« Sie hielt inne, und ein strahlendes Lächeln erschien auf ihrem faltigen Gesicht. »Henry!«, rief sie entzückt und streckte die Arme aus. »Ja, ist das denn die Möglichkeit! Was machst du denn hier?«

»Hallo, Isobell.« Henry ging auf sie zu und drückte sie fest an sich, was Julia, die jetzt ebenfalls vor der Tür ankam, einen Stich versetzte. Die beiden kannten sich offenbar wirklich gut.

»Meine Güte, wie lange ist das her?«, fragte die alte Dame, als sie sich wieder von Henry löste. »Sechs Jahre?«

»Ziemlich genau«, bestätigte er, während Isobells Blick auf Julia fiel.

»Und wer ist das?«, fragte sie lächelnd. »Deine Freundin?«

»Nein, das ist Julia Shaw«, erklärte er, bevor Julia es schaffte, sich selbst vorzustellen. »Ihr Auto ist draußen auf der Landstraße liegen geblieben, deshalb habe ich sie mitgenommen.«

»Ach, Doktor Shaw, natürlich!« Die alte Tierärztin nickte und betrachtete Julia noch einmal genauer. »Mit Ihnen hatte ich, ehrlich gesagt, nicht mehr gerechnet. Ich dachte, Sie hätten es sich anders überlegt.«

»Nein, das habe ich nicht«, erklärte Julia hastig. »Ich wurde nur aufgehalten, deshalb bin ich so spät dran. Ich habe versucht, Sie anzurufen und Ihnen das mitzuteilen. Aber es ist niemand rangegangen.«

»Oh, das kann sein«, erklärte Isobell Chegwin. »Ich musste heute Mittag raus zur Farm vom alten Duncan. Er hatte Sorge um eines seiner Schafe. Es war zum Glück nur eine Kolik, aber es hat eine Weile gedauert. Und zwischendurch war ich im Garten. Wenn ich nach meinen Blumen sehe, vergesse ich manchmal die Zeit.« Sie lächelte versöhnlich. »Und Sie hatten Schwierigkeiten mit Ihrem Auto, sagt Henry? Was ist denn passiert?«

»Ich hatte einen kleinen Unfall.« In wenigen Worten schilderte Julia ihre Panne, ohne allzu deutlich darauf einzugehen, dass sie selbst schuld daran war, weil sie nicht aufgepasst hatte. Dafür erklärte sie, wieso sie eine Jacke trug, die ihr viel zu groß war und ihren Aufzug ganz sicher lächerlich wirken ließ.

»Mister Campbell war so nett, mir auszuhelfen«, sagte sie mit einem Seitenblick auf den blonden Hünen, der für ihren Geschmack zu dicht neben ihr stand. Seine Größe war ein bisschen einschüchternd, vor allem jetzt, wo sie wusste, dass sie Konkurrenten waren.

»Das war aber nett von dir, Henry«, sagte Isobell Chegwin.

»Aber du warst ja schon immer ein Gentleman.« Sie betrachtete Julia mitleidig. »Wollen Sie sich vielleicht erst mal umziehen?«

Julia war kurz versucht, das Angebot anzunehmen. Doch dann hätte sie Henry mit der alten Dame allein lassen müssen, und die Chance wollte sie ihm nicht geben, deshalb schüttelte sie den Kopf. »Nein, es geht schon.«

»Na, dann kommt erst mal rein«, meinte Isobell Chegwin. »Ich werde uns Tee machen und mal nachsehen, was ich noch an Essen im Haus habe.«

Julia und Henry sahen sich an. »Nach Ihnen«, sagte er und ließ ihr mit grimmiger Miene den Vortritt.

Den Eingangsbereich mit den hübschen Steinfliesen erkannte Julia sofort von den Bildern wieder, die sie im Netz gesehen hatte. Es gab einen kleinen Tisch, auf dem eine Vase mit frischen Blumen stand, und einen mit blauem Samt bezogenen Sessel. Die Farbe changierte leicht, und Julia musste sofort an das Meer denken. Links daneben führte eine Holztreppe nach oben in den ersten Stock, rechts ging ein Flur in den hinteren Teil des Hauses.

An dieser Stelle endete jedoch die Ähnlichkeit mit den Fotos, die Julia kannte. Denn offensichtlich hatte Isobell schon angefangen, ihre Sachen für den Umzug zu packen. Auf der Treppe stapelten sich Bücher, und im Flur standen mehrere Kartons. Eine Lampe mit aufgewickeltem Kabel lag darauf.

»Ihr müsst entschuldigen«, sagte Isobell. »Ich sortiere gerade aus. Über die Jahre hat sich einfach zu viel angesammelt, und das möchte ich nicht alles mitnehmen.«

»Dann stimmt es also?«, erkundigte sich Henry. »Du verlässt Carywith?«

Die alte Dame nickte. »Ich ziehe zu meiner Cousine nach Nottingham. Emma hat den Tod ihres Mannes nicht gut verkraftet. Sie lebt in einem großen Haus mit Garten und möchte nicht allein sein – und wenn ich ganz ehrlich bin, will ich das auch nicht mehr. Ich werde nicht jünger, und es ist besser, wenn ich diesen Schritt jetzt gehe. Solange ich hier wohne, würde ich niemals aufhören zu arbeiten.«

Henry schüttelte den Kopf. »Aber …«

»Geht doch schon mal vor in den Salon«, unterbrach Isobell ihn und deutete in den Flur. »Ich mache nur schnell den Tee. Ich bin gleich zurück.«

Sie verschwand durch eine Tür, hinter der Julia die Küche vermutete. Henry brummte etwas Unverständliches und ging dann weiter durch den Flur. Julia folgte ihm in den Raum ganz hinten rechts, der offensichtlich als Wohnzimmer diente.

Ein hoher Zeitschriftenstapel auf dem Couchtisch und zwei übereinandergestellte Kartons in einer Ecke zeugten davon, dass Isobell hier offenbar auch schon mit dem Ausmisten angefangen hatte. Ansonsten war jedoch alles noch an seinem Platz: ein Sofa und zwei Lehnsessel, die bequem aussahen und mit einem hübschen Stoff mit Blumenprint bezogen waren, standen vor dem Kamin, und mehrere Bücherschränke mit Glastüren, übervoll mit alten, ledergebundenen Büchern, flankierten den kleinen Sekretär unter dem einzigen Fenster. An den Wänden hingen gerahmte Bilder, die allesamt Blumenmotive zeigten, und zwei große gläserne Flügeltüren führten auf eine Steinterrasse hinaus. Von dort aus sah man nicht nur den Garten, sondern etwas weiter entfernt auch das Meer. Es war genauso schön wie auf dem Foto, das Julia gesehen hatte, und ihr Herz schlug schneller, weil sie jetzt noch sicherer war, dass sie dieses Haus unbedingt haben wollte. Aber würde sie es bekommen?

Sie blickte zu Henry Campbell hinüber, der an die Glastür getreten war und hinausstarrte. Seine Hände steckten in den Taschen seiner Jeans, und seine Schultern wirkten angespannt. Dass er ihr den Rücken zuwandte, kam ihr fast demonstrativ vor, so als wollte er ihre Anwesenheit absichtlich ignorieren. Aber er kannte sie schlecht, wenn er glaubte, dass sie sich davon beeindrucken ließ. Wenn sie eins gelernt hatte während der harten Jahre im Internat, dann sich nicht einschüchtern zu lassen. Sie mochte klein sein, aber das bedeutete nicht, dass sie sich alles gefallen ließ …

Als hätte er ihre Gedanken gehört, drehte Henry sich plötzlich wieder zu ihr um. Ihre Blicke trafen sich, und Julia schluckte, als sie die Traurigkeit sah, die für eine Sekunde in seinen blauen Augen lag. Dann aber funkelte er sie wieder so wütend an wie zuvor im Wagen.

»Wie kommen Sie eigentlich darauf, dass eine Tierarztpraxis auf dem Land etwas für Sie wäre?«, fragte er. »Sie sind doch völlig ungeeignet! Das muss jemand machen, der weiß, wie die Leute hier ticken. Jemand, der Isobell würdig ersetzen kann.«

Julia schluckte, aber sie hielt seinem Blick stand. »Ach, und das können Sie?«

»Jedenfalls bin ich sehr viel geeigneter als Sie«, setzte er seine Tirade fort. »Ich habe früher alle meine Ferien bei Isobell verbracht. Durch sie habe ich von der Pike auf gelernt, was Tierärzte hier draußen machen. Außerdem kenne ich mich in Carywith aus. Sie dagegen können nicht mal unfallfrei über eine freie Landstraße fahren und kutschieren obendrein noch Ihren Hamster durch die Gegend! Das sagt doch alles!«

Seine Worte trafen Julia, aber sie wich nicht zurück, sondern trat einen Schritt auf ihn zu, blickte zu ihm auf.

»Ach ja? Na, wenn der Inhalt unserer Autos Rückschlüsse auf unsere berufliche Befähigung zulässt, dann würde ich sagen, dass Isobell sich gut überlegen sollte, Ihnen die Praxis oder das Cottage mit dem gepflegten Garten anzuvertrauen. Sie würden es doch schaffen, diesen Ort im Nullkommanichts ins Chaos zu stürzen.«

Henry blinzelte, und an seiner Wange zuckte ein Muskel, wie Julia zufrieden registrierte. Doch dann schluckte sie erneut, weil er weiter auf sie zukam. Sie standen jetzt dicht voreinander, und er beugte sich drohend zu ihr herunter.

»Gut, geschenkt, dann sind Sie vielleicht organisierter als ich«, knurrte er. »Aber hier geht es nicht darum, wer die Papiere besser in Aktenordner heften kann, sondern wer es schafft, die Tiere der Leute optimal zu versorgen. Und wir reden hier nicht von Hamstern. Hier müssen Bullen kastriert und Kälber und Fohlen auf die Welt geholt werden. Sie werden ja wohl nicht leugnen, dass Ihnen dafür die körperlichen Kräfte fehlen.«

»Sie sollten mich nicht unterschätzen, Mister Campbell«, gab sie zurück. »Vor allem dann nicht, wenn Sie meinen beruflichen Werdegang nicht kennen. Ich habe in meinem letzten Job vor allem mit Pferden gearbeitet und weiß mir durchaus zu helfen, wenn ein Tier mehr wiegt als mein kleiner Bungee.«

Henry Campbell ballte die Hände zu Fäusten und starrte sie grimmig an, aber zumindest für den Moment schienen ihm die Argumente ausgegangen zu sein.

»Na, worüber redet ihr denn so angeregt?« Die alte Dame betrat lächelnd den Salon. Sie trug ein Tablett mit drei dampfenden Bechern Tee und einem großen Teller mit Sandwiches und stellte es auf dem Couchtisch ab.

Julia wich einen Schritt von Henry zurück, und er tat dasselbe und fuhr sich mit der Hand durchs Haar.

Isobell schien jetzt zu merken, wie aufgeladen die Stimmung zwischen ihnen war, und runzelte besorgt die Stirn. »Oder streitet ihr euch etwa?«

»Ja, das tun wir«, stieß Henry hervor. »Weil Miss Shaw behauptet, du hättest ihr zugesagt, dass sie das Cottage und die Praxis kaufen kann.«

Isobell setzte sich auf das Sofa. »Ja, so ist es. Die Details müssen wir natürlich noch klären, aber da sie bis jetzt die einzige Interessentin ist, werden wir uns sicher einig werden.«

»Genau«, bestätigte Julia erleichtert. »Da werden wir uns sogar ganz bestimmt einig.«

Henry lief jetzt nervös auf und ab und fuhr sich immer wieder mit der Hand durch sein blondes Haar, das ihm gleich zurück in die Stirn fiel.

»Aber das geht nicht, Isobell. Du hast mir die Praxis versprochen, weißt du nicht mehr?« Er blieb stehen und sah sie eindringlich an. »Du hast gesagt, ich kann sie übernehmen, wenn ich will.«

Die alte Dame überlegte einen Moment. »Ja, das stimmt. Aber …« Sie schüttelte den Kopf. »Henry, das war vor einer Ewigkeit. Du warst doch zuletzt nur noch im Ausland unterwegs, und ich habe dich seit Jahren nicht zu Gesicht bekommen. Ich dachte, das hättest du längst vergessen.«

»Nein, das habe ich nicht!« Er zog ein schon reichlich ramponiertes Portemonnaie aus der Gesäßtasche seiner Jeans und klappte es auseinander, öffnete eines der Fächer und holte nach einigen Schwierigkeiten einen zusammengefalteten Zettel heraus. Die Kanten waren vergilbt, und das Papier klebte zusammen, dennoch gelang es ihm, es zu entfalten. Julia sah, dass etwas Handgeschriebenes darauf stand. Henry reichte Isobell den Zettel, die ihn überrascht entgegennahm.

»Mein Gott, das hast du noch?«

Julia schluckte. »Was steht da drauf?«

»›Hiermit erkläre ich, Henry William Campbell, dass ich Tierarzt werde, weil es der beste Beruf der Welt ist‹«, zitierte er aus dem Kopf.

»Und ich habe druntergeschrieben: ›Hiermit erkläre ich, Isobell Belinda Chegwin, dass Henry William Campbell eines Tages meine Praxis übernehmen darf, wenn er tatsächlich Tierarzt wird‹«, ergänzte Isobell. Sie hatte Tränen in den Augen. »Meine Güte, Henry, das haben wir aufgeschrieben, als du zwölf warst. Hast du das wirklich die ganzen Jahre bei dir getragen?«

Er nickte. »Es war immer mein Traum, in deine Fußstapfen zu treten. Ich möchte …«

»Nein!« Der Ausruf entfuhr Julia spontan. Sie wandte sich an Isobell. »Ich war zuerst da! Sie haben mir gestern zugesagt, dass ich die Praxis kaufen kann. Das war auch schon immer *mein* Traum. Ich muss neu anfangen, und dieses Haus ist perfekt. Ich liebe es jetzt schon!« Sie schluckte gegen den Kloß an, der ihr plötzlich im Hals saß. »Bitte, Doktor Chegwin, verkaufen Sie an mich. Ich werde mich gut um alles kümmern, darauf können Sie sich verlassen.«

»Das kommt nicht infrage! Ich habe die sehr viel älteren Rechte«, beharrte Henry und deutete auf den Zettel. »Wie ich belegen kann.«

»So eine Briefbotschaft ist doch kein bindender Vertrag«, schimpfte Julia. »Das bedeutet gar nichts!«

»Immerhin habe ich etwas Schriftliches«, erwiderte Henry. »Sie dagegen …«

»Stopp! Nicht streiten!«, rief Isobell. Sie war ganz blass geworden. »Meine Güte, das tut mir so leid! Ich habe Henry damals wirklich versprochen, dass er die Praxis bekommen kann, wenn er sie will. Daran habe ich nur nicht mehr gedacht. Und Ihnen habe ich auch schon fest zugesagt, Doktor Shaw. Was mache ich denn jetzt?«

Sie schwieg einen langen Moment, dann hob sie in einer hilflosen Geste die Arme. »Ich kann die Praxis nicht teilen, und das Haus auch nicht. Also muss ich eine Entscheidung treffen. Aber dafür muss ich erst noch etwas wissen. Und zwar von …« Sie sah Julia an, dann schwenkte ihr Blick zu Henry. »Und zwar von dir.«

3

»Bist du dir ganz sicher, dass du die Praxis übernehmen willst?«

Henry sah den fragenden Ausdruck in Isobells Augen, und für einen kurzen Moment überkamen ihn Gewissensbisse. Nein, er war nicht sicher. Dafür war seine Zukunft zu ungewiss.

Aber er konnte auch nicht zulassen, dass er diesen Ort verlor, der in seiner Vorstellung immer seine ultimative Zuflucht gewesen war. Wenn Julia Shaw die Praxis übernahm, dann konnte er nicht mehr hierherfahren, wenn es ihm schlecht ging – so wie jetzt. Dann würde sie alles verändern und auslöschen, was diesen Ort so besonders machte. Das würde er verhindern, zur Not, indem er die Praxis erst einmal übernahm. Wie er das Problem dann löste, wusste er noch nicht, das würde sich finden. Hauptsache, Julia Shaw schnappte ihm nicht weg, was in seinen Gedanken immer seins gewesen war. Deshalb nickte er entschlossen.

»Ja, das will ich. Das sagte ich doch.«

»Aber Sie haben das reichlich spontan entschieden«, warf Julia ein. Sie trat einen Schritt auf ihn zu und schob einen der umgekrempelten Ärmel der Sweatjacke hoch, der sofort wieder herunterrutschte. Die Jacke hing an ihr wie ein Sack, bedeckte ihr Kleid fast vollständig. Nur der Rocksaum schaute unten heraus. »Auf der Fahrt sagten Sie noch, dass Sie nicht wissen, wie es für Sie weitergeht. Erst als Sie erfuhren, dass die Praxis zum Verkauf steht, ist Ihnen plötzlich eingefallen, dass Sie sie auch haben wollen. Das klingt für mich nicht nach einem wohlüberlegten Entschluss.«

Henry musterte Julia mit einer Mischung aus Ärger und Verzweiflung. Herrgott, diese Frau war die Pest! Er hatte sie komplett unterschätzt, als er sie vorhin am Straßenrand hatte stehen sehen. Sie war keine besondere Schönheit; klein und zierlich, mittelbraunes Haar, Brille. In ihrem nass gespritzten Kleid hatte sie hilflos gewirkt, aber das war sie nicht, im Gegenteil. Julia Shaw wusste sich zu wehren und hielt dagegen, wenn man sie angriff. Und vor allem schien sie überhaupt nicht beeindruckt zu sein von ihm, was ihn ziemlich irritierte. Er war es gewohnt, dass ihm seine Größe von einem Meter neunzig und seine kräftige Statur eine Art natürlichen Respekt verschafften. Das schien für Julia jedoch nicht zu gelten. Sie wich kein Stück zurück, wenn er sie anging, und auch jetzt blitzten ihre bernsteinfarbenen Augen angriffslustig hinter ihren Brillengläsern.

Hätte ich doch bloß nicht angehalten, dachte er. Wenn er weitergefahren wäre, dann wäre er vor Julia Shaw hier gewesen und hätte eine bessere Chance gehabt, die Situation zu kontrollieren. Aber das hatte er nicht fertiggebracht, weil sie ausgesehen hatte, als käme sie nicht klar. Sein Fehler!

Er fuhr sich wieder durch die Haare, wie immer, wenn er aufgebracht war. »Ich hatte keine Gelegenheit, es vorher zu entscheiden, weil ich nicht wusste, dass du dich zur Ruhe setzen willst, Isobell«, rechtfertigte er sich. »Wenn du es mir gesagt hättest, dann wäre ich längst hergekommen, um die Übernahme mit dir zu klären.«

Die alte Dame hob die Augenbrauen. »Und wie hätte ich

das machen sollen? Ich wusste ja nicht mal, in welchem Land du dich gerade aufhältst. Du hast dich ewig nicht mehr bei mir gemeldet.«

Henry ließ sich auf einen der Sessel sinken. »Ich bin nicht gut in so was, das weißt du doch. Kontakt halten, Postkarten schreiben. Aber ich bin hier, oder nicht? Ich wollte nach dir sehen, weil ich viel an dich gedacht habe, vor allem in letzter Zeit. Das hier …« Er hob die Hände und blickte sich im Raum um. »Das ist der einzige Ort, an dem ich mich je zuhause gefühlt habe.«

Er dachte an die vielen Sommer seiner Kindheit, die er in Cornwall verbracht hatte. Seine Großmutter hatte sich die Aufenthalte nur leisten können, weil sie umsonst im Gartenhaus bei der Tochter einer alten Freundin untergekommen war: bei Isobell. Für Henry waren die Aufenthalte in Cove Cottage ein Rettungsanker gewesen. Nach dem plötzlichen Tod seiner Eltern hatte er sich in sich zurückgezogen, war bockig und schwierig gewesen. Aber Isobell hatte es geschafft, ihn zu erreichen, und nicht nur das: Sie hatte ihn auch in der Praxis mitarbeiten lassen und ihn für den Beruf begeistert, den er heute mit großer Freude ausübte. Für all das war er ihr immer noch dankbar. Über die Jahre war Isobell eine mütterliche Freundin geworden, und während des Studiums hatte er sie oft besucht und sich vorgestellt, dass er eines Tages hier leben würde.

Aber dann, je länger seine Reisen gedauert hatten, war die Vorstellung, irgendwo sesshaft zu werden, immer mehr in den Hintergrund gerückt. Er hatte noch an Isobell und Cornwall gedacht, aber da waren ständig neue Herausforderungen gewesen, denen er gefolgt war. Er liebte dieses Vagabundenleben und hatte geglaubt, dass er noch alle Zeit der Welt hatte, seine alten Pläne wieder aufzugreifen. Aber die hatte er nun wohl doch nicht. Über seinem Kopf schwebte ein Damoklesschwert, und er hatte keine Ahnung, wie es für ihn weitergehen würde. Das war auch der Grund, warum er überhaupt hierher nach Cornwall gekommen war: weil er gerade jetzt seinen Rückzugsort brauchte. Und deshalb würde er um ihn kämpfen.

»Du hast keine Ahnung, wie wichtig mir Cove Cottage ist«, sagte er zu Isobell. »Oder du. Ohne dich wäre ich heute nicht, wo ich bin.«

Sie lächelte ihn wehmütig an. »Das freut mich. Ich habe mir früher immer gewünscht, dass du meine Nachfolge antrittst. Aber das kommt jetzt sehr plötzlich, Henry. Wenn du dich nur etwas früher gemeldet hättest! Jetzt stehe ich auch bei Doktor Shaw im Wort. Wobei …« Sie wandte sich an Julia. »Was macht Sie so sicher, dass Carywith das Richtige für Sie ist? Wollen Sie hier wirklich langfristig bleiben, obwohl Sie die Gegend gar nicht kennen?«

»Ja, das möchte ich.« Julia setzte sich sehr vorsichtig auf den noch freien Sessel, aber nur auf die Kante. Vermutlich wollte sie nicht, dass der dreckige Saum ihres Kleides das Möbelstück berührte. Henry ahnte, weshalb sie sich nicht umzog – damit er keine Gelegenheit hatte, mit Isobell allein zu sein. Dafür nahm sie die Unbequemlichkeit ihrer nassen Sachen in Kauf. Sie war zäh, das musste er ihr lassen. Wahrscheinlich sollte er nicht unterschätzen, wie sehr sie das Cottage wollte.

Julia ignorierte ihn, konzentrierte sich nur auf Isobell. »Ich habe vielleicht keine persönliche Bindung an diesen Ort, so wie Doktor Campbell, aber als ich die Fotos im Internet gesehen habe, wusste ich sofort, dass ich mich hier wohlfühlen werde. Cove Cottage ist genau das, was ich gesucht habe.«

Isobell legte den Kopf schief und musterte Julia aus zusammengekniffenen Augen. Henry kannte diese Geste. Es bedeutete, dass sie gerade mit sich kämpfte, ob sie ehrlich sein sollte.

»Verzeihen Sie, wenn ich das sage, aber Sie sind sehr jung, und die Bauern in dieser Gegend sind in vielerlei Hinsicht recht konservativ«, wandte sie ein. »Es wäre für Sie unter Umständen nicht ganz einfach, sich hier als Tierärztin durchzusetzen.«

Julia reckte das Kinn. »Sie haben es doch auch geschafft, oder nicht?«

Isobell nickte. »Aber ich bin hier geboren und aufgewachsen, und einfach war es trotzdem nicht, das kann ich Ihnen sagen.«

»Das Risiko gehe ich ein«, erklärte Julia. »Ich schaffe das schon.«

Isobell lächelte, offenbar zufrieden. »Und London wird Ihnen nicht fehlen?«

»Nein. Da hält mich nichts mehr.« Julias Antwort kam schnell, und Henry hätte schwören können, dass für einen Moment ein gehetzter Ausdruck in ihren Augen gelegen hatte.

»Und werden Sie hier allein wohnen?«, wollte Isobell von Julia wissen. »Oder haben Sie Familie?«

Henry sah, wie Julia schluckte. »Ich bin allein. Bis vor Kurzem war das anders. Aber das … hat sich erledigt.« Sie senkte den Kopf, starrte auf ihre Hände, wirkte mit einem Mal sehr verletzlich. Henry dachte an den Moment im Auto, als sie fast geweint hätte. Irgendetwas machte ihr zu schaffen, aber wie vorhin schon hatte sie sich sofort wieder im Griff und hob beinahe trotzig das Kinn. »Ich würde das alles gerne hinter mir lassen. Ein Neuanfang ist das, was ich jetzt brauche. Und Cove Cottage wäre perfekt dafür.«

Isobell nickte nur und ging nicht weiter auf das Thema ein. Doch in ihrem Lächeln lag Verständnis. Julia Shaw gefiel ihr, das konnte Henry ihr ansehen. Verdammt!

»Das ist alles schön und gut. Aber ich habe die älteren Rechte«, erklärte er. »Ich finde Cove Cottage auch perfekt. Und ich *weiß*, dass ich hier klarkomme.«

Isobell schwieg und ließ den Blick zwischen ihm und Julia hin- und herschweifen. Dann deutete sie auf den Teller mit Sandwiches auf dem Tablett. »Esst doch erst mal etwas«, sagte sie. »Ihr habt doch sicher Hunger.«

Sie lächelte unverbindlich, und ihrem Gesichtsausdruck konnte Henry nicht entnehmen, wen sie als Nachfolger oder Nachfolgerin bevorzugte. Es schockierte ihn, dass Isobell überhaupt überlegen musste. Aber daran war er selbst schuld. Warum hatte er sich nicht öfter gemeldet in den letzten Jahren? Für ihn war ihre Freundschaft offenbar zu selbstverständlich gewesen, und das rächte sich jetzt.

Frustriert hob er das Schinken-Sandwich zum Mund – und hielt inne, weil es nicht nach Schinken roch. Tatsächlich roch er gar nichts, und als er hastig hineinbiss, schmeckte das belegte Brot, von dem er sicher war, dass es köstlich sein musste, pappig und fad.

»Stimmt was nicht?«, erkundigte sich Isobell.

»Nein, alles in Ordnung.« Henry lächelte gegen die Angst an, die ihn plötzlich erfasst hatte. Es war diese Woche schon das zweite Mal, dass er nichts riechen konnte. Aber er wollte jetzt nicht darüber nachdenken, was das über das Fortschreiten seines Zustands aussagte. »Wie geht es denn eigentlich dem alten Duncan?«, erkundigte er sich, um das Thema zu wechseln. »Ist er immer noch so geizig wie früher?«

»Es ist sogar schlimmer geworden«, bestätigte Isobell. »Er verhandelt über jede Rechnung mit mir. Und als ich ihm letztens sagte, dass ich seine Tiere nicht mehr behandele, wenn das weiter so ein Stress ist mit ihm, hat er mich zum Essen eingeladen, um mich milde zu stimmen. Es gab einen Teller Hühnersuppe für jeden. Mehr nicht. Und getrunken haben wir den Wein, den ich als Gastgeschenk mitgebracht hatte. Er hatte nur Wasser da.«

Sie lachte, und während Henry einstimmte, warf er Julia einen Seitenblick zu. Sie hatte sich auch ein Sandwich genommen, aß aber nicht, sondern starrte nur schweigend zwischen ihm und Isobell hin und her. An dieser Unterhaltung konnte sie sich nicht beteiligen, und das verschaffte ihm eine gewisse Genugtuung. Vielleicht musste er seine alte Freundin nur daran erinnern, wie vertraut ihm hier alles noch war, um die Stimmung in seine Richtung zu kippen.

»Und wie steht es inzwischen mit Penrose House?«, erkundigte er sich. »Hat sich für den alten Kasten endlich ein Käufer gefunden?«

»Ja, ach, das weißt du ja alles noch gar nicht!«, rief Isobell. »Warte, da muss ich ein bisschen weiter ausholen …«

Julia musste sich zwingen, ihr Gurken-Sandwich zu essen. Die Unterhaltung zwischen Henry Campbell und Isobell Chegwin raubte ihr den Appetit. Die beiden schwelgten in Erinnerungen und tauschten Neuigkeiten über Leute aus, deren Namen Julia nichts sagten. Und das hatte den Effekt, den Henry mit seinen tausend Fragen vermutlich beabsichtigte: Sie fühlte sich wie eine Statistin – anwesend, aber unwichtig.

Herrgott, sie hasste diesen Kerl! Wenn er nicht vorbeigekommen wäre, hätte sie vielleicht etwas länger gebraucht, um Cove Cottage zu erreichen. Aber dann würde sie jetzt schon die Details des Kaufvertrages mit Isobell verhandeln. Stattdessen musste sie sich mit diesem blonden Hünen messen und versuchen, ihn zu übertrumpfen, was ihr im Moment fast hoffnungslos vorkam.

Normalerweise war sie nicht so leicht unterzukriegen, aber Henry Campbells Auftauchen war ein Tiefschlag zu viel, nachdem die vergangenen Wochen schon zwei Vollkatastrophen für sie bereitgehalten hatten. Sie wusste nicht einmal, was schlimmer war – dass ihr Freund und ihre beste Freundin jetzt ein Paar waren, oder dass sie ihren Job verloren hatte wegen eines Fehlers, den sie gar nicht begangen hatte. Die Kündigung bot rein objektiv gesehen mehr Anlass zum Verzweifeln, denn zuerst hatte sie geglaubt, nie wieder als Tierärztin arbeiten zu können. Schließlich hatte die Sache ihren Ruf – zumindest in London und Umgebung – nachhaltig ruiniert. Aber das machte sie nicht hilflos. Sie konnte aktiv nach einem Ausweg suchen.

Ihre private Katastrophe hingegen ließ sich nicht lösen. Sie konnte nicht ändern, dass Robs Liebe jetzt Stella galt und nicht mehr ihr, und das machte sie immer noch fertig, weil es in ihrem Leben so weite Kreise zog. Dass er sie betrogen hatte, wäre allein schon schlimm genug gewesen. Aber dass er es mit der einzigen Person getan hatte, der Julia blind vertraut hatte, war der ultimative Verrat. Darüber kam Julia einfach nicht hinweg. Stella war eine Konstante in ihrem Leben gewesen, schon seit ihrer Schulzeit, und ihre einzige Freundin in England. Jetzt hatte sie Liebeskummer wegen Rob, aber die Person, der sie ihr Leid hätte klagen können, war auch nicht mehr da. Mit dem Ergebnis, dass sie sich so allein fühlte wie noch nie in ihrem Leben …

»Geht es Ihnen gut, meine Liebe?« Isobells Stimme riss Julia aus ihren Gedanken und ließ sie überrascht aufblicken. Die alte Tierärztin musterte sie besorgt. »Sie sind so blass.«

Julia setzte sich gerader hin. »Es war ein langer Tag«, sagte sie. »Ich bin nur ein bisschen erschöpft, das ist alles.«

»Ja, das kann ich mir vorstellen.« Isobell blickte auf ihre Armbanduhr. »Vielleicht wäre es besser, wenn wir den Abend beschließen. Ich brauche ein bisschen Ruhe, damit ich mir darüber klar werden kann, wie wir das Problem mit dem Cottage lösen.«

Henry und Julia tauschten einen Blick.

»Heißt das, du weißt noch nicht, wem du es geben willst?«, fragte Henry.

Isobell nickte. »Ich muss eine Nacht darüber schlafen. Aber das ist ja nicht schlimm, Doktor Shaw wollte ohnehin ein paar Tage bleiben. Und du doch sicher auch, Henry?«

Er nickte. »Ich kann im Gartenhaus übernachten, so wie immer.«

»Das habe ich schon Doktor Shaw zugesagt, weil das Gästezimmer voller Kartons steht. Man glaubt ja gar nicht, was alles zusammenkommt, wenn man mit dem Ausmisten einmal anfängt«, erklärte Isobell. »Aber im Gartenhaus steht ja auch noch die alte Ausziehcouch. Denkt ihr, ihr könnt euch heute Nacht damit arrangieren, euch das Haus zu teilen?«

Julia sah wieder zu Henry, diesmal entsetzt. Sie hatte überhaupt keine Lust, sich ihre wie auch immer geartete Unterkunft mit ihm zu teilen. Andererseits – wenn sie es ablehnte, würde Isobell ihn vielleicht doch hier im Haus unterbringen, und dann konnte er sie weiter in seinem Sinne bearbeiten …

»Es wird schon irgendwie gehen«, erwiderte sie hastig. »Nicht wahr, Mister Campbell?«

4

Henry hielt Julias Blick stand. Er ahnte, wieso sie so kompromissbereit war: Er sollte keine Gelegenheit bekommen, mit Isobell allein zu sein. Dabei hätte er auch mit Schlafsack und Isomatte irgendwo im Haus auf dem Boden schlafen können. Doch bevor er das vorschlagen konnte, klatschte Isobell in die Hände.

»Ach, schön! Dann passt das ja«, rief sie und sah so zufrieden aus, dass Henry nichts mehr einwandte. Es funktioniert ja genauso in die andere Richtung, dachte er grimmig. Wenn er im Gartenhaus schlief, konnte auch er ein Auge auf Julia Shaw haben. Wie hieß es doch: Halte deine Freunde nah bei dir, und deine Feinde noch näher.

»Seid mir nicht böse, aber ich glaube, dann ziehe ich mich jetzt zurück«, fuhr Isobell fort. »Das Gartenhaus ist offen, das Bett habe ich heute Morgen schon bezogen, und das Bettzeug für die Couch findet ihr in der Truhe. Du kennst dich ja aus, Henry.«

Sie brachte Julia und Henry nach draußen und wünschte ihnen eine gute Nacht. Dann schloss sie die Tür und ließ sie auf dem Vorplatz allein.

Julia blickte zu Henry auf, aber in dem spärlichen Licht der Außenlampe konnte er den Ausdruck in ihren Augen nicht erkennen. Wirkte sie ein bisschen unsicher? Oder bildete er sich das nur ein?

»Tja, dann wollen wir mal«, sagte er und ging zu dem Defender. Er öffnete die Hecktüren, aber bevor er nach seinem Seesack greifen konnte, war Julia schon neben ihm und hob den Hamsterkäfig heraus.

»Würden Sie den Rest meiner Sachen nehmen?«, bat sie.

Na, die hat Nerven, dachte er. »Warum denken Sie, dass ich Ihnen diesen Gefallen jetzt noch tue?«, fragte er wütend.

»Weil Doktor Chegwin gesagt hat, dass Sie ein Gentleman sind«, erwiderte sie und lächelte ihn an. »Stimmt das etwa nicht?«

Er antwortete nicht, weil er zu überrascht davon war, wie hübsch sie aussah, wenn sie lächelte. Es hatte etwas so Entwaffnendes, dass er kurz vergaß, worum es gerade ging. Dann drangen ihre Worte in sein Bewusstsein, und er verzog das Gesicht, als ihm klar wurde, dass ihm nichts anderes mehr übrig blieb, als ihre Taschen zu tragen.

Missmutig beugte er sich in den Wagen und kramte seinen Seesack hervor. Er griff sich auch Julias Reisetasche und den Beutel mit den Sachen für den Hamster. Mit mehr Schwung als nötig warf er die Hecktüren zu und folgte Julia zum Gartenhaus.

Rechts und links des Weges leuchteten kleine Solarlampen am Boden, und im Haus ging in diesem Moment das Licht an, das Julia eingeschaltet haben musste. Als Henry sich der Tür näherte, überkam ihn ein unglaubliches Gefühl von Nostalgie. Das Gartenhaus war in den Ferien immer sein Zuhause gewesen, und beim Betreten stellte er erleichtert fest, dass sich während der letzten Jahre kaum etwas verändert hatte.

Die Möbel im Wohnzimmer, in das man durch die Haustür gelangte, waren noch dieselben wie früher: eine abgewetzte blaue Schlafcouch mit einer ganzen Batterie von Sofakissen darauf, davor eine Truhe, die zugleich als Couchtisch und zur Aufbewahrung von Bettzeug diente, ein quadratischer Esstisch mit zwei einfachen Holzstühlen, die irgendjemand mal passend zu den blau geblümten Vorhängen und Kissenbezügen hellblau gestrichen hatte. Ein fest angebrachtes Regal neben dem Fenster und eine winzige Kochnische. Die Stofffarben waren inzwischen verblasst, und Henry vermutete, dass es immer noch ein bisschen abgestanden roch, wie so oft in Räumen, die selten genutzt wurden. Wahrnehmen konnte er das leider nicht, oder zumindest traute er seiner Nase in dieser Hinsicht nicht mehr.

Mit einem unterdrückten Seufzen stellte er die Taschen ab und richtete seine Aufmerksamkeit wieder auf Julia, die auf dem Sofa saß. Sie hatte den Hamsterkäfig vor sich auf den Boden gestellt und das Handtuch heruntergenommen. Die Klappe des Käfigs stand auf, und der Goldhamster saß auf Julias Hand und putzte sich.

»Das ist also der berühmte Bungee?« Gegen seinen Willen neugierig, ging Henry zum Sofa hinüber und blickte auf das kleine Nagetier hinunter, das völlig entspannt wirkte.

Julia strich dem Hamster über das Köpfchen. »Ich wollte nur mal nach ihm sehen,« sagte sie. »Eigentlich lasse ich ihn abends immer ein bisschen rumlaufen, aber hier ist alles neu, und die Fahrt war bestimmt auch für ihn aufregend. Deshalb verschieben wir das auf morgen, nicht wahr, Bungee?«

Sie lächelte den Hamster liebevoll an, während sie ihn zurück in seinen Käfig setzte. Dann ging sie zu den Taschen und kramte in dem Beutel, vermutlich um Futter für Bungee herauszuholen.

Henry beobachtete den Goldhamster, der sich kurz umsah und dann nicht in dem Häuschen aus Ton, sondern in einer

Röhre verschwand, deren Ende aus der dicken Schicht Streu herausragte. Kurz darauf tauchte er in einer anderen Ecke des Käfigs wieder auf und lief die Rampe hinauf auf die zweite Ebene, wo sein Futternapf stand. Dort wartete er, bis Julia zurück war und seinen Napf mit einer Handvoll Körner füllte. Bungee stopfte sich die Körner in die Backentaschen, bis sie ganz voll waren, dann lief er die Rampe wieder hinunter und verschwand in der Streu.

»Wohin ist er gegangen?«, erkundigte sich Henry, während Julia den Inhalt der Wasserflasche prüfte.

»In seine Röhren«, erwiderte sie und schloss den Käfig. »Ich habe ein ganzes System davon unter der Streu vergraben. Darin wohnt Bungee. Da gefällt es ihm besser als im Häuschen.«

Henry hatte diese Art von Unterbringung noch nie gesehen, aber er fand die Idee ausgesprochen gut, weil sie der natürlichen Lebensweise von Hamstern besonders nahekam. Er wollte sein Lob gerade aussprechen, als ihm wieder einfiel, dass Julia seine Konkurrentin war. Deshalb sagte er nichts.

Julia hatte sich ihre Reisetasche und ihre Handtasche geholt und ging damit auf die geöffnete Tür zu, hinter der das Schlafzimmer lag.

»Hey, Moment mal!« Henry war mit zwei Schritten bei der Tür und versperrte Julia den Weg. »Wir haben noch nicht geklärt, wer das Schlafzimmer bekommt.«

»Es ist doch wohl klar, dass ich es bekomme.« Entrüstet blickte sie zu ihm auf. »Ich hatte meinen Besuch angekündigt, und Doktor Chegwin hat mir das Gartenhaus zugesagt. Sie dagegen sind spontan dazugekommen, und ich bin so nett und lasse Sie hier schlafen.« Sie schob ihre Brille nach oben. »Also kriege ich das Bett und Sie die Couch.«

Henry wusste, dass sie recht hatte. Bei jeder anderen Frau

und in jedem anderen Gartenhaus hätte es auch gar nicht zur Debatte gestanden, dass er der Dame natürlich die bequemere Variante abtrat. Aber Julia Shaw konnte er das Feld nicht kampflos überlassen, schon gar nicht in diesem Fall.

»Das ist mein Zimmer«, erklärte er und wies über seine Schulter hinter sich. »In dem Bett dort schlafe ich, seit ich sieben Jahre alt war, bei jedem meiner Besuche hier.«

»Dann sollten Sie die Couch dringend mal ausprobieren.« Julia schlüpfte an ihm vorbei, bevor er es verhindern konnte, und stellte die Taschen im Schlafzimmer auf den Boden. »Jemand, der so abenteuerlustig ist wie Sie, macht doch sicher gerne neue Erfahrungen.« Sie kam zurück zur Tür und machte sie ihm vor der Nase zu.

Mit einer Mischung aus Fassungslosigkeit und Wut starrte Henry auf das Türblatt. War das zu glauben?

»Ich kann mir auch meinen Schlafsack und meine Isomatte holen und drüben im Cottage übernachten«, rief er. »Wäre Ihnen das lieber?«

Er hörte Julia im Zimmer rumoren. Dann ging die Tür wieder auf, und sie streckte ihm seine Sweatjacke hin. »Danke für's Leihen.«

Überrumpelt nahm er die Jacke entgegen und sah Julia zu, wie sie ins Zimmer zurückkehrte und sich hinunterbeugte, um in ihrer Reisetasche zu kramen. Sie hatte die Nachttischlampe angeschaltet, und in dem Licht zeichnete sich ihr Körper unter dem nassen Stoff ihres Kleides ab. Henry sah ganz automatisch genauer hin und registrierte ihre Proportionen. Sie war schlank, aber nicht dünn, mit Rundungen an den richtigen Stellen …

Nicht dass das eine Rolle spielt, erinnerte er sich selbst und riss seinen Blick los.

Julia holte ein paar Sachen aus der Tasche und hielt sie gegen ihre Brust gepresst, als sie wieder auf Henry zukam.

»Haben Sie mir nicht zugehört?«, erkundigte er sich. »Ich sagte, ich kann auch drüben im Haus schlafen.«

»Dann machen Sie das«, erwiderte sie mit einem Schulterzucken. »Ich hatte zwar den Eindruck, dass Doktor Chegwin ganz froh darüber war, dass wir uns hier für die eine Nacht arrangieren. Aber von mir aus klingeln Sie die alte Dame ruhig wieder raus, wenn Sie das für klug halten.«

Henry biss die Zähne zusammen und kämpfte gegen den Impuls, Julia zu packen und zu schütteln. Es machte ihn wahnsinnig, dass dieses kleine Biest schon wieder recht hatte. Es war nicht ratsam, noch mal ins Cottage zurückzukehren und Isobell zu nerven.

»Ich gehe jetzt duschen.« Julia zog die Schlafzimmertür hinter sich zu und ging nach nebenan ins Bad. Der Schlüssel drehte sich im Schloss.

»Isobell wird sich für mich entscheiden, ich hoffe, das ist Ihnen klar«, rief Henry durch die Tür. »Das ist so sicher wie das Amen in der Kirche.«

Für einen Moment herrschte Stille. »Ach ja?«, hörte er Julia schließlich antworten. »Dann frage ich mich, warum sie noch eine Nacht darüber schlafen muss. Klang für mich, als wäre sie nicht ganz sicher, ob sie Ihnen trauen kann. Also würde ich an Ihrer Stelle mit dem ›Halleluja‹ noch ein bisschen warten!«

Die Dusche ging an, und das Rauschen des Wassers übertönte Henrys unterdrückten Fluch. Er kehrte zur Couch zurück und ließ sich daraufsinken. Als ein Rascheln ertönte, blickte er zum Hamsterkäfig. Bungee saß in seinem Sandbad und putzte sich seelenruhig.

»Zur Hölle mit deinem Frauchen«, sagte Henry und seufzte

tief. Dann hob er den Deckel der Truhe an und holte das Bettzeug heraus, um sich die Couch herzurichten.

Julia hielt den Atem an und lauschte, aber über dem Rauschen des Wassers konnte sie nichts mehr aus dem Wohnzimmer hören. Sie hatte die Dusche angestellt, obwohl sie noch gar nicht so weit war, um Henry Campbell davon abzuhalten, sie weiter anzugreifen. Ihr Herz hämmerte wild, und sie musste ein paarmal tief durchatmen. Herrje, hatte der Mann eigentlich irgendeine Ahnung, wie bedrohlich er wirkte, wenn er wütend war?

Es hatte Julia ihre gesamte Selbstbeherrschung gekostet, sich nicht anmerken zu lassen, dass sie Angst hatte. Nicht davor, dass er ihr etwas tun würde – sie war sicher, dass sie in dieser Hinsicht nichts von ihm zu befürchten hatte. Aber er bedrohte ihren Traum. Und er hatte recht: Ihre Chancen, sich gegen ihn durchzusetzen, waren minimal. Wenn sie das Gespräch vorhin beim Essen richtig gedeutet hatte, dann standen Isobell Chegwin und Henry sich wirklich nahe. Oder sie hatten es zumindest früher getan. Die vielen Erinnerungen, die sie verbanden, wogen für die alte Dame sicher schwerer als die Tatsache, dass sie Julia schon eine Zusage gemacht hatte. Wenn morgen die Entscheidung fiel, würde es für sie vermutlich nicht reichen, und es zerriss ihr das Herz, dann wieder mit leeren Händen dazustehen.

Ich habe mich verliebt, dachte sie. In das wunderschöne Cottage und in die Vorstellung, dort zuhause zu sein. Sie wusste, dass es verrückt war, schließlich gründete die Annahme, dass dieser Ort perfekt für sie war, nur auf den Bildern im Netz und den wenigen Eindrücken, die sie in den letzten Stunden gewonnen hatte.

Oder lag es gar nicht nur daran, dass ihr diese Niederlage so schwerfiel? Konnte sie nicht nachgeben, weil sie es gewohnt war zu kämpfen? Das hatte sie ihr halbes Leben lang tun müssen. Zuerst auf den Internaten, wo es immer eine Gruppe von Mädchen gegeben hatte, die sie aufgrund ihrer geringen Körpergröße zum Ziel ihrer Angriffe gemacht hatte. Julia war meist eher eine Außenseiterin gewesen und hatte schnell gelernt, dass es besser war, keine Schwäche zu zeigen. Und da ihr die körperlichen Kräfte fehlten, hatte sie angefangen, sich mit Worten zu wehren. Das hatte ihr auch im Studium geholfen, sich gegenüber den zahlreichen männlichen Kommilitonen zu behaupten, die sie nicht für voll nahmen. Henry Campbell tat das auch nicht, und das weckte ihren Widerspruchsgeist. Sie musste einfach dagegenhalten, es ging gar nicht anders, deshalb hatte sie ihre Krallen ausgefahren und sich nach Kräften gewehrt. Was nicht bedeutete, dass sie nicht jedes seiner Worte getroffen hatte.

Mit einem Seufzen entledigte sie sich des schmutzigen Kleides und trat in die Duschkabine, froh darüber, sich endlich waschen zu können. Das Wasser war schon fast wieder kalt, wahrscheinlich, weil der kleine Boiler, der sich unter dem Waschbecken befand, mit dem Heizen nicht nachkam. Deshalb duschte Julia schnell und wusch sich die Haare. Mit allem anderen – Abschminken, Zähneputzen, Umziehen – ließ sie sich dagegen Zeit, weil sie ihre nächste Begegnung mit Henry Campbell gerne hinauszögern wollte.

Schließlich war sie fertig und betrachtete sich noch einmal im Spiegel. Sie ärgerte sich ein bisschen, dass sie sich heute Morgen beim Packen gegen ihren Seidenpyjama entschieden und stattdessen nur das dünne Nachthemd mitgenommen hatte. Darin fühlte sie sich reichlich schutzlos. Aber es half nichts, da musste sie jetzt durch. Deshalb nahm sie ihre Sachen und schloss die Tür auf.

Henry war nicht im Wohnzimmer, und für einen kurzen Moment befürchtete Julia, er könnte doch zurück ins Cottage gegangen sein. Dann sah sie, dass die Couch ausgezogen war und eine bezogene Decke und ein Kissen darauf lagen. Eine Sekunde später erklangen Schritte vor der Tür, und Henry betrat die Hütte. Er hatte offenbar noch etwas aus dem Auto geholt, denn er hielt eine kleine Tüte in der Hand. Als er Julia in der Badezimmertür sah, blieb er stehen und musterte sie schweigend.

Er hatte sich ebenfalls umgezogen, trug jetzt ein dunkles, enges T-Shirt und Boxershorts. Seine Füße steckten barfuß in seinen Sneakers, in die er für den Weg zum Auto geschlüpft war. Seine durchtrainierte Brust zeichnete sich unter dem Shirt ab, und beim Anblick seiner muskulösen Beine musste Julia schlucken.

Verdammt, ich hasse ihn, dachte sie, aber gut gebaut ist er schon …

»Kann ich dann jetzt ins Bad?« Er hob eine Augenbraue, und Julia hatte plötzlich Angst, dass er ihr ansehen konnte, in welche Richtung ihre Gedanken gewandert waren. Ihre Wangen wurden heiß.

»Ja, natürlich.« Hastig ging sie die wenigen Schritte bis zum Schlafzimmer. »Gute Nacht«, schob sie noch nach und schloss die Tür.

»Gute Nacht«, hörte sie ihn, gedämpft durch das Türblatt, antworten. Dann ging die Badezimmertür, und Wasser rauschte nebenan.

Schnell schlüpfte Julia ins Bett und schaltete die Nachttischlampe aus. Die Laken waren kalt, und ein Schauer durchlief sie, während sie darauf wartete, dass ihr wärmer wurde. Das Wasserrauschen hörte irgendwann auf, die Tür klappte erneut, und ein Quietschen ertönte, vermutlich die Federn der Couch, die nachgaben, weil Henry sich hingelegt hatte. Dann hörte man nichts mehr. Es war absolut still, wie Julia staunend und ein bisschen erschrocken feststellte. So etwas gab es in London auch während der Nacht nicht, immer hörte man den Autoverkehr oder die Stimmen von Passanten auf der Straße oder das Heulen von Sirenen. Stille war etwas Neues, und nachdem Julia sich ein bisschen beruhigt hatte, gefiel es ihr.

Sie drehte sich auf die Seite, wickelte sich eng in die Decke und schloss die Augen. Sofort tauchte Robs Gesicht vor ihr auf, so wie fast immer, kurz bevor sie einschlief. Sein Lächeln quälte sie, denn sie wusste, dass es nicht mehr ihr galt, sondern der großen, schwarzhaarigen Stella, die in jeder Hinsicht das Gegenteil von ihr war …

Nebenan quietschten die Federn der Couch erneut, offenbar konnte auch Henry Campbell noch keine entspannte Schlafposition finden. Das Geräusch, das die Stille durchschnitt, vertrieb Robs Bild aus Julias Kopf und ersetzte es mit dem des blonden Hünen, der nur ein paar Meter entfernt von ihr lag.

Sie wusste, dass eine Wand sie trennte, aber es kam ihr trotzdem zu nah vor. Dieses Haus war eindeutig zu klein für zwei Personen, die sich nicht kannten und auch nicht besonders mochten. Es ist ja nur für eine Nacht, dachte Julia und streckte die Beine aus, genoss die weiche Matratze und die Wärme, die sie jetzt einhüllte. Die Anstrengungen des Tages machten sich bemerkbar, denn ihr wurde bewusst, wie müde sie war. Sie lauschte noch einmal auf Geräusche von nebenan, dann schloss sie die Augen und glitt unmerklich in einen tiefen Schlaf.

Julia wusste nicht, was sie geweckt hatte, aber sie saß plötzlich hellwach im Bett und sah sich irritiert um. Es kam ihr vor, als wäre sie gerade erst eingeschlafen, doch die Sonne schien bereits hell durch das kleine Fenster, dessen Vorhänge sie gestern Abend nicht geschlossen hatte. Meine Güte, wie spät war es?

Sie schwang die Beine aus dem Bett und holte ihr Handy aus ihrer Handtasche. Eigentlich legte sie es abends immer auf den Nachttisch, aber das hatte sie über dem Streit mit Henry Campbell ganz vergessen. Ein Blick auf das Display verriet ihr, dass es halb acht war – die Zeit, zu der sie in London normalerweise aufstand.

Julia runzelte die Stirn. Aber wie war das hier? War halb acht zu früh oder schon viel zu spät? Jetzt ärgerte sie sich, dass sie Isobell nicht gefragt hatte, um welche Zeit sie sich im Cottage treffen würden.

Im Haus war es ganz still. Was, wenn Henry Campbell längst auf war und schon bei einer Tasse Kaffee mit Isobell in der Küche saß? Der Gedanke erschreckte Julia. Leise ging sie zur Tür, öffnete sie einen Spalt und spähte ins Wohnzimmer.

Henry lag noch auf der Couch und schlief. Sie war ein bisschen zu kurz für ihn, seine Füße hingen über den Rand, und als er sich jetzt vom Rücken auf die Seite drehte, stöhnte er leise, so als wären die quietschenden Federn zu schwach, um ihn komfortabel zu stützen. Er hatte sich Julia zugewandt, und sein Gesicht war im Schlaf entspannt, wirkte friedlich. Einen Moment lang betrachtete Julia ihn, ließ den Blick über seine ebenmäßigen Züge und seine kräftigen Arme gleiten.

Dann rief sie sich selbst zur Ordnung und zog sich wieder ins Schlafzimmer zurück. Hastig suchte sie die Sachen zusammen, die sie anziehen wollte, und schlüpfte so leise wie möglich durch das Wohnzimmer ins Bad. Als sie die Badezimmertür schloss, sah sie zu ihrer Erleichterung, dass Henry nicht aufgewacht war.

Sie hätte sich sehr gerne einfach angezogen und wäre zum Cottage gegangen, solange er noch schlief. Es wäre ein Punkt für sie gewesen, vor ihm dort zu sein. Aber sie musste sich erst ein bisschen zurechtmachen, daran führte kein Weg vorbei, deshalb bürstete sie sich das Haar, wusch sich und trug etwas Make-up auf. Nicht zu viel, aber genug, um sich selbstbewusster zu fühlen. Dann zog sie sich rasch an. Sie hatte sich für Jeans und T-Shirt entschieden, ihr typisches Outfit für die Arbeit, in dem sie sich am wohlsten fühlte. Als sie zufrieden mit ihrem Spiegelbild war, ging sie zurück zur Tür, öffnete sie vorsichtig – und erstarrte.

Henry war nicht mehr da! Er musste in der Zeit, die sie im Bad verbracht hatte, aufgestanden und rüber zum Cottage gegangen sein! Also, das war doch …! Julia hielt inne, als ihr klar wurde, dass sie genau dasselbe getan hätte, wenn er nicht aufgewacht wäre.

Rasch lief sie ins Schlafzimmer, steckte ihr Handy ein und verließ das Gartenhaus. Während sie auf das Cottage zuging, sah sie sich überrascht im Garten um. Gestern Abend war es zu dämmrig gewesen, um mehr als Umrisse zu sehen, aber jetzt konnte sie im Detail erkennen, wie liebevoll die Blumen, Stauden und Nutzpflanzen angeordnet waren. Die Blüten hatten sich der Morgensonne bereits geöffnet und ließen rechts und links des schmalen Gartenwegs ein Meer aus Farben entstehen. Es duftete betörend, und in den Gemüsebeeten leuchteten gelbe Zucchini und die ersten violetten Auberginen mit dem Meer um die Wette, das in der Ferne Julias Blick auf sich zog.

Wie viel Arbeit es wohl gewesen war, dieses kleine Blumenparadies entstehen zu lassen? Julia war ziemlich sicher, dass es eine Lebensaufgabe sein würde, den Garten weiter so liebevoll zu pflegen, aber sie war mehr denn je bereit dazu.

Mit neuer Motivation ging sie zum Eingang des Cottages. Die Tür stand offen, und sie hörte Stimmen von drinnen. Unsicher betrat sie die Eingangshalle und merkte, dass die Stimmen aus dem Raum kamen, in dem sie die Küche vermutete. Sie klopfte kurz und trat ein.

Isobell stand an einem riesigen alten AGA-Herd. Dem Geruch nach zu urteilen briet sie gerade Speck und Eier. Henry lehnte neben ihr an der Arbeitsplatte der hübschen Kochnische im Landhausstil und erzählte ihr etwas. Er trug dieselben Sachen wie gestern – kein Wunder, wahrscheinlich war er nur schnell in das geschlüpft, was er zuerst greifen konnte, um vor Julia hier zu sein. Auch seine Haare wirkten noch ein bisschen zerzaust. Als er sie bemerkte, verstummte er, und Julia wartete fast darauf, dass er sie triumphierend angrinste. Doch er blieb ernst und wirkte nicht so zufrieden, wie sie befürchtet hatte.

Isobell wandte sich jetzt ebenfalls zu Julia um. Sie trug heute ein dunkles T-Shirt und eine olivgrüne Latzhose aus robustem Webstoff, was sie wie eine Farmarbeiterin aussehen ließ. Und sie schien viel besser gelaunt zu sein als Henry.

»Ah, Doktor Shaw, wir haben schon auf Sie gewartet«, erklärte sie. »Mögen Sie Eier mit Speck?«

Als Julia nickte, zog sie sich Ofenhandschuhe an und holte zwei Teller aus der Warmhaltekammer des AGA, auf denen sich bereits alle Zutaten eines Full English Breakfast befanden: Rührei, Speck, Würstchen, Baked Beans und gebratene Pilze und Tomaten. Sie trug die Teller zu dem quadratischen Esstisch vor dem Fenster.

»Ich dachte, wir stärken uns erst mal, bevor wir zur Lösung unseres Problems kommen«, sagte sie, während sie die Teller abstellte. »Setzt euch doch schon mal.«

Henry löste sich von der Arbeitsplatte und ließ sich auf einem der Stühle nieder, Julia nahm ihm gegenüber Platz. Als sie sich ansahen, erkannte sie an seinem Blick, dass er auch nicht mehr wusste als sie selbst. Also hatte es ihm offenbar keinen Vorteil gebracht, vor ihr im Cottage zu sein, und das gab Julia neuen Mut.

Isobell kehrte mit einem dritten gefüllten Teller zum Tisch zurück und setzte sich.

»Ich habe übrigens schon mit Donny Bosanko gesprochen. Er ist der Besitzer der Werkstatt im Ort und hat versprochen, Ihren Wagen abzuschleppen«, berichtete sie. »Er meldet sich, sobald er den Schaden genauer untersucht hat.«

»Danke.« Julia sah sie überrascht und auch ein bisschen erschrocken an. Ihren kaputten Mini hatte sie tatsächlich völlig vergessen. »Weiß er denn, wo mein Auto steht?«

Isobell nickte. »Als ich ihm sagte, dass mein Gast eine Panne hatte, fragte er, ob es sich um einen Mini handelt, weil sein Bruder Ross einen auf der Landstraße hat stehen sehen.« Sie lächelte. »Willkommen in unserer Kleinstadt. Daran können Sie sich schon mal gewöhnen, dass Neuigkeiten sich hier wie ein Lauffeuer verbreiten und nichts unbemerkt bleibt.«

Sie begann damit, ihr Würstchen zu zerschneiden, und aß es mit großem Appetit. Julia hingegen bekam vor Anspannung kaum etwas herunter, obwohl der Speck wunderbar kross gebraten war, genau wie sie ihn mochte. Und selbst Henry, der gestern Abend eine überraschende Menge Sandwiches verdrückt hatte, stocherte nur in seinem Essen herum, während Isobell ihnen davon berichtete, wie arbeitsreich die letzten Wochen gewesen waren.

»Ich denke, das wird heute nicht anders«, schloss sie mit einem Seufzen. »Aber jetzt habe ich ja Hilfe.«

Henry und Julia ließen beide gleichzeitig ihr Besteck sinken und tauschten einen Blick.

»Und von wem?«, fragte Henry. »Hast du dich entschieden, wem von uns beiden du die Praxis gibst?«

»Nicht direkt«, antwortete Isobell und erhob sich. »Möchte jemand Kaffee?«

Sie holte die Kanne aus der Kaffeemaschine und brachte sie zusammen mit drei Bechern an den Tisch. Aber weder Henry noch Julia griffen danach.

»Du machst es verdammt spannend«, meinte Henry. »Was meinst du mit ›nicht direkt‹?«

Die alte Dame setzte sich wieder. »Dass ich mich nicht sofort entscheiden kann«, erklärte sie. »Ich habe die halbe Nacht gegrübelt, aber ich komme einfach zu keinem Schluss. Da sind zum einen Sie, Julia – ich darf doch Julia sagen?«

»Gerne«, versicherte ihr Julia.

»Also, Julia, Sie gefallen mir und bringen alle fachlichen Qualifikationen mit«, fuhr Isobell fort. »Aber die Praxis ist mir wichtig, und ich kenne Sie noch nicht gut genug, um mir ein Bild davon machen zu können, wie gut Sie hier in Carywith zurechtkommen würden.«

Sie wandte sich an Henry.

»Und bei dir ist es genau umgekehrt. Dich kenne ich – oder zumindest dachte ich, dass ich das tue. Und dann warst du plötzlich jahrelang verschwunden, was mich sehr enttäuscht hat, das muss ich zugeben. Ich bin einfach nicht mehr sicher, wie verlässlich du bist und wie ernst es dir mit der Übernahme der Praxis ist.«

Diese Aussage traf Henry sichtlich, denn er saß nur stumm da und starrte Isobell an, die sich mit einem Seufzen in ihrem Stuhl zurücklehnte.

»So empfinde ich das, und deshalb fällt es mir schwer, eine Entscheidung zu treffen. Also habe ich beschlossen, dass mir meine vierbeinigen Patienten helfen müssen.«

Julia und Henry tauschten erneut ratlose Blicke.

»Wie meinen Sie das?«, fragte Julia.

»Dass ihr euch bewähren müsst«, erklärte Isobell. »Ihr arbeitet beide zur Probe, für mindestens drei Wochen. In der Zeit wird sich herauskristallisieren, wer von euch verlässlicher arbeitet und wem die Leute mehr vertrauen. Vertrauen ist wichtig in Carywith.«

Julia schluckte. »Und derjenige bekommt dann die Praxis?«

Isobell nickte. »Ich finde, das ist eine gute Lösung.«

»Moment mal«, sagte Henry, offenbar noch nicht ganz in der Lage, das alles zu begreifen. »Dann wird das ein Casting? So eine Art ›Wer wird Carywith's neuer Tierarzt‹?«

»Ja, so in etwa stelle ich mir das vor«, erklärte Isobell.

5

Julia versuchte, sich nicht anmerken zu lassen, wie entsetzt sie war. Und auch Henry schien wenig begeistert von der Aussicht, sich mit ihr messen zu müssen. Er setzte an, etwas zu sagen, doch Isobell hob die Hand.

»Das ist meine Bedingung«, verkündete sie. »Wenn ihr beide die Praxis wirklich haben wollt, dann macht euch dieser Test doch sicher nichts aus, oder?«

Henry schloss den Mund wieder und sah Julia an, der plötzlich ein Kloß im Hals saß. Das ist unfair, dachte sie. Welche Chance hatte sie denn gegen jemanden, der mit seiner Muskelmasse die Bauern überzeugen und mit seinem guten Aussehen die Damenwelt für sich gewinnen würde?

»Was denn für ein Test?«

Sie wandten sich alle drei zur Tür um, als sie die Frage hörten. Dort stand eine füllige Frau um die fünfzig mit Kurzhaarfrisur und kleinen dunklen Knopfaugen. Ihre Stimme war tief und rau, und sie wirkte burschikos. Mit unverhohlener Neugier musterte sie Julia und Henry.

»Oh, guten Morgen, Gracie!« Isobell lächelte. »Das ist Gracie Skewes, meine Sprechstundenhilfe«, erklärte sie, an Julia gewandt. »Schön, dass du da bist, Gracie, da kann ich dir gleich meine Gäste vorstellen. An Henry erinnerst du dich bestimmt noch?«

Gracie kam näher. »Natürlich«, sagte sie und gab Henry

die Hand. »Du hast dich ganz schön lange nicht mehr gemeldet, Junge. Zu viel zu tun?«

Der Vorwurf war nicht zu überhören, und Henry wand sich sichtlich unter ihrem strengen Blick, als er nickte.

»Und das ist Julia Shaw«, setzte Isobell ihre Vorstellung fort. »Sie kommt aus London und möchte meine Praxis übernehmen.«

»Ah, ja, Doktor Shaw.« Gracie musterte auch Julia genauer, allerdings war ihr Blick jetzt viel milder. »Es freut mich sehr, Sie kennenzulernen. Ich hoffe, wir werden uns einig, was meine Arbeit in der Praxis angeht. Ich bin schon seit vielen Jahren bei Isobell und kenne alle Abläufe in- und auswendig. Deshalb würde ich gerne …«

»Warte, nicht so schnell«, unterbrach Isobell sie. »Es hat sich da eine neue Situation ergeben.«

In wenigen Worten schilderte sie der Frau die Zwickmühle, in der sie sich gerade befand.

»Du hast also beiden versprochen, dass sie die Praxis übernehmen können?«, fragte Gracie erstaunt.

Isobell nickte. »Und da ich sie nicht beiden geben kann, müssen wir herausfinden, wer sich besser eignet, indem sie beide eine Weile hier arbeiten.«

»Gute Idee«, sagte Gracie. »Und damit fangen wir am besten direkt an. Deswegen bin ich nämlich gekommen: In der Praxis sitzen schon die ersten beiden Fälle für heute. Und eine der Besitzerinnen nervt ziemlich.«

Isobell sah überrascht zu der Küchenuhr an der Wand, die anzeigte, dass es kurz nach acht Uhr war. »Aber wir öffnen die Praxis doch eigentlich erst um halb neun.«

»Ich hatte Lucy Evans gesagt, dass sie mit ihrem Kater ausnahmsweise schon etwas früher kommen darf, weil sie um neun ihren Laden aufmachen muss«, erklärte Gracie. »Und dann ist da noch eine Lydia Fairfax. Sie ist Gast drüben in Penrose House. Ihr Mops hat die ganze Nacht schwer geatmet, und sie besteht darauf, dass er sofort untersucht wird. Betonung auf *sofort.*« Sie verdrehte die Augen. »Die habe ich jetzt schon gefressen.«

Julia musste lächeln. Die direkte Art der Sprechstundenhilfe gefiel ihr sehr. Gracie kam schnell zur Sache und machte aus ihrem Herzen keine Mördergrube, deshalb war Julia sicher, dass sie gut mit ihr zusammenarbeiten konnte. Ich würde sie auf jeden Fall behalten, dachte sie. Wenn Isobells Wahl denn auf sie fiel …

»Gut, dann verschieben wir den Kaffee wohl besser auf später und fangen direkt an«, erklärte Isobell. »Ich will hier nur schnell noch aufräumen.«

»Ich helfe Ihnen«, bot Julia an.

»Ich auch«, fiel Henry ein, der ihr offenbar in nichts nachstehen wollte.

»Nein, nein, das schaffe ich schon«, erwiderte Isobell. »Geht mit Gracie. Sie kennt die Praxis genauso gut wie ich, wenn nicht besser. Sie kann euch alles zeigen. Fangt einfach an, der Rest ergibt sich dann schon.«

Henry und Julia nickten und folgten der Sprechstundenhilfe nach draußen auf den Vorplatz. Dort parkten jetzt nicht mehr nur Henrys Defender und Isobells dunkelgrüner Range Rover, sondern auch ein rostiger weißer Lieferwagen und ein roter Aston Martin DB11.

Julia erkannte das schicke Sportcoupé sofort. »Das ist der Wagen, der mich gestern nass gespritzt hat!«, rief sie entrüstet. »Ich brauchte Hilfe, aber der Fahrer ist einfach weitergefahren, ohne anzuhalten.«

»In dem Fall wohl eher die Fahrerin«, meinte Gracie. »Das Auto gehört der Frau mit dem Mops. Sie sitzt im Wartezimmer.«

Sie ging zur Praxistür und öffnete sie, ließ Henry und Julia eintreten. Dass das Gebäude früher ein Stall gewesen war, erkannte man an den vielen frei liegenden, dunkel gebeizten Holzbalken, die die weiß gestrichene Decke durchzogen. Die Einrichtung war schlicht und wirkte dennoch einladend, mit viel Holz und dezenten Farbtupfern. Auf dem Empfangstresen stand eine sonnengelbe Blumenvase, und die Stühle im Wartezimmer, dessen Tür offen stand, waren grün gepolstert.

Zwei Frauen saßen darauf, beide etwa Mitte zwanzig. Eine hatte langes, kupferrotes Haar, trug ein geblümtes Sommerkleid und hielt eine kleine Transportkiste auf dem Schoß. Die andere wirkte viel glamouröser. Ihre hellblond gefärbten Haare waren zu einem akkuraten Bob geschnitten, der an die Frisuren der Zwanzigerjahre erinnerte, und sie trug ein eng anliegendes Seidenkleid im gleichen Rotton wie ihr Lippenstift. Ihre Füße steckten in High Heels, und auf ihrem Schoß saß ein Mops, dessen Maul offen stand und der schlimm schnaufte.

»Na endlich!«, rief die Mops-Frau und sprang auf, als sie Julia und Henry im Flur sah. »Mein Hund braucht dringend Hilfe. Das hatte ich der da …«, sie zeigte auf Gracie, »… auch schon gesagt. Würde also bitte endlich jemand …«

»Sie haben mich an der Straße stehen lassen!«, unterbrach Julia sie wütend. »Und mich von oben bis unten nass gespritzt und damit mein Kleid völlig verdreckt.«

Die Frau runzelte die Stirn. »Ich weiß nicht, wovon …«

»Doch, das wissen Sie!«, beharrte Julia. »Gestern Abend, draußen auf der Landstraße. Ich hatte eine Panne mit meinem

Mini und habe Ihnen gewunken. Aber Sie sind einfach weitergefahren – und zwar genau durch die Pfütze vor mir!«

Jetzt schien der Frau zu dämmern, wovon Julia sprach. »Stimmt.« Sie zuckte gleichmütig mit den Schultern. »Tut mir leid. Ich hatte es eilig. Wie teuer war das Kleid denn? Ich ersetze es Ihnen.«

Geld spielte für diese Frau offensichtlich keine Rolle, und das kränkte Julia noch mehr. Es ging ihr nicht um den materiellen Wert ihres Kleides, sondern um das unmögliche Verhalten!

»Ich will keinen Ersatz«, schimpfte sie. »Ich finde es einfach unerhört, dass Sie mir nicht geholfen haben. Ich war in einer Notlage, und Sie sind einfach …«

»Wie gesagt, es tut mir leid«, fiel die Frau ihr ins Wort. »Können wir uns jetzt bitte auf meinen Hund konzentrieren? Sie sehen doch, wie schlecht es ihm geht!«

»Natürlich!« Henry schob Julia ein Stück zur Seite und lächelte gewinnend. »Ich sehe ihn mir gerne an.«

»Vielen Dank.« Die Frau schien ihn erst jetzt wirklich wahrzunehmen, und ihr gefiel ganz offensichtlich, was sie sah, denn sie strahlte ihn an. Dabei strich sie dem Mops über den Kopf, den sie im Arm hielt und der immer noch gurgelnde Laute von sich gab. »Der arme Henry hat heute Nacht kein Auge zugetan. Sie müssen ihm helfen, Doktor. Ich mache mir wirklich Sorgen!«

»Der Mops heißt Henry?«, fragte Julia und fand die Namensgleichheit zwischen dem großen Mann und dem kleinen, dicken, kurznasigen Hund so amüsant, dass sie ihre Wut glatt vergaß und fast gekichert hätte. Der große Henry sah ihr das offensichtlich an, denn er runzelte grimmig die Stirn.

»Kommen Sie, ich bringe Sie ins Behandlungszimmer«,

mischte sich Gracie ein und machte der Aston Martin-Fahrerin ein Zeichen, das Wartezimmer zu verlassen. Im Vorbeigehen würdigte diese Julia keines Blickes mehr, sondern folgte der Sprechstundenhilfe in den hinteren Teil der Praxis.

Henry blieb zurück und sah Julia vorwurfsvoll an. »Sie sollten netter zu den Tierhaltern sein.«

»Das haben Sie doch schon übernommen. Und ganz ehrlich …« Julia trat einen Schritt auf ihn zu und senkte die Stimme, damit nur er sie hören konnte. »Diese Patientin dürfen Sie gerne übernehmen. Ich denke nämlich, dass es sich bei den Beschwerden ihres Hundes um die Folgen einer Qualzucht handelt. Henrys Nase ist viel zu kurz, deshalb atmet er so schwer. Dazu die großen, hervorquellenden Augen. Er leidet an Brachyzephalie, und Sie wissen, wie wenig wir dagegen tun können. Das dürfen gerne Sie der Dame mitteilen. Ich wette nämlich, dann geht Sie Ihnen an die Gurgel.«

Henry hob einen Mundwinkel zu einem schiefen Lächeln. »Na, das bin ich ja schon gewohnt, seit ich Sie kenne. So unähnlich sind Sie der Frau gar nicht, was das An-die-Gurgel-Gehen betrifft.«

»Wie bitte?«, schnaubte Julia entrüstet. »Also, da sind Sie und der Mops sich aber ähnlicher!«

»Ach ja?« Henry beugte sich zu ihr herunter. »Und was genau hätte ich Ihrer Meinung nach außer meinem Namen mit einem kurzatmigen Vierbeiner gemeinsam?«

»Sie hatten beide eine unbequeme Nacht und sehen ein bisschen mitgenommen aus«, entgegnete Julia und blickte auf sein Haar. »Sie hätten sich wenigstens mal kämmen können. Ein gepflegtes Äußeres finden die Leute bei dem Tierarzt ihrer Wahl nämlich auch wichtig.«

Henrys Blick wurde finster, aber bevor er etwas erwidern

konnte, erhob sich die rothaarige Frau im Wartezimmer von ihrem Stuhl.

»Entschuldigen Sie, ich will wirklich nicht stören«, sagte sie unsicher. »Aber ich habe es ein bisschen eilig, weil ich gleich meinen Laden aufschließen muss. Deswegen hatte Gracie mir erlaubt, dass ich früher kommen kann. Denken Sie, Isobell könnte sich vielleicht kurz meinen Kater anschauen? Oder Sie, falls Isobell nicht da ist? Sind Sie die Vertretung?«

»Ähm … ja. Das … das sind wir«, stotterte Julia und machte erschrocken einen Schritt zurück. Wenn sie mit Henry stritt, schien er sie wie ein Magnet anzuziehen, denn sie hatte schon wieder viel zu dicht vor ihm gestanden. Sie wich seinem Blick aus und konzentrierte sich auf die Rothaarige. »Kommen Sie.«

Die Frau folgte ihr, aber schon nach ein paar Schritten fiel Julia wieder ein, dass sie gar keine Ahnung hatte, wo sich die Untersuchungszimmer befanden. Zum Glück kam Gracie gerade zurück.

»Henry? Kommst du? Miss Fairfax wird langsam wieder ungeduldig«, sagte sie und rollte mit den Augen. »Sie ist in der Eins.«

Julia sah, dass von dem Flur, der hinter dem Empfang nach rechts abbog, insgesamt fünf Türen abgingen, die alle beschriftet waren. Auf einer stand »Labor«, auf einer »WC«, auf einer »Privat«, und die letzten beiden trugen die Nummern 1 und 2. Dabei handelte es sich vermutlich um die Behandlungsräume.

Henry ging auf die Tür mit der Nummer 1 zu und verschwand darin.

»Dann kann ich in die Zwei?«, erkundigte sich Julia bei Gracie.

Die Sprechstundenhilfe nickte. »Ich komme dann gleich und helfe. Wobei das bei Byron wohl kaum nötig sein wird.« Sie lächelte die rothaarige Frau an. »Er ist wirklich der netteste Kater, den ich kenne.«

»Danke, Gracie«, erwiderte die Rothaarige. »Das hört der alte Herr gerne.«

Julia führte die Frau in das zweite Behandlungszimmer, das mit allem ausgestattet war, was ein solcher Raum brauchte: Medikamentenschränke, ein kleiner Schreibtisch mit einem Computer und ein hydraulischer Untersuchungstisch, über dem eine leistungsstarke Lampe angebracht war. Schränke und Tisch waren schon etwas in die Jahre gekommen, aber in tadellosem Zustand. Auf der Fensterbank vor dem Sprossenfenster stand eine hohe weiße Vase mit einem Strauß frischer Blumen, die Julia an die aus Isobells Garten erinnerten.

Sie wandte sich an die junge Frau, die die Transportkiste schon auf den Untersuchungstisch gestellt hatte und gerade dabei war, einen schwarzweißen Kater herauszuheben.

»Sie sind Lucy Evans, nicht wahr? Gracie hat vorhin Ihren Namen erwähnt.«

Die Frau blickte überrascht auf. »Ja, genau. Und Sie vertreten Isobell?«

»Ja, ich bin Julia Shaw.« Julia gab ihr die Hand.

»Freut mich«, sagte Lucy Evans. »Isobell ist doch aber nicht krank, oder? Gracie hat am Telefon gar nichts davon erwähnt, dass sie nicht da ist.«

»Nein, sie ist nicht krank. Und sie ist da«, erklärte Julia. »Aber ich bin auch Tierärztin. Wäre es okay, wenn ich mir Ihren Kater ansehe?«

»Natürlich.« Lucy Evans lächelte. »Hauptsache, es geht schnell. Ich bin wirklich ein bisschen unter Zeitdruck. Aber sagen Sie …« Sie senkte die Stimme. »Der Mann eben – war das nicht Henry Campbell?« Als Julia nickte, wirkte sie zufrieden. »Wusste ich es doch! Er ist irgendwie breitschultriger, als ich ihn in Erinnerung hatte, und der Dreitagebart ist neu. Aber er kam mir gleich so bekannt vor.« Sie blickte Julia fragend an. »Arbeitet er jetzt auch hier?«

»Ja und nein«, erwiderte Julia und zögerte kurz. Dann fiel ihr wieder ein, was Isobell über das Kleinstadtleben gesagt hatte. Vermutlich würde es sich ohnehin schnell herumsprechen, deshalb war es sicher besser, offen mit der Situation umzugehen.

»Wir bewerben uns beide um Isobells Nachfolge«, erwiderte sie und erklärte kurz, wie es dazu gekommen war.

»Oh.« Auf Lucy Evans Gesicht spiegelte sich eine Mischung aus Überraschung und Mitgefühl. »Das ist sicher nicht einfach für Sie. Da wünsche ich Ihnen gute Nerven.«

»Danke«, sagte Julia und fand die Frau spontan sehr sympathisch. »Sollen wir dann jetzt mal nach Ihrem Kater sehen? Was fehlt ihm denn?«

»Er ist seit zwei Tagen ganz apathisch und will nicht mehr fressen«, erklärte Lucy. »Außerdem hat er Durchfall. Und sein Fell ist plötzlich stumpf, sehen Sie? Das glänzt sonst schön.«

Der Kater saß ganz still auf dem Tisch und reagierte kaum, als Julia ihn abtastete. »Wie alt ist er denn?«

»Er wird bald zwölf«, erklärte die Frau. »Und er ist kastriert.«

»Hatte er schon mal Probleme mit der Schilddrüse?«, erkundigte Julia sich, weil das ihr erster Verdacht war.

Lucy Evans schüttelte den Kopf. »Bisher nicht. Aber er hat ein bisschen abgenommen in letzter Zeit.«

Julia nickte. »Das könnte auch auf einen Infekt hindeuten.

Ich nehme ihm Blut ab, dann wissen wir es genauer.« Sie streichelte den Kater. »Dafür muss ich dir ein bisschen wehtun. Aber wenn du stillhältst, ist es schnell vorbei«, versprach sie ihm.

Zwar musste Julia sich erst bei Gracie erkundigen, wo sie die Utensilien finden konnte, die sie brauchte, doch der Rest war Routine: Lucy hielt den Kater fest, während Julia eine Stelle an seinem Vorderbein rasierte und desinfizierte, den Stauschlauch an das Bein anlegte und dann über eine Kanüle Blut in ein Röhrchen tropfen ließ.

»So, das hätten wir«, erklärte Julia, nachdem sie die kleine Wunde versorgt hatte. »Sobald ich das Ergebnis habe, melden wir uns bei Ihnen. Dann wissen wir, was Ihrem Kater fehlt, und können das gezielt behandeln, damit es ihm bald wieder besser geht.«

»Oh, gut.« Lucy Evans lächelte erleichtert und half dem Kater zurück in die Transportbox. »Wissen Sie, Byron gehört eigentlich gar nicht mir, sondern meiner Mutter. Sie ist im Moment zur Kur, und so lange passe ich auf ihn auf. Mum hängt sehr an ihm. Sie hat ein Hüftleiden und ist nicht sehr mobil, deshalb leistet der Kater ihr Gesellschaft, wenn ich im Laden bin. Gar nicht auszudenken, wenn sie wiederkäme und er wäre nicht mehr da!«

»Nein, nein, keine Sorge. Wir kriegen ihn ganz bestimmt wieder hin«, versicherte Julia ihr und begleitete sie zur Tür.

»Das Kleid, das Sie da anhaben, ist übrigens richtig schön«, fügte sie noch hinzu, als sie sich verabschiedeten. Sie hatte das geblümte Modell schon die ganze Zeit heimlich bewundert. Es ähnelte ihrem, das die arrogante Aston Martin-Fahrerin gestern ruiniert hatte, war nur viel raffinierter geschnitten. »Wo haben Sie das her?«

Die Frau sah an sich herunter und strahlte, als sie den Kopf wieder hob. »Gefällt es Ihnen? Oh, das freut mich, das habe ich nämlich selbst genäht. Wenn Sie so etwas mögen, dann kommen Sie gerne mal in meinen Laden. Ich bin Schneiderin und repariere oder ändere Sachen, aber ich verkaufe auch eigene Entwürfe. Vielleicht finden Sie etwas, das Ihnen gefällt.«

»Sehr gerne!«, erwiderte Julia. »Sobald ich Zeit habe, schaue ich bei Ihnen vorbei. Vielleicht schon heute Abend. Bis dahin haben wir sicher auch die Blutwerte von Byron, dann kann ich ihn mir gleich noch mal ansehen.«

Sie lächelten sich an, und Julia hatte ein warmes Gefühl im Bauch, als sie ihr nachsah. Es war sicher zu früh, sich Hoffnungen zu machen, aber wenn alle im Dorf so nett und offen waren wie Lucy Evans, dann konnte das ja vielleicht doch etwas werden mit der Stelle. Und ganz davon abgesehen gefiel ihr die junge Frau, und sie hoffte, ihre Bekanntschaft vertiefen zu können.

Die Tür des anderen Behandlungsraums öffnete sich, und die blonde Sportwagenfahrerin trat in den Flur. Hinter ihr tauchte Henry im Türrahmen auf.

»Auf Wiedersehen, Miss Fairfax«, sagte er, doch sie antwortete nicht, sondern rauschte durch den Flur davon.

»Schicken Sie mir die Rechnung«, rief sie Gracie zu, die am Empfang stand, dann klappte die Tür, und sie war verschwunden. Eine Sekunde später startete draußen geräuschvoll ein Motor.

»Und?«, erkundigte sich Gracie neugierig. »Wie war's?«

Henry rollte die Augen. »Unerquicklich.« Er sah zu Julia. »Sie hatten recht, der Mops hat Brachyzephalie. Seine Atemwege sind wegen der zu kurzen Nase blockiert, und ich fürchte, da lässt sich auch mit einer Operation nichts machen. Was Miss Fairfax mir aber nicht geglaubt hat.« Er warf sich in Pose und verstellte seine Stimme, sodass sie heller und schriller klang. »›Sie sind ein *Land*tierarzt, Sie haben doch keine Ahnung. Ich werde einen Experten in London konsultieren, der sich damit auskennt. Und Sie können froh sein, dass ich Sie nicht wegen unterlassener Hilfeleistung verklage.‹«

Julia schmunzelte, weil sie fand, dass er das sehr gut nachmachte. Sie sah die entrüstete Lydia förmlich vor sich. Dass er so viel Humor hatte, überraschte sie.

»Und wie lief es bei Ihnen?«, wollte er von ihr wissen.

»Kater mit Verdacht auf Schilddrüsenfehlfunktion«, erwiderte sie. »Sehr netter Kater, sehr nette Halterin. Die übrigens wiederkommt, im Gegensatz zu Ihrer.«

Seine Augen wurden schmal. »Lydia Fairfax zählt nicht«, erklärte er. »Die kommt nicht von hier, also läuft sie außer Konkurrenz.«

»Das hätten Sie wohl gerne«, erwiderte Julia. »Ausnahmen gibt es nicht.«

Einen Moment lang verfingen sich ihre Blicke, und Julia glaubte, ein amüsiertes Funkeln in seinen blauen Augen zu erkennen.

»Also keine Gnade?«, fragte er.

Julia zwang sich, das Kribbeln in ihrem Bauch zu ignorieren. »Keine Gnade«, erwiderte sie.

»Ach, Seamus Bodilly hat übrigens gerade angerufen«, rief Gracie zu ihnen herüber. »Das ist einer der Farmer hier ganz in der Nähe. Er sagt, sein Zuchtbulle lahmt. Sie wissen nicht, woran es liegt, aber das Tier ist gereizt und lässt niemanden an sich heran. Wir sollen ihn uns ansehen.«

Henry wandte sich an Julia. »Das wäre doch was für Sie.

Wer mit Pferden gut umgehen kann, für den ist ein wütender Bulle sicher ein Kinderspiel.«

»Er wäre zumindest nicht das erste aufgebrachte männliche Wesen, mit dem ich es in Carywith zu tun habe«, gab Julia zurück und zuckte möglichst leichthin mit den Schultern, obwohl ihr ziemlich beklommen zumute war. »Aber ich lasse Ihnen da gerne den Vortritt. Schließlich haben Sie gerade eine Halterin vergrault und müssen noch Boden gutmachen.«

Mist, er weiß, dass mir der Bulle Angst macht, dachte sie, als sie Henrys zufriedenes Grinsen sah.

»Wir können auch gemeinsam zur Bodilly-Farm fahren, wenn Sie sich alleine nicht trauen«, schlug er vor.

»Zur Bodilly-Farm?«, wiederholte Isobell, die in diesem Augenblick hereinkam und an den Empfangstresen trat. Offenbar hatte sie Henrys letzten Satz gehört. »Nein, da fahre ich hin. Wahrscheinlich gibt es wieder Probleme mit Hellboy. Der ist nicht ganz ohne, da kümmere ich mich lieber selbst drum.«

»Seamus besteht aber darauf, dass einer von den ›Neuen‹ kommt«, widersprach Gracie. »Er sagt, er möchte sie sich ansehen, damit er weiß, was auf ihn zukommt, wenn du die Praxis aufgibst.«

Überrascht sah Isobell sie an. »Du hast ihm von Henry und Julia erzählt?«

»Ja, natürlich habe ich das.« Gracie zuckte mit den Schultern. »Tut mir leid, war das falsch? Du hast doch gesagt, dass die beiden ab heute hier probearbeiten. Ich dachte, das gilt dann für alles, was reinkommt.«

Isobell seufzte. »Du hast recht, das war der Plan. Es ist nur … ausgerechnet der redselige Seamus! Wenn er es weiß, erfährt es innerhalb einer Stunde ganz Carywith. Na ja, wenigstens brauchen wir uns dann keine Gedanken mehr darüber zu machen, wie wir den Leuten die momentane Situation erklären. Die Nachricht wird sich verbreiten wie ein Lauffeuer.«

Julia sah zu Henry auf und schluckte, als ihre Blicke sich trafen. Bis vor wenigen Augenblicken hatte die Aussicht, sich weiter mit ihm zu messen, ihr beinahe gefallen. Doch jetzt wurde sie auf unangenehme Art daran erinnert, dass es nicht reichte, die Wortgefechte gegen ihn zu gewinnen. Viel wichtiger war es, auch die Dorfbewohner von ihren Fähigkeiten als Tierärztin zu überzeugen …

»Was machen wir jetzt mit dem Bodilly-Bullen?«, fragte Gracie in Julias Gedanken hinein.

»Den kann ich übernehmen«, erklärte Henry und hob die Hand, als Isobell widersprechen wollte. »Du brauchst dir keine Sorgen zu machen. Mit gereizten Bullen habe ich Erfahrung.«

»Ich komme damit auch zurecht«, fügte Julia sofort hinzu und richtete sich ein bisschen gerader auf.

Isobell betrachtete sie einen Moment lang mit gerunzelter Stirn, dann zuckte sie mit den Schultern. »Okay, aber fahrt zusammen hin. Das kann nicht schaden, der Bodilly-Bulle ist schon speziell. Ich halte hier so lange die Stellung.« Sie wandte sich an Henry. »Kennst du den Weg zur Farm noch?«

Henry nickte und ging in Richtung Ausgang. Nach ein paar Schritten blieb er stehen und blickte sich zu Julia um.

»Kommen Sie?«, fragte er. »Oder soll ich alleine …?«

»Auf keinen Fall«, unterbrach Julia ihn hastig und folgte ihm nach draußen.

6

»Achtung, jetzt wird es ein bisschen ungemütlich«, warnte Henry. »Aber so kommen wir am schnellsten zu den Bodillys.«

Er lenkte den Defender von der ohnehin schon schmalen Straße auf einen unbefestigten Feldweg, der zwischen grünen Weiden hindurchführte. Die unebenen Fahrrillen ließen den Wagen schwanken, und Julia klammerte sich am Türgriff fest, um nicht gegen Henrys Schulter gedrückt zu werden. Nach ein paar Hundert Metern wurde der Weg wieder ebener, und der Wagen rumpelte nur noch ein bisschen.

Mein Mini hätte das nicht geschafft, fuhr es Julia durch den Kopf. Wahrscheinlich wäre sie damit schon an der ersten ernsthaften Bodenwelle hängen geblieben, und diese Erkenntnis machte sie noch mutloser, als sie sich ohnehin fühlte. Nicht nur, dass Henry Campbell sich hier bestens auskannte und zurechtfand, nein, er fuhr natürlich auch das geeignetere Auto …

»Sie sind ja so still.« Henry warf ihr einen Seitenblick zu. »Hat es Ihnen die Sprache verschlagen?«

»Nein, mir ist nur nicht nach Small Talk«, erwiderte Julia und schob ihre Brille hoch. Sie ärgerte sich jetzt darüber, dass sie die ganze Fahrt über geschwiegen hatte. Sonst war sie schließlich auch nicht auf den Mund gefallen. Aber seit sie vorhin zu Henry in den Wagen gestiegen war, kämpfte sie gegen eine unangenehme Nervosität an, die ihren Magen ständig Achterbahn fahren ließ. Sie wusste einfach, wie viel davon abhing, dass sie sich bei den Farmern von Carywith bewährte. Doch je länger sie neben Henry in diesem Auto saß, desto bewusster wurde ihr erneut, wie schlecht ihre Chancen standen, wenn er es war, mit dem sie sich messen musste.

Der Größenunterschied zwischen ihnen fiel auch hier im Auto auf, und da die Ärmel von Henrys Holzfällerhemd hochgeschoben waren, hatte Julia außerdem einen sehr guten Blick auf seine muskulösen Unterarme, mit denen er den Wagen scheinbar mühelos in der Spur hielt. Keine Frage, er war körperlich sehr viel besser gerüstet für den Umgang mit Großtieren. Würde dieser Seamus Bodilly da überhaupt überlegen müssen, wem von ihnen beiden er die Behandlung des Bullen eher zutraute? Julia seufzte und merkte erst, dass sie das laut getan hatte, als Henry ihr erneut einen Seitenblick zuwarf.

»Sie brauchen sich keine Sorgen zu machen«, sagte er, während er den Blinker setzte und auf einen gepflasterten Weg abbog, an dessen Ende Julia einen Hof auftauchen sah. »Wir kriegen das schon hin.«

Sein Lächeln war überraschend freundlich, doch sie erwiderte es nicht.

»Es gibt kein ›Wir‹«, erinnerte sie ihn. »Isobell wollte zwar, dass wir gemeinsam herfahren. Das bedeutet allerdings nicht, dass ich deswegen mit Ihnen zusammenarbeite. Wir sind Konkurrenten, schon vergessen? Also wird nur einer von uns diesen Bullen behandeln.«

Sie hielt inne, selbst erschrocken über ihre schroffe Reaktion. Die Worte waren ihr einfach so herausgerutscht, und sie hätte sie gerne sofort wieder zurückgenommen, als sie sah, wie Henrys Lächeln verschwand.

»Ich habe gar nichts vergessen«, erwiderte er kühl. »Eigentlich wollte ich nur nett sein, aber das kann ich auch lassen, wenn es Ihnen lieber ist.« Er deutete mit dem Kinn auf die Gebäude, die vor ihnen lagen. »Da vorne ist es übrigens.«

Julia schluckte. Ihr erster Impuls war, sich bei ihm zu entschuldigen, aber vielleicht war es besser, wenn er wütend auf sie war. Diese ganze Situation überforderte sie sowieso schon, und ein netter Henry verunsicherte sie zusätzlich. So sind die Fronten wenigstens geklärt, dachte sie und versuchte sich auf die Bodilly-Farm zu konzentrieren, auf deren Hof sie gerade fuhren.

Die vier Gebäude, aus denen der Hof bestand, schienen nicht zusammenzupassen. Das niedrige Wohnhaus war so windschief, dass es ganz bestimmt schon mindestens ein Jahrhundert auf dem Buckel hatte. Das rechts daran angrenzende Stallgebäude hatte mal ein neues Dach bekommen, gehörte aber wohl auch zum ursprünglichen Gehöft. Dann gab es noch einen offensichtlich neu gebauten offenen Unterstand für die Landmaschinen und ein weiteres hohes Gebäude, das im Verhältnis zu den anderen sehr modern wirkte. Vermutlich befanden sich darin noch mehr Stallungen für die Kühe.

Als Henry den Defender in den Hof fuhr, warteten vor dem modernen Stallgebäude bereits zwei Männer auf sie. Zwischen beiden lagen ungefähr zwanzig Jahre Altersunterschied, und ihre Füße steckten in schwarzen Gummistiefeln. Ansonsten unterschied sich ihr Kleidungsstil allerdings signifikant. Der Jüngere, der Anfang bis Mitte dreißig sein musste und braunhaarig war, trug Jeans und ein kariertes kurzärmeliges Hemd, während der ältere Grauhaarige eine abgewetzte braune Cordhose mit grünem Hemd und olivfarbener Tweedweste kombiniert hatte. Man sah ihnen an, dass sie verwandt sein mussten, denn beide waren kräftig gebaut, und ihre Gesichtszüge ähnelten sich sehr. Der Ältere lächelte, der Jüngere blickte ihnen mit finsterer Miene entgegen.

»Oh, verdammt, der hat mir noch gefehlt«, entfuhr es Henry, als sein Blick auf die Männer fiel.

»Wer?«, hakte Julia nach und merkte an Henrys überraschtem Gesichtsausdruck, dass er das offensichtlich nicht laut hatte aussprechen wollen. »Wer hat Ihnen noch gefehlt?«

Henry parkte den Defender vor dem Wohnhaus und schaltete den Motor aus. Dann deutete er mit dem Kinn über seine Schulter auf die beiden Männer. »Der Ältere ist Seamus Bodilly und der Jüngere sein Sohn Tom. Früher waren Tom und ich … ach, egal!« Er machte eine wegwerfende Handbewegung. »Sagen wir einfach, ich hatte gehofft, ihn hier nicht zu treffen.«

»Hatten Sie Ärger mit ihm?«, fragte Julia und konnte nicht verhindern, dass ihre Stimme hoffnungsvoll klang. »Guckt er deshalb so finster?«

Henry ging nicht auf ihre Frage ein, sondern stieg aus. Hastig folgte sie ihm, und sie erreichten gemeinsam die beiden Männer.

»Guten Morgen«, sagte Henry, bevor ein anderer es tun konnte, und lächelte. »Wir haben gehört, Sie brauchen einen Tierarzt?«

»Henry Campbell«, erwiderte Tom Bodilly, ohne auf seine Frage einzugehen. »Du bist es wirklich!« Seine Stimme klang ungläubig. »Ich dachte, du traust dich nicht mehr her.«

»Wie du siehst schon.« Henry lächelte gezwungen und wandte sich an den älteren Seamus. »Isobell sagt, Sie brauchen einen Tierarzt?«

»Einen, ja«, erwiderte Seamus, der Henry und Julia im

Gegensatz zu seinem Sohn mit unverhohlener Neugier musterte. »Aber offenbar haben wir in Carywith ja jetzt mehrere zur Auswahl.«

»Zumindest für eine Weile«, schaltete sich Julia ein und streckte Seamus Bodilly die Hand hin. »Mister Campbell kennen Sie ja schon, und ich bin Julia Shaw. Wir bewerben uns beide um die Übernahme von Doktor Chegwins Praxis, und sie hat uns gebeten, für eine Weile zur Probe zu arbeiten, damit …«

»Ja, ich weiß«, unterbrach Seamus sie, ohne ihre Hand zu ergreifen, und musterte sie herablassend. »Aber *Sie*? Henry Campbell, okay, von mir aus, auch wenn es meinen Sohn nicht gerade begeistert. Aber wie wollen *Sie* denn unseren Hellboy behandeln? Das ist ein ausgewachsener Stier, Mädchen! Der wiegt zehnmal so viel wie Sie!«

»Ich hatte auch nicht vor, ihn zu einem Zweikampf herauszufordern«, entgegnete Julia und versuchte, sich nicht anmerken zu lassen, wie sehr die Bemerkung des Farmers sie traf. »Im Zweifel sediere ich ihn, bevor ich ihn untersuche.«

Seamus wirkte überrascht über ihren Widerspruch. Doch er war offenbar noch nicht überzeugt.

»Das ist nicht so einfach, wie Sie sich das vorstellen«, wandte er ein. »Hellboy ist ein verdammt harter Brocken. Den kriegt man nicht so schnell klein.«

»Mich auch nicht«, versicherte Julia ihm und hielt seinem skeptischen Blick stand.

»Lass es sie doch versuchen«, mischte Tom sich mit einem wütenden Seitenblick auf Henry ein. »Ihr traue ich jedenfalls mehr zu als unserem Doktor Campbell hier.«

Seamus schnaubte, sichtlich unentschlossen. »Ich weiß nicht … wenn du meinst?«

»Vielleicht zeigt ihr uns erst mal den Bullen«, mischte sich Henry ein. »Damit wir wissen, womit wir es zu tun haben.«

Der Vorschlag schien Seamus zu gefallen, denn er nickte. »Er steht auf der Weide. Das ist ein Stück raus. Am besten fahrt ihr uns hinterher.«

Julia und Henry gingen zurück zum Defender, während die beiden Farmer in ihr eigenes Auto, einen alten Mercedes-Geländewagen, stiegen. Kurze Zeit später fuhren sie vom Hof und überquerten zunächst eine offene Weide. Dann bog der Mercedes in einen unbefestigten Weg zwischen zwei Steinmauern ab, der so schmal war, dass Julia sich fragte, ob sie selbst das Auto ebenso sicher hindurchgelenkt hätte wie Henry. Noch eine Sache, die er mir offenbar voraushat, dachte sie. Doch bisher war es gar nicht so schlecht gelaufen – allerdings verdankte sie das einzig der Tatsache, dass Henry auf dieser Farm offenbar nicht besonders beliebt war.

»Wieso ist Tom Bodilly eigentlich so schlecht auf Sie zu sprechen?«, erkundigte sie sich.

»Ich bin ihm vor langer Zeit mal in die Quere gekommen bei einer Frau«, erklärte er. »Caitlin Stanton. Tom war sehr verliebt in sie. Eigentlich waren wir das alle. Caitlin war das hübscheste Mädchen weit und breit.«

Julia schluckte. »Wie alt waren Sie da?«

»Siebzehn«, antwortete Henry schmunzelnd. »Das Alter, in dem die Hormone verrücktspielen. Für mich war es trotzdem nicht mehr als eine Schwärmerei. Ich war ja nur Feriengast. Tom dagegen wollte unbedingt bei Caitlin landen.«

»Aber Caitlin wollte lieber Sie.« Julia hatte es ausgesprochen, ohne darüber nachzudenken, und merkte erst, als Henry grinste, dass sie es nicht als Frage formuliert hatte.

»Ich war einfach schneller als er und habe Caitlin vor ihm

gefragt, ob sie mit mir zum Sommerball in Penrose House geht«, erzählte er. »Das war damals der Höhepunkt der Saison, wir haben in den Wochen vorher von nichts anderem geredet. Tom wollte Caitlin fragen, aber er hat die ganze Zeit überlegt, wie er es anstellen soll. Ich hab's einfach gemacht, und als Tom dann endlich den Mund aufbekommen hat, da hat sie ihm wegen mir einen Korb gegeben. Er war furchtbar wütend. Auf dem Ball hat er sich betrunken und wollte mich verprügeln.«

»Und wie ist es ausgegangen?«, erkundigte sich Julia.

»Mit einer gebrochenen Nase für Tom. Die aber nicht von mir stammte. Er ist gegen eine Tür getaumelt, weil er nicht mehr richtig gehen konnte. Das war natürlich für den Rest des Sommers Gesprächsthema im Ort. Seitdem hasst er mich.«

Julia zögerte kurz. »Und Caitlin?«, fragte sie dann. »Waren Sie danach mit ihr zusammen?«

»Nein.« Henry zuckte mit den Schultern. »Wie gesagt, es war nicht mehr als eine Schwärmerei, daraus ist nie etwas geworden. Ich bin dann studieren gegangen, und sie hat einen Geschäftsmann aus Truro geheiratet.« Er wandte ganz kurz den Kopf zu ihr und grinste. »Warum interessiert Sie das?«

Julia fühlte sich ertappt und richtete den Blick hastig wieder auf den Weg.

»Ich möchte einfach verstehen, wie es kommt, dass ich plötzlich im Vorteil bin«, sagte sie. »Ich hätte gedacht, dass die Bodillys sich für Sie entscheiden.«

»Das tun sie ja vielleicht noch«, meinte Henry. »Wenn Sie mit dem Bullen nicht fertigwerden, springe ich gerne für Sie ein.« Sein Grinsen vertiefte sich, und Julia wurde klar, dass er offenbar davon ausging, dass sie versagen würde. Deshalb ist er eben auch so ruhig geblieben, dachte sie und spürte eine willkommene Wut in sich aufsteigen.

»Das müssen Sie nicht«, erklärte sie. »Ich schaffe das schon.«

Wie aufs Stichwort blieb der Mercedes der Bodillys vor einem Gatter stehen, und die beiden Farmer stiegen aus. Henry hielt ebenfalls an, und Julia verließ den Defender fast ein bisschen hastig. Sie holte ihre Arzttasche vom Rücksitz, dann machte sie sich auf den Weg zu Tom und Seamus, die am Gatter auf sie warteten.

»Wo ist der Bulle denn?«, erkundigte sie sich und ließ den Blick über die Weide gleiten, die auf einer Seite von einer Steinmauer begrenzt wurde. An den übrigen Seiten waren Zäune gezogen.

»Er steht dahinten.« Tom deutete auf eine Gruppe von Kühen, die rechts von ihnen an einem der Zäune standen, so dicht beieinander, dass Julia zuerst keine einzelnen Tiere ausmachen konnte. Doch als Seamus laut pfiff, kamen sie näher und gaben den Blick frei auf ein einzelnes Tier, das am Zaun stehen geblieben war.

»Das ist unser Hellboy«, erklärte Seamus mit unüberhörbarem Stolz in der Stimme. »Ist er nicht prachtvoll?«

Julia schluckte, weil sie selten einen so massigen Bullen gesehen hatte. Er war, wie die Kühe, hellbraun, hatte dichtes, lockiges Fell, beeindruckend spitze Hörner und ganz eindeutig sehr schlechte Laune, denn er hielt den Kopf gesenkt und scharrte mit dem rechten Vorderhuf. Dabei stieß er ein tiefes, drohendes Brummen aus, das bis zu ihnen drang und sie davor warnen sollte, sich ihm weiter zu nähern.

»Und was fehlt ihm genau?«, erkundigte Julia sich, froh darüber, dass ihre Stimme ganz ruhig klang.

»Er lahmt hinten links«, erklärte Seamus Bodilly. »Wir dachten, es geht von allein wieder weg, aber es wird schlimmer. Gestern Abend wollten wir ihn einfangen, aber dabei hätte er uns fast den Stall zerlegt. Seinen Namen trägt er nicht umsonst, das kann ich Ihnen sagen.«

»Dann ist er es nicht gewohnt, im Stall zu stehen?«, erkundigte sich Julia.

»Doch, grundsätzlich geht er schon mit der Herde rein, wenn das nötig ist«, meinte der alte Farmer. »Aber heute war nichts zu machen. Er hat wohl Schmerzen.«

Julia fand es beeindruckend, wie die Bodillys ihre Kühe hielten. Isobell hatte vorhin noch kurz erzählt, dass der Hof schon seit einiger Zeit kein klassischer Mastbetrieb mehr war, sondern auf ökologisch-nachhaltige Fleischproduktion setzte. Das bedeutete, dass die Kühe den Großteil des Jahres auf der Weide standen, zusammen mit ihren Kälbern, die bis zu ihrem Verkauf bei den Muttertieren bleiben durften. Und da es mit der eigentlich üblichen künstlichen Befruchtung schwierig war, wenn die Kühe sich fast nur draußen aufhielten, gehörten immer auch ein oder zwei Zuchtbullen zur Herde. Julia gefiel diese natürlich Art der Rinderhaltung sehr, und sie hoffte, dass mehr Betriebe eines Tages dorthin zurückfinden würden.

»Wie lange haben Sie Hellboy schon?«, erkundigte sie sich.

»Knapp anderthalb Jahre«, erklärte der alte Farmer. »Und ich hatte selten einen Besseren. Er macht prächtige Kälbchen.«

»Er macht vor allem prächtigen Ärger«, beschwerte sich Tom. »Schließlich mussten wir wegen ihm jetzt schon wieder den Tierarzt rufen. Wenn das so weitergeht, dann bringen wir ihn besser direkt zum Abdecker.«

»Ein so junges Tier?« Entsetzt sah Julia ihn an – und

bereute ihre Bemerkung sofort, als beide Farmer die Stirn runzelten.

Herrje, sie durfte nicht vergessen, dass sie jetzt auf dem Land war! In der St. George's Vet Clinic in London hatte sie hauptsächlich teure Renn- und Springpferde behandelt, bei denen stets nur eins im Vordergrund stand: sie wieder gesund zu machen, koste es, was es wolle. Bei Nutztieren wie Hellboy sah die Rechnung anders aus, viele Landwirte mussten knapp kalkulieren und konnten sich hohe Tierarztrechnungen nicht leisten. Der Weg zum Abdecker war da oft die kostengünstigere Alternative.

Julia räusperte sich. »Na, dann wollen wir das mal verhindern«, sagte sie und warf einen Blick über die Schulter zu Henry. Er war inzwischen auch ausgestiegen, machte sich jedoch noch hinten am Wagen zu schaffen. Gut, dachte Julia, zufrieden damit, dass er ihr das Feld überließ. Entschlossen trat sie näher an das Gatter heran.

Die Kühe mit ihren Jungtieren, die Seamus zu sich gepfiffen hatte, standen dort, aber in einigem Abstand. Offenbar waren sie ein bisschen wilder als ihre Artgenossen in der Stallhaltung, weil sie mit Menschen nicht so viel zu tun hatten, überlegte Julia. Das war vielleicht auch der Grund, warum der Bulle sich nicht so leicht einfangen ließ. Aber es musste doch trotzdem …

»Achtung, er kommt!«, rief Tom Bodilly.

Julia blickte nach rechts, wo Hellboy zuletzt gestanden hatte, und sah, dass er nicht mehr an seinem Platz war.

Eine Sekunde später ertönte ein lautes, tiefes Brüllen, und dann stoben die Kühe vor Julias Augen auseinander und ließen den Bullen durch, der mit gesenktem Kopf auf das Gatter zuhielt.

7

Der Bulle schien sich wie in Zeitlupe zu bewegen. Seine Augen glänzten dunkel, die Muskeln spielten unter dem dichten braunen Fell. Nur noch wenige Meter! Julias Herz hämmerte wild, und sie wollte weglaufen, aber sie war wie erstarrt. Zweck hatte es ohnehin nicht, denn Hellboy hatte sie fast erreicht. Gleich würde er das Gatter durchbrechen, und sie …

Etwas sauste an ihr vorbei, traf den Bullen und ließ ihn zusammenzucken. Mit einem lauten Brüllen warf er den Kopf hoch, brach seitlich aus und rannte wieder auf die Wiese hinaus. Dabei wurde er immer langsamer. Schwer atmend blieb er schließlich stehen und stieß noch ein zorniges Brüllen aus. Dann knickten ihm die Vorderbeine ein.

»Guter Schuss!«, meinte Seamus Bodilly anerkennend hinter Julia, und endlich begriff sie, was es war, das da am Hals des Bullen hing – ein Betäubungspfeil!

Überrascht fuhr sie herum und sah, dass Henry neben ihr stand und sie besorgt musterte.

»Alles okay?«, fragte er.

Als sie nicht sofort antwortete, legte er ihr eine Hand auf die Schulter. Die Berührung war warm und ließ die Erstarrung aus ihrem Körper weichen. Hastig machte sie einen Schritt zur Seite und schüttelte seine Hand ab.

»Ja, ich …« Ihr Blick fiel auf das Blasrohr, das Henry in der

Hand hielt. Das benutzte man gern, um Großtiere zu sedieren, weil man damit Betäubungspfeile schonender und mit weniger Verletzungsrisiko setzen konnte als mit einem Gewehr. Isobell hatte es ihnen inklusive allem Zubehör mitgegeben, und Henry musste es direkt aus dem Auto genommen haben, wenn er es so schnell zur Hand gehabt hatte.

»Woher wussten Sie, dass der Bulle angreift?«, fragte Julia, immer noch ein bisschen atemlos.

Henry zuckte mit den Schultern. »In Südafrika hatte ich es ein paarmal mit gereizten Büffeln zu tun. Da habe ich gelernt, dass man auf plötzliche Angriffe vorbereitet sein sollte.«

»Gut gemacht!«, lobte ihn Seamus, und sogar Tom nickte anerkennend, wie Julia unglücklich zur Kenntnis nahm. Damit hatte sie ihren Vorteil eindeutig verspielt. Beschämt dachte sie daran, wie passiv sie dagestanden hatte, als der Bulle auf sie zugerannt war. Das wäre vielleicht schiefgegangen, wenn Henry nicht so schnell gehandelt hätte …

»Ja, das stimmt«, bestätigte sie widerwillig und blickte zu Henry auf. »Das … war sehr umsichtig von Ihnen.«

Seine Augen funkelten, und zuerst dachte sie, dass er sich über sie amüsierte. Aber tatsächlich wirkte er eher wütend.

»Was ist denn nun mit Hellboy?«, erkundigte sich Tom Bodilly. »Ich glaube, er schläft.«

»Dann sehe ich ihn mir an.« Julia nahm ihre Tasche und öffnete das Gatter. Als sie ein paar Schritte auf die Wiese gegangen war, merkte sie, dass Henry ihr folgte. Sofort blieb sie stehen und sah ihn warnend an. »*Ich* sehe ihn mir an«, betonte sie. »Sie brauchen mich nicht zu begleiten.«

»Ich lasse Sie auf keinen Fall alleine zu diesem Biest«, erwiderte Henry. »Wir wissen nicht, wie gut die Narkose wirkt. Falls die Dosis nicht reicht …«

»... spritze ich noch etwas nach«, beendete Julia den Satz. »Ich habe das im Griff, Doktor Campbell.«

»Ach, so wie gerade eben?«, fragte er mit hochgezogenen Brauen, und Julia spürte, wie ihre Wangen sich röteten.

»Der Bulle ist betäubt, es besteht keine Gefahr mehr«, beharrte sie, aber Henry schüttelte den Kopf.

»Ich komme mit«, erwiderte er. »Ob Sie wollen oder nicht. Sie gehen da nicht allein hin.«

Julia schwieg einen Moment, überrascht darüber, wie vehement er klang. Dann merkte sie, dass Seamus und Tom am Gatter lehnten und sie sehr genau beobachteten, und stöhnte innerlich. Es war ganz sicher nicht klug, Henry vor den beiden eine Szene zu machen, nachdem sie sich eben schon so unprofessionell verhalten hatte. Und gewinnen würde sie den Streit vermutlich auch nicht, so entschlossen, wie Henry aussah.

»Okay, von mir aus.« Sie trat einen Schritt auf ihren Konkurrenten zu und senkte die Stimme. »Aber Sie mischen sich nicht ein«, zischte sie. »Die Bodillys haben mich beauftragt, den Bullen zu behandeln, also ist das mein Fall. Sie halten sich da raus.«

Henry verdrehte die Augen. »Ja, schon klar. Hauptsache, Sie beeilen sich, sonst wacht unser Höllenbulle wieder auf und macht Schaschlik aus uns.«

Julia blickte sich zu Hellboy um, der auf der Seite lag und sich nicht rührte. Aber Henry hatte recht: Das konnte sich schnell ändern, deshalb warf sie noch einen letzten Blick zu Seamus und Tom hinüber, bevor sie losging.

Die Kühe wichen ihr aus, und sie lief mit großen Schritten, weil sie zuerst bei Hellboy ankommen wollte. Es nützte nur nichts, denn Henry hielt mit seinen langen Beinen entspannt mit ihr mit, und sie erreichten den Bullen gleichzeitig. Wie versprochen blieb Henry jedoch stehen und überließ es ihr, sich das schlafende Tier genauer anzusehen.

Sie stellte ihre Tasche ab und ging in die Hocke, den Blick auf Hellboys Kopf gerichtet. Die Augen des massigen Tiers waren geschlossen, und er atmete ruhig, schlief also noch.

»Dann wollen wir mal«, murmelte sie und entfernte als Erstes den Betäubungspfeil. Dann hörte sie den Bullen ab, um sicherzugehen, dass sein Kreislauf die Narkose verkraftete. So weit schien alles in Ordnung, deshalb wandte sie sich dem Hinterlauf zu, der dem Bullen Probleme machte.

Zum Glück lag Hellboy auf der richtigen Seite, sodass sie das betroffene Bein in Augenschein nehmen konnte. Und sie erkannte sofort, was den Bullen quälte.

»Ein Abszess«, diagnostizierte Henry über ihr, der die Stelle auf der Innenseite des Unterschenkels offenbar auch entdeckt hatte. Die dicke Schwellung deutete darauf hin, dass sich Eiter unter der Haut befand, was erklärte, warum Hellboy nicht mehr gerne auftrat: Das war sicher sehr schmerzhaft.

»Und?«, brüllte Seamus Bodilly laut über die Wiesen. »Was ist mit ihm?«

»Ein Abszess am Bein«, rief Julia zurück und öffnete ihre Tasche, um die Sachen herauszunehmen, die sie für die Behandlung brauchte. »Kein Wunder, dass er schlechte Laune hat.«

»Seien Sie vorsichtig!«, sagte Henry hinter ihr, als sie ihre Hand an die entzündete Stelle legte. »Wenn Hellboy aufwacht, könnte er Sie verletzen.«

»Das weiß ich«, erwiderte Julia verärgert. Was glaubte er eigentlich? Sie hatte bisher zwar eher Pferde behandelt, aber dass die unkoordinierten Bewegungen eines aus der Narkose erwachenden Großtieres eine Gefahr darstellten, war ihr durchaus bewusst.

Sie betastete die entzündete Stelle ganz vorsichtig. Hellboy rührte sich nicht, schien es also nicht zu spüren.

»Also dann«, murmelte Julia und nahm ihr Skalpell. Mit einem routiniert gesetzten Schnitt öffnete sie den Abszess, um den Eiter abfließen zu lassen, und säuberte die Wunde anschließend sorgfältig. Dann trug sie eine antibiotische Creme auf und brachte einen Verband an, um Dreck und Keime abzuhalten. Hellboy würde ihn irgendwann verlieren, aber bis dahin war der Abszess hoffentlich abgeheilt.

»So, das sollte reichen«, sagte sie und strich dem Bullen lächelnd über das lockige Fell. »Jetzt tut es nicht mehr so weh, dass es dich verrückt macht und du deswegen Leute auf die Hörner nehmen möchtest.«

Sie wusste, dass Hellboy nur deshalb so aggressiv gewesen war. Er war nicht böse, er reagierte einfach auf den Schmerz, deswegen konnte man ihm keinen Vorwurf machen. Menschen waren viel komplizierter, was vielleicht einer der Gründe war, warum Julia lieber mit Tieren umging …

Hellboy zuckte mit dem Hinterlauf und stieß ein Brummen aus. Die Narkose ließ nach, deshalb begann Julia damit, ihre Sachen zusammenzupacken. Sie legte das übrige Verbandszeug wieder in die Tasche, schob die Salbe zurück in die Schlaufe, in die sie gehörte, stellte die Flasche mit dem Desinfektionsmittel an ihren angestammten Platz und holte eine kleine Plastiktüte aus einem der Seitenfächer, um darin das benutzte Skalpell zu verstauen.

»Geht das nicht schneller?«, fragte Henry über ihr ungeduldig.

Sie schloss die Tasche und erhob sich. »So viel Zeit muss

sein«, sagte sie und fuhr zusammen, als Hellboy hinter ihr laut und anklagend brüllte. Sofort drehte sie sich zu dem Bullen um, der den Kopf bereits wieder gehoben hatte und sich benommen umsah.

»So viel Zeit haben wir aber nicht«, presste Henry zwischen den Zähnen hervor. Mit einer Hand griff er nach Julias Tasche und mit der anderen nach ihrem Arm. »Los jetzt, weg hier!«

So schnell sie konnten, liefen sie über die Weide zu den Bodillys zurück, die das Gatter aufhielten und aufgeregt winkten.

»Das war knapp«, meinte Tom Bodilly, als Henry und Julia sie erreicht hatten. »Da, seht doch. Hellboy ist wieder fit.«

Tatsächlich war der massige Bulle aufgestanden und schüttelte sich, wenn auch noch etwas benommen.

»Und was ist jetzt mit ihm?«, fragte Seamus, die Hände in den Hosentaschen vergraben. »Kommt er wieder in Ordnung?«

Julia nickte. »Der Abszess sollte ihm jetzt keine Beschwerden mehr machen. Aber Sie müssen ihn beobachten und Bescheid geben, falls er wieder lahmt.«

»Wenn das noch mal passiert, kommt er zum Abdecker«, murmelte Tom Bodilly mit finsterer Miene, und diesmal sparte Julia sich eine Bemerkung. Sie war einfach nur erleichtert darüber, dass sie den Bullen erfolgreich behandelt hatte.

»Ich denke, wenn alles gut abheilt, werden Sie noch lange Freude an Hellboy haben«, erklärte sie Seamus, dem mehr an dem Bullen zu liegen schien als seinem Sohn.

Der alte Farmer nickte. »Das hoffe ich«, brummte er, und Julia suchte in seinem Gesicht nach einem Anzeichen dafür, dass er ihre Arbeit zu schätzen wusste. Er verabschiedete sie jedoch nur mit einem kräftigen Händedruck, der ihr die Finger zusammenquetschte.

»Er hätte sich ruhig bedanken können«, meinte sie kurze Zeit später, als sie mit Henry wieder im Wagen saß und zurück Richtung Carywith fuhr.

»Hauptsache, er bezahlt die Rechnung«, murmelte Henry, ohne den Blick von der Straße zu nehmen.

Julia dachte an das, was Isobell erzählt hatte, und stöhnte innerlich bei dem Gedanken, dass man hier vielleicht wirklich jeder Bezahlung hinterherlaufen musste. Das waren keine guten Aussichten, aber sie beschloss, sich davon nicht abschrecken zu lassen.

»Sie sind ja so schweigsam«, sagte sie nach einer Weile und warf Henry lächelnd einen Seitenblick zu. »Hat es jetzt Ihnen die Sprache verschlagen?«

Henry sah Julias zufriedenes Lächeln und kämpfte gegen den Drang, anzuhalten und sie zu packen und zu schütteln. Herrgott, war ihr denn gar nicht klar, wie knapp das eben gewesen war? Wenn er das Blasrohr mit der Betäubung nicht zur Hand gehabt hätte, dann wäre dieser verrückte Bulle vielleicht durch das Gatter gebrochen und hätte Julia überrannt. Henry hatte sie schon unter seinen Hufen gesehen, und der Schreck saß ihm immer noch in den Gliedern. Und sie saß hier und lächelte ihn herausfordernd an!

»Sie haben den Bullen unterschätzt«, sagte er. »Das darf nicht noch mal passieren. Hier in der Gegend gibt es nämlich noch ein paar mehr Hellboys.«

Bei der Erinnerung an den Vorfall verschwand das Lächeln aus ihrem Gesicht, und Henry glaubte, dass sie anfangen würde, sich zu rechtfertigen. Stattdessen blickte sie nachdenklich nach vorn auf die Straße.

»Das nächste Mal bin ich vorbereitet«, sagte sie, und ihre

Stimme klang so entschlossen, dass die Anspannung in ihm nachließ und er fast schmunzeln musste.

Er kannte Julia Shaw noch nicht lange, aber er war tatsächlich sicher, dass ihr dieser Fehler nicht zweimal passieren würde. Wie perfektionistisch sie war, erkannte man schließlich schon an dem aufgeräumten Zustand ihrer Arzttasche. So hatte seine eigene nur einmal ausgesehen – als sie gerade neu und frisch eingeräumt gewesen war. Wahrscheinlich wird Julia der Schlag treffen, wenn sie einen Blick in meine Tasche wirft, überlegte er, gegen seinen Willen amüsiert.

Genauso gründlich, wie sie ihre Tasche aufräumte, arbeitete sie allerdings auch. Sie hatte den Abszess des Bullen absolut vorbildlich versorgt, daran gab es nichts auszusetzen. Und wie liebevoll sie mit Hellboy umgegangen war, obwohl er sie kurz zuvor noch beinahe auf die Hörner genommen hätte! Sie wusste sein Verhalten offenbar einzuschätzen, und das rang Henry Bewunderung ab. Nein, eine schlechte Tierärztin war Julia Shaw nicht, das musste er zugeben.

Aber sie taugt trotzdem nicht als Isobells Nachfolgerin, erinnerte er sich grimmig. Dafür ist sie einfach zu … zu … Er fand nicht das richtige Wort. Schwach war sie nicht, jedenfalls nicht mental. Sie wusste sich durchaus zu wehren und konnte sich durchsetzen. Aber sie war eben auch sehr zierlich. Und als der massige Bulle vorhin so wütend auf sie zugestürmt war …

Henry stieß die Luft aus, weil er spürte, wie erneut dieser beinahe übermächtige Beschützerinstinkt in ihm aufstieg. Den weckte Julia ganz offensichtlich in ihm, ohne dass er etwas dagegen tun konnte. Deshalb hatte er gestern angehalten und sie mitgenommen. Und deshalb war er eben fast wahnsinnig geworden, als sie sich so viel Zeit mit der Behandlung gelassen hatte. Er hatte jede Sekunde damit gerechnet, dass Hellboy aufwachte, und als es passiert war, hätte er Julia verdammt gerne gepackt und so schnell wie möglich aus der Gefahrenzone getragen. Dieses Gefühl der hilflosen Sorge hatte ihn ganz schwach gemacht, und das war gar nicht gut. Herrgott, sie war seine Konkurrentin! Da fing er besser nicht damit an, sie zu bewundern oder auf sie aufzupassen …

»Was?«, knurrte er, weil er merkte, dass Julia ihn ansah.

»Ich weiß nicht«, sagte sie. »Sie wirken so wütend. Sind Sie sauer, weil die Bodillys wollten, dass ich den Bullen behandle?«

Henry schnaubte. »Tom wollte das, weil er mich hasst, nicht, weil er der Meinung ist, dass Sie die bessere Tierärztin sind«, stellte er richtig. »Und Seamus war vermutlich nur einverstanden, weil er gerne etwas zu erzählen hat. Ich wette, er ist schon auf dem Weg ins ›Fisherman's Inn‹, um den Leuten brühwarm von unserem Besuch zu berichten. Und glauben Sie ja nicht, dass Sie dabei besonders gut wegkommen werden.«

Er sah, wie ein Muskel in Julias Wange zuckte.

»Und warum nicht?«, beharrte sie. »Okay, ich habe Hellboy am Anfang vielleicht unterschätzt, aber an meiner Behandlung gibt es nichts auszusetzen.«

Henry schüttelte den Kopf. »Sie verstehen es einfach nicht, oder? Das hier ist Carywith, nicht London. Die Leute ticken hier anders. Sie werden eine Städterin wie Sie nicht einfach so akzeptieren, nur weil Sie sich in den Kopf gesetzt haben, dass Sie hier unbedingt Tierärztin sein wollen.«

Julia wandte sich wieder nach vorn. »Ich denke, wir sollten abwarten, wie sich die Dinge entwickeln«, sagte sie trotzig. Doch Henry hatte den verletzten Ausdruck in ihren Augen gesehen und fluchte innerlich.

Verdammt, er hätte das nicht so hart formulieren müssen. Aber es war nun mal die Wahrheit, und vielleicht war es ganz gut, wenn Julia aufhörte, sich etwas vorzumachen. Die Farmer würden sich für ihn entscheiden, weil sie konservative Knochen waren, die allem Neuen erst mal misstrauten. Das ist mein Ass im Ärmel, dachte Henry, ohne sich darüber zu freuen.

»Ja, warten wir es ab«, sagte er und drosselte das Tempo, als sie das Ortsschild von Carywith passierten.

8

Julia betrat das »Tailored Fashion« und wartete auf das Vogelzwitschern, das eine Sekunde später ertönte. Als sie vor einer Woche, am Ende ihres ersten Arbeitstages, den kleinen Laden am Hafen von Carywith betreten hatte, war sie noch überrascht gewesen, dass die Türklingel dieses ungewöhnliche Geräusch machte. Inzwischen fand sie, dass es perfekt zu dem frühlingshaft-bunten Innern der Boutique passte.

Die Wände waren Pastellgrün und sorgten, zusammen mit den üppigen Schnittblumensträußen in den Vasen auf den Fensterbrettern, für eine frische Atmosphäre. Die weiß lackierten Regale und Kleiderständer passten perfekt dazu, genau wie die ebenfalls weiße Theke am Ende des Raums, auf der eine überdimensionierte alte Metallkasse stand. Blickfang war außerdem ein mit grünem Samt gepolsterter Louis-Quinze-Sessel.

Optisch teilte sich der Raum in zwei Bereiche. Links war die gesamte Wand mit Regalen bedeckt, in denen sorgsam gefaltete Kleidungsstücke in allen möglichen Farben und Formen lagen oder teilweise auch an eingebauten Kleiderstangen hingen. Die blassgelben Zettel, die an den Sachen befestigt waren, verrieten, dass es sich um Änderungen handelte, die auf Abholung warteten. An den Ständern auf der anderen Seite hingen dagegen neue, selbst genähte Kleider, Röcke und Blusen, die Julia auch diesmal wie magisch anzogen.

Lächelnd strich sie über die zarten Stoffe, bei denen florale

Muster und sanfte, helle Farben dominierten. Die Schnitte reichten von mädchenhaft-verspielt bis damenhaft-elegant, und neben den Kleidungsstücken gab es auch noch eine Auswahl an Stofftaschen, Stoffgürteln, Schals und Tüchern.

Julia fand das alles ganz zauberhaft und besaß bereits zwei Kleider und eine Bluse sowie einen Gürtel und ein Tuch aus diesem Laden. Sie hatte sich die neuen Sachen gegönnt, weil ihr Aufenthalt hier in Carywith länger dauerte als geplant und sie etwas zum Wechseln brauchte. Aber selbst, wenn es anders gewesen wäre, hätte sie vermutlich nicht widerstehen können …

Schritte erklangen, und einen Augenblick später erschien Lucy Evans in der Tür hinter der Kassentheke. Sie hatte ihre feuerroten Haare zu einem Pferdeschwanz gebunden und trug eines ihrer eigenen Kleider. Als sie Julia erkannte, lächelte sie strahlend.

»Oh, Doktor Shaw, wie schön! Ich hatte gehofft, dass Sie noch vorbeikommen!«

Erschrocken sah Julia sie an. »Wieso? Ist was mit Byron? Hat sich sein Zustand verschlechtert?«

Sie bückte sich nach dem schwarzweißen Kater, der plötzlich aufgetaucht war und ihr schnurrend um die Beine strich, und hob ihn hoch. »Er sieht eigentlich ganz fit aus«, meinte sie verwundert.

»Das ist er auch«, bestätigte Lucy. »Die Tabletten, die Sie ihm verschrieben haben, wirken wahre Wunder. Er ist wieder genauso verfressen wie früher, und sein Fell sieht auch schon viel besser aus. Das haben Sie wirklich toll hinbekommen!«

»Das ist doch mein Job«, meinte Julia und versuchte, das Gefühl der Enttäuschung zu verdrängen, das sich in ihr ausbreitete. Natürlich freute sie sich darüber, dass der Kater, bei dem sich der Verdacht auf Schilddrüsenprobleme bestätigt hatte, gute Fortschritte machte. Aber wenn er beschwerdefrei war, dann gab es auch keinen Grund mehr, abends noch schnell bei Lucy im Laden vorbeizuschauen und ein bisschen mit ihr zu plaudern. Während der vergangenen Tage hatte Julia das regelmäßig getan, und dieser Austausch würde ihr fehlen.

»Tja, wenn alles in Ordnung ist, dann will ich mal wieder«, sagte sie und setzte den Kater zurück auf den Boden. »Sie haben sicher noch zu tun, und …«

»Nein, bitte bleiben Sie!«, unterbrach Lucy sie. »Ich habe gerade eine Kanne Tee gekocht. Hätten Sie nicht Zeit für einen Becher? Ich würde mich freuen.«

»Ja, gerne.« Julia folgte Lucy durch die Tür hinter der Kasse in den hinteren Teil des Hauses. Dort befand sich ein schmaler Flur, von dem zwei Türen abgingen. Die eine war geschlossen, die andere führte in eine kleine Küche, in der neben einer alten weißen Kochnische nur noch für einen quadratischen Tisch und zwei einfache Holzstühle vor dem Fenster Platz war. Die zartgelb gestrichenen Wände, die geblümte Tischdecke und die passenden Vorhänge gaben dem Raum trotzdem etwas sehr Behagliches.

»Setzen Sie sich doch!«, meinte Lucy und holte zwei Becher aus dem Hängeschrank über dem schon leicht ramponierten Herd.

Julia wollte der Einladung folgen, blieb jedoch vor einer gerahmten Zeichnung stehen, die an der Wand hing und zwei Frauen vor einer Parklandschaft zeigte. Sie trugen altmodisch wirkende Kleider mit besonders hoch angesetzter Taille.

»Die sind ist ja schön«, entfuhr es ihr. »Sind das Regency-Kleider?«

»Ja, genau!«, bestätigte Lucy und trat mit den Bechern in der Hand neben sie. »Kennen Sie sich damit aus?«

»Nur ein bisschen«, gestand Julia. »Wir haben im Internat mal ein Theaterstück geschrieben, nach dem Roman ›Stolz und Vorurteil‹ von Jane Austen. Zur Aufgabe gehörte auch, die Kostüme so authentisch wie möglich aussehen zu lassen. Deshalb mussten wir uns etwas genauer mit der damaligen Mode befassen.«

»Ich liebe diese Epoche und alles, was dazugehört«, gestand Lucy mit einem verträumten Lächeln. »Am liebsten würde ich in dieser Zeit leben und all diese wunderschönen Kleider und Roben nähen!« Sie deutete auf das Bild. »Und mit diesen beiden Entwürfen würde ich anfangen, die wären Teil meiner ersten Kollektion!«

»Entwürfe?« Julia runzelte die Stirn. »Dann ist das Bild von Ihnen?«

Lucy nickte stolz. »Ich zeichne gerne. Das gehört dazu, wenn man Mode entwirft.«

»Das ist brillant!«, lobte Julia, ehrlich beeindruckt. »Vielleicht hätten Sie Kostümbildnerin werden sollen.«

»Ja, vielleicht.« Lucy seufzte tief, während sie die Becher auf den Tisch zu der Kanne stellte, die dort bereits auf einem Stövchen stand. »Aber dazu hätte ich Carywith verlassen müssen, und das hätte ich Mum nicht antun können. Sie ist schon ziemlich lange krank, und jemand muss für sie da sein und sich um alles kümmern.«

Julia setzte sich auf einen der beiden Stühle. »Gibt es denn niemand anderen, der das tun könnte?«

Lucy schüttelte den Kopf. »Sie hat nur mich. Mein Vater ist schon vor fünfzehn Jahren gestorben, und Geschwister habe ich keine. Mum und ich sind ganz allein.« Sie lächelte.

»Aber bevor Sie jetzt Mitleid mit mir haben: Ich bin hier geboren und aufgewachsen, es ist meine Heimat. Manchmal denke ich, dass es schön wäre wegzugehen, weil ich woanders ganz andere Möglichkeiten hätte. Aber so richtig vorstellen kann ich es mir nicht.« Sie zuckte mit den Schultern. »Klingt unlogisch, ich weiß. Aber so ist es.«

»Nein, das ist überhaupt nicht unlogisch!«, widersprach Julia. »Ich finde es hier auch ganz wunderbar und würde Carywith gerne mein Zuhause nennen.«

Lucy setzte sich auf den Stuhl ihr gegenüber und nahm die Teekanne hoch, um ihnen einzuschenken. »Das werden Sie ja auch tun, wenn Isobell sich für Sie entscheidet. Hat sie schon etwas dazu gesagt?«

Julia zuckte zusammen, als Byron ihr unerwartet auf den Schoss sprang und sich dort niederließ. »Nein«, antwortete sie dann, während sie dem Kater über sein weiches Fell fuhr. »Aber ich fürchte, ihre Wahl wird nicht auf mich fallen.«

»Warum nicht?« Lucy, die gerade die Kanne zurück auf das Stövchen gestellt hatte, sah sie erschrocken an. »Läuft es nicht so gut?«

»Doch, es läuft toll«, erklärte Julia. »Henry hat alle Hände voll zu tun auf den Höfen, er wird ständig rausgerufen. Ich dagegen sitze nur in der Praxis und warte.« Frustriert zuckte sie mit den Schultern. »Ich fürchte, es liegt an der Sache mit dem Bodilly-Bullen. Dass er mich fast auf die Hörner genommen hätte, scheinen inzwischen alle zu wissen, und jetzt trauen sie mir nicht mehr zu, dass ich auch mit Großtieren umgehen kann.«

»Verstehe.« Lucy griff nach ihrem Teebecher. »Die Farmer sind also geschlossen im Team Henry?«

Julia nickte unglücklich. »Es ist, als hätten sie sich gegen mich verschworen. Bis jetzt haben mir nur die Coopers von der Grey-Farm eine Chance gegeben. Ansonsten bleiben für mich nur die Haustiere. Und selbst was die angeht, gibt es Leute, die lieber zu Henry möchten.«

»Leute oder Frauen?«, hakte Lucy lächelnd nach.

»Letzteres.« Julia schüttelte den Kopf. »Er hat schon einen regelrechten Fanclub.«

»Und ich wette, Caitlin Stanton ist die Vorsitzende.« Lucy rollte die Augen. »Sie hatte damals schon ein Auge auf Henry geworfen und lässt sich diese Chance bestimmt nicht entgehen.«

»Ja, das stimmt, sie ist ziemlich hinter ihm her«, bestätigte Julia und dachte an die hübsche Brünette, die fast schon Stammgast in der Praxis war.

Als Henry den Namen Caitlin das erste Mal erwähnt hatte – an dem Tag, als sie zusammen auf der Bodilly-Farm gewesen waren –, hatte er behauptet, Caitlin wäre verheiratet und würde in Truro leben. Tatsächlich war sie jedoch frisch geschieden und wohnte wieder im Dorf. Und sie besaß den hübschen, wohlgenährten Siamkater Romeo, der angeblich nicht mehr fressen wollte. Julia war sicher, dass Romeo nichts fehlte, doch Caitlin kam ständig in die Sprechstunde, um ihn untersuchen zu lassen, und zwar ausschließlich von Henry. Heute hatte sie sogar lieber eine Stunde gewartet, anstatt Julias Dienste in Anspruch zu nehmen.

»Und geht Henry auf ihre Flirtversuche ein?«, erkundigte sich Lucy.

»Nein, bisher nicht«, erwiderte Julia und dachte mit einer gewissen Genugtuung daran, wie Henry sich Caitlin und seinen anderen Verehrerinnen gegenüber verhielt. »Er ist freundlich, aber unverbindlich.«

»Ja, das passt«, meinte Lucy »Henry war früher schon beliebt bei den Damen. Aber er war immer sehr schwer zu erobern. Das scheint sich nicht geändert zu haben.«

Julia stutzte, weil sie ganz vergessen hatte, dass Lucy ihn schon länger kannte.

»Er hat behauptet, er wäre nicht mit Caitlin zusammen gewesen«, sagte sie.

»Das stimmt auch«, erwiderte Lucy. »So war das immer bei ihm. Bevor es ernst wurde, war er wieder weg. Die große Schwester einer Schulfreundin von mir war sehr verliebt in ihn, und sie hatte auch einen Sommer lang etwas mit ihm. Aber als er an Weihnachten wiederkam, war's vorbei. Ich weiß noch, wie aufgelöst sie war, die Arme.« Sie zuckte mit den Schultern. »Henry hat es offenbar nicht so mit festen Bindungen. Meine Mutter meint, dass das kein Wunder ist, wenn man bedenkt, was ihm passiert ist.«

Julia sah sie überrascht an. »Was ist ihm denn passiert?«

»Er hat seine Eltern bei einem Verkehrsunfall verloren, als er sieben war«, berichtete Lucy. »Danach hat er bei seiner Großmutter gelebt, die ihn allein großgezogen hat, bis er fünfzehn war. Ich glaube, sie hatte sehr wenig Geld. Das war auch der Grund, warum Henry in den Ferien immer hierherkam. Isobell ließ die beiden umsonst in ihrem Gartenhaus wohnen, und später, als seine Großmutter zu krank zum Reisen war, auch ihn allein. Nur deshalb konnte er überhaupt Urlaub machen. Alles andere hätte er sich nicht leisten können.«

Julia dachte an die vielen Länder, in denen Henry schon gearbeitet hatte. Ob er als Erwachsener nachholen wollte, was ihm als Kind nicht möglich gewesen war?

»Und was passierte, als er fünfzehn war?«, erkundigte sie sich.

»Da starb auch seine Großmutter, und er kam zu sehr entfernten Verwandten«, sagte Lucy. »In den Ferien durfte er aber trotzdem weiter herkommen. Ich glaube, die waren froh, ihn los zu sein.«

Julia dachte an den ersten Abend im Gartenhaus, als sie mit Henry um das Bett gestritten hatte. Er hatte zwar erwähnt, dass er darin schon seit einer Ewigkeit schlief, aber von der tragischen Geschichte dahinter hatte sie nichts geahnt.

»Und Sie denken, er geht keine Bindungen ein, weil er als Kind seine Familie verloren hat?«, hakte sie nach.

»Das glaubt zumindest meine Mutter«, bestätigte Lucy.

Julia schwieg einen Moment, nicht sicher, ob sie es gut fand, dass sie jetzt Henrys Hintergrund kannte. Sie wollte kein Mitgefühl für ihn haben, sie wollte ihn hassen, weil er ihr das Cottage streitig machte. Ihn sich als kleinen, verlorenen Jungen vorzustellen, der im Gartenhaus im Bett lag und sich in den Schlaf weinte, war da nicht sehr hilfreich, deshalb schob sie das Bild hastig beiseite.

»Aber wenn das so ist«, schlussfolgerte sie, »warum will er dann plötzlich sesshaft werden und die Praxis übernehmen?«

»Keine Ahnung«, erwiderte Lucy mit einem Achselzucken. »Nachdem er angefangen hatte zu studieren, kam er immer seltener, und irgendwann blieb er ganz weg. Ich dachte wirklich, wir sehen ihn nie wieder.«

Lucy seufzte tief. »Na, prima! Und ausgerechnet jetzt, wo ich mich für Cove Cottage interessiere, kehrt er zurück und sorgt dafür, dass ich scheitere. Gegen einen gut aussehenden Sonnyboy wie ihn habe ich einfach keine Chance, egal wie viel Mühe ich mir gebe.«

»Ach, das ist doch Unsinn!« Lucy lehnte sich auf ihrem

Stuhl zurück. »Ich finde, Sie machen Ihren Job ganz großartig. Und ich empfehle Sie auch jedem weiter. Es dauert vielleicht noch ein bisschen, aber das Blatt wendet sich ganz bestimmt noch, Sie werden sehen.«

»Nein, das glaube ich nicht.« Julia seufzte. »Die Leute mögen Henry lieber als mich. Und das kann ich sogar verstehen. Wahrscheinlich spüren sie, dass er besser in diese Gegend passt. Ich bin hier einfach fehl am Platz.«

Lucy beugte sich vor. »Ganz ehrlich? Dann bin ich das auch. Die Leute im Dorf belächeln mich und meine Mode nur. Für sie würde es völlig reichen, wenn ich ihnen weiter die Hosen und Pullover flicke. Dass ich gerne selbstständige Mode-Designerin wäre und von einer Ballkleid-Kollektion träume, ist für sie nichts als Spinnerei, und wenn sie tatsächlich mal etwas bei mir kaufen, dann eher aus Mitleid und nicht, weil ihnen gefällt, was ich mache.«

»Dabei sind die Sachen so wunderschön!«, protestierte Julia. »Ich könnte die ganze Kollektion kaufen.«

»Sehen Sie, und deswegen müssen Sie unbedingt bleiben«, erklärte Lucy. »Sie verstehen mich besser als alle anderen. Und außerdem mag ich Sie. Deshalb bin ich ganz klar im Team Julia.«

Julia war ein kleines bisschen überrumpelt von der Offenheit der jungen Frau. Sie selbst trug ihr Herz nicht so auf der Zunge, vielleicht, weil sie auf dem Internat so viele schlechte Erfahrungen gemacht hatte. »Spröde« hatte ihre Mutter ihr Verhalten einmal genannt und sie mit einem Kaktus verglichen. »Du musst deine Stacheln einfahren, sonst findest du keinen Anschluss«, hatte sie gesagt. Dieser Rat hatte Julia nichts genutzt, denn in der Schule waren es gerade diese Stacheln gewesen, die sie vor noch schlimmeren Verletzungen bewahrt hatten. Doch von Lucy schien sie in dieser Hinsicht nichts fürchten zu müssen, im Gegenteil.

»So schnell gebe ich nicht auf, keine Sorge«, versprach sie lächelnd. »Aber wenn wir schon ein Team bilden, wollen wir dann nicht mit dieser steifen Anrede aufhören? Ich bin Julia.«

»Und ich Lucy«, erwiderte die junge Schneiderin und verdrehte die Augen, als im Laden die Vögel zu zwitschern begannen. »Na toll, da hat man es mal ein bisschen gemütlich, und dann kommt doch noch Kundschaft.« Sie erhob sich. »Wartest du kurz?«

Julia nickte und blieb sitzen, während Lucy zurück nach vorn ging, um die Kunden zu bedienen. Es waren zwei, das konnte Julia hören, ein Mann und eine Frau. Die Stimme des Mannes kam ihr nicht bekannt vor, aber die hohe, etwas schrille Frauenstimme schon, deshalb erhob sie sich von ihrem Stuhl und ging zur Tür, die einen Spalt offen stand. Von dort spähte sie in den Verkaufsraum.

Der Mann hatte kurz geschnittene schwarze Haare, trug einen hellgrauen Anzug, der teuer aussah, und war sehr attraktiv mit seinen kantigen Gesichtszügen und den klaren grauen Augen. Optisch gehörte er damit – genau wie Julias Ex-Freund – in die Kategorie »Privatschule und Eliteuni«, doch anders als Rob schien er kein Charmeur zu sein. Mit ernster Miene stand er da, eine Hand in der Hosentasche, und sein Blick ruhte leicht gelangweilt auf seiner Begleiterin, die die Auswahl von Kleidern durchsah. Wie Julia schon vermutet hatte, kannte sie die Frau tatsächlich: Es war Lydia Fairfax, die rücksichtslose Sportwagenfahrerin mit dem kranken Mops, den sie diesmal jedoch nicht dabeihatte.

»Nein, das ist alles nicht mein Stil.« Sie ließ das letzte Kleid auf der Stange mit beinahe angewiderter Miene los und wandte sich zu ihrem Begleiter um. »Wir können wieder gehen, James.«

»Wenn du meinst«, erwiderte der Mann. »Das sind allerdings mit Abstand die schönsten Kleider, die Carywith zu bieten hat.«

Wenigstens bei Kleidern hat er Geschmack, dachte Julia und blickte zu Lucy, die das Kompliment sichtlich freute. Lydia Fairfax schien die Bemerkung jedoch für einen schlechten Scherz zu halten, denn sie schnaubte.

»Na, wenn das so ist, dann hätten wir uns den Weg sparen können«, sagte sie. »Ich weiß überhaupt nicht, wieso du mich hergeschleppt hast. Das ist nicht mal eine richtige Boutique. Wie soll ich denn hier ein vernünftiges Kleid für den Ball finden?«

»Sprechen Sie von dem Sommerball in Penrose House?«, hakte Lucy nach und strahlte, als der Mann nickte. »Dann findet er also wirklich statt? So wie früher? Ich konnte es gar nicht glauben, als ich das gehört habe.«

»Meine Mutter besteht darauf«, erwiderte der Mann. »Sie sagt, sie braucht nach dem Tod meines Vaters endlich mal wieder etwas, worauf sie sich freuen kann.«

»Das verstehe ich!« Lucy wurde wieder ernst. »Ich fühle mit Ihnen und Ihrer Mutter. So ein Verlust ist schwer.«

Der Ausdruck in den Augen des Mannes wechselte, wurde aufmerksamer, so als würe er Lucy zum ersten Mal wirklich ansehen. Dann nickte er, und der Hauch eines Lächelns huschte über sein Gesicht. »Danke.«

»Lass uns gehen, James«, drängte Lydia, der das Gespräch zwischen ihrem Begleiter und Lucy nicht zu passen schien. »Hier finde ich garantiert nichts.«

»Wenn Sie möchten, kann ich Ihnen ein Kleid nach Ihren Wünschen schneidern«, schlug Lucy vor. »Das heißt, wenn Sie schon eine Vorstellung davon haben, was Sie …«

»Nein, danke«, fiel die Blondine ihr ins Wort. »Ich bevorzuge Modelle von echten Designern.« Damit rauschte sie an Lucy vorbei zur Tür. Dort wandte sie sich noch einmal um. »Komm jetzt, James, ich will zurück.«

Sie ging nach draußen, doch der Mann blieb bei Lucy stehen.

»Sie müssen Lydia entschuldigen«, sagte er. »Sie ist heute ein bisschen gereizt.«

»Kein Problem.« Lucy zuckte mit den Schultern. »Wir haben doch alle mal einen schlechten Tag.«

Er nickte ihr noch einmal zu, dann verließ auch er den Laden.

»Ein bisschen gereizt, dass ich nicht lache!« Julia trat in den Verkaufsraum, sobald die Tür hinter dem Mann zugefallen war. »Ich kenne diese Lydia, die ist immer so. Wenn es nicht so läuft, wie sie will, rastet sie aus. Das ist ihr Normalzustand.« Sie schüttelte den Kopf. »Dass du so freundlich geblieben bist, ist bewundernswert. Ich hätte ihr die Meinung gesagt.«

»Kundschaft ist Kundschaft. Ich muss ja etwas verdienen«, meinte Lucy geistesabwesend.

Julia folgte ihrem Blick und sah durch das Schaufenster nach draußen, wo der Mann noch mit Lydia stand, die wild gestikulierend auf ihn einredete.

»Wer ist das?«, wollte sie wissen. »Und warum starrst du ihn an wie das achte Weltwunder?«

Die Worte rissen Lucy aus ihrem Trancezustand. »Ich starre ihn nicht an«, verteidigte sie sich. »Ich … bin nur so erstaunt.«

»Darüber, dass er mit dieser fürchterlichen Ziege zusammen ist?«, fragte Julia.

»Nein, darüber, dass ihm meine Mode gefällt«, gestand Lucy. »Ich dachte, er kennt meinen Laden gar nicht.«

»Und wer ist das nun?«, erkundigte sich Julia erneut.

»Das ist James Rowe«, erklärte Lucy. »Seine Eltern haben Penrose House gekauft, das Herrenhaus hier in der Nähe. Es stand ein paar Jahre leer und war in keinem guten Zustand mehr. Die Rowes haben es wieder instand gesetzt.«

»Von Penrose House habe ich schon gehört«, meinte Julia, die sich erinnern konnte, dass Isobell und Henry es einmal erwähnt hatten. »Und dieser James wohnt da?«

Lucy nickte. »Seit knapp einem Jahr. Eigentlich lebt er in Truro, da hat er eine Anwaltskanzlei. Aber dann ist sein Vater ganz plötzlich gestorben, und er wollte seine Mutter in dem großen Haus nicht allein lassen. Deshalb ist er hergezogen und pendelt. Also, das habe ich jedenfalls gehört. Gesagt hat er mir das nicht.« Sie seufzte tief. »Sein Vater hatte einen Herzinfarkt, weißt du. Ist einfach umgefallen, genau wie meiner damals.«

Julia schluckte, als sie sah, dass Tränen in Lucys Augen schimmerten. »Das tut mir leid«, sagte sie ein bisschen hilflos und strich Lucy über den Arm.

»Ach, schon gut. Ist ja schon ewig her.« Lucy zuckte mit den Schultern. »Lass uns lieber über was Schönes reden. Den Sommerball zum Beispiel.«

»Der war hier früher Tradition, oder?«, meinte Julia. »Henry hat das erwähnt.«

»Ja, genau. Und jetzt soll es ihn wieder geben.« Lucy strahlte erneut. »Ist das nicht großartig?«

»Für Leute, die ein Ballkleid besitzen und gut tanzen können, ist es das bestimmt«, erwiderte Julia mit einem schiefen Grinsen. »Leider trifft beides auf mich nicht zu. Und außerdem bin ich nicht eingeladen.«

»Doch, das bist du«, versicherte ihr Julia. »Alle Bewohner von Carywith dürfen kommen, das ist ja das Besondere am Sommerball. Es ist eher so eine Art Dorffest. Und es werden garantiert auch alle dort sein, denn das lässt sich keiner entgehen.« Sie lächelte. »Deshalb darfst du da auch nicht fehlen«, fügte sie hinzu. »Als zukünftige Dorftierärztin musst du sogar dabei sein. Das erwarten die Leute.«

Mit Schrecken wurde Julia klar, dass sie die Bedeutung dieser Veranstaltung offensichtlich unterschätzt hatte. »Okay, aber ich habe nichts zum Anziehen.«

Lucy lachte. »Ich hatte gehofft, dass du das sagst. Dann nähe ich dir nämlich ein Kleid. Zum Freundschaftspreis, versteht sich.« Sie ließ den Blick an Julia herabgleiten. »Und ich weiß auch schon, was für eins. Musselin-Stoff in einem schönen Blauton, mit Spitze am Oberteil und einem weit schwingenden Rock. Damit wirst du umwerfend aussehen und viel schöner als diese schreckliche Lydia in ihrem Markenkleid, das sie erst noch finden muss.«

Julia grinste. »Schon praktisch, eine Modedesignerin persönlich zu kennen. Aber ich bezahle auf jeden Fall den regulären Preis.«

»Das sehen wir dann«, erwiderte Lucy, in Gedanken offenbar immer noch mit dem Kleid beschäftigt. »Sollen wir dann gleich Maß nehmen?«

Julia blickte auf die Uhr – und erschrak, als sie merkte, dass es fast halb sieben war.

»Nein, ich muss zurück«, sagte sie. »Henry kocht heute, und ich möchte ihn nicht zu lange mit Isobell allein lassen.

Wenn ich nicht dabei bin, nutzt er die Gelegenheit bestimmt, um sich bei ihr einzuschmeicheln.«

»Na, dann ab mit dir«, meinte Lucy. »Das wollen wir auf keinen Fall.«

Sie verabredeten sich für den nächsten Abend, und als Lucy kurze Zeit später zurück zu ihrem Auto ging, stellte sie fest, dass ihre Niedergeschlagenheit von vorhin wie weggeblasen war. Es gab ihr neuen Mut, jetzt eine Verbündete zu haben. Oder bald sogar eine Freundin? Dieser Gedanke ließ sie während der Rückfahrt immer wieder lächeln.

Sie hatte ihren Mini zurück, er war aus der Werkstatt gekommen und fuhr wieder tadellos. Doch als Julia ihn vor dem Cottage zwischen den beiden großen Geländewagen von Henry und Isobell parkte, wurde ihr erneut bewusst, wie wenig geeignet er als Gefährt einer Landtierärztin war. Falls Isobell sich für mich entscheidet, muss ich mir unbedingt ein neues Auto kaufen, dachte sie und stieg aus.

Die Sonne stand bereits tief, und eine leichte Brise trug den Geruch des Meeres heran, der sich mit dem süßen Duft der Blumen mischte, die um das Haus herum wuchsen. Es war eine ganz eigene, beinahe magische Note, die Julia für immer mit diesem besonderen Ort verbinden würde.

Ich würde so gerne hier leben, dachte sie mit einem tiefen Seufzen und ließ den Blick über den Garten schweifen. Dabei entdeckte sie Isobell, die auf der Steinbank in der Nähe des Gartenhauses saß und telefonierte.

Isobell winkte. »Ich komme gleich«, rief sie und wandte sich dann wieder ihrem Gespräch zu.

Julia winkte zurück und ging zur Haustür, die tagsüber nie verschlossen war. Als sie gerade die Hand auf den Türknauf gelegt hatte, ertönte von drinnen ein Scheppern und nur

Sekundenbruchteile später ein lauter Schmerzensschrei, gefolgt von einer langen Reihe derber Flüche.

9

Julia stürmte ins Haus und dann weiter in die Küche.

»Was ist passiert?«, fragte sie Henry, der vor dem Herd stand und auf seine linke Hand starrte. Zu seinen Füßen lag ein leerer, umgekippter Edelstahltopf. Und nicht nur dieser befand sich nicht da, wo er hingehörte. Auch der Rest der Küche versank geradezu im Chaos.

Die gesamte Arbeitsplatte war vollgestellt mit Sachen: Benutzte Schüsseln und Schalen, aus denen Löffelstiele ragten, geöffnete Konservendosen und Lebensmittelpackungen, mehrere Tassen und ein zur Hälfte geleertes Glas Wein. In der Spüle stand ein Sieb mit dampfenden Brokkoliröschen, und auf dem Küchentisch lagen ein Messer, ein Sparschäler und ein Berg von Gemüseresten auf einem großen Brett.

Trotz der Unordnung schien es Henry gelungen zu sein, das Essen erfolgreich zuzubereiten, denn auf dem Herd standen zwei Töpfe, in denen etwas köchelte, das den Raum mit einem sehr köstlichen Duft erfüllte. Diesen nahm Julia jedoch nur unbewusst wahr, weil sie sich auf Henry konzentrierte.

»Haben Sie sich verletzt?«, fragte sie besorgt und wollte zu ihm gehen. Doch er deutete mit dem Kinn in Richtung Tür.

»In der Schublade im Flurschrank lag früher immer ein Erste-Hilfe-Kasten«, sagte er. »Könnten Sie nachsehen, ob er noch da ist?«

Julia nickte und ging den Kasten holen, der sich tatsächlich am angegebenen Ort befand. Als sie in die Küche zurückkehrte, saß Henry am Tisch. Er hatte seine linke Hand mit der Handfläche nach unten auf ein Küchentuch gelegt. Und nun sah Julia auch, was das Problem war: Ein Schnitt, aus dem Blut quoll, lief schräg über Ring-, Mittel-, und Zeigefinger.

»Wie ist das passiert?«, fragte sie erschrocken.

»Ich habe den Brokkoli abgegossen und wollte den Topf abstellen. Dabei habe ich eine Konservendose zur Seite geschoben – und mich am Deckel geschnitten. Die Dinger haben verdammt scharfe Kanten!«

»Deswegen sollte man sie auch lieber direkt entsorgen, anstatt sie auf der Arbeitsfläche stehen zu lassen«, meinte Julia und setzte sich zu ihm. »Zeigen Sie mal her.«

Sie griff nach seiner Hand und betrachtete den Schnitt genauer. Er verlief zum Glück nicht über die Gelenke, sodass Henry die Finger noch würde krümmen können, ohne dass die Schnitte sich immer wieder öffneten. Und die Wunden waren auch nicht so tief, wie Julia zuerst befürchtet hatte.

»Halb so wild«, sagte sie. »Ich versorge das schnell.«

Sie holte alles, was sie brauchte, aus dem Verbandskasten, reinigte die Schnitte und bedeckte sie dann sorgfältig mit Pflastern.

»So, das müsste reichen«, sagte sie und strich sanft über Henrys Finger, um zu fühlen, ob alles gut saß. Als sie den Kopf hob und ihn ansah, merkte sie, dass sein Blick nicht auf seine Hand, sondern auf sie gerichtet war.

»Danke.« Er lächelte. »Sie können ja richtig nett sein.«

»Das war Erste Hilfe«, stellte sie richtig, damit er ja nicht glaubte, dass sie so leicht einzuwickeln war. »So nett bin ich zu jedem.«

Henry schüttelte den Kopf. »Soll das heißen, ich muss mich immer erst verletzen, damit Sie nett zu mir sind?«

»Nein. Sie können auch einfach aufhören, mir Cove Cottage streitig zu machen«, erklärte sie.

»Verführerischer Gedanke. Aber kommt leider nicht infrage.« Er grinste, und Julia spürte ein Kribbeln im Magen, als sie das Funkeln in seinen Augen sah.

Sie wurde einfach nicht schlau aus Henry Campbell, und für einen kurzen Moment wünschte sie sich ihre heftigen Wortgefechte zurück. Damit wusste sie wenigstens umzugehen.

Seit ihrer Auseinandersetzung auf dem Rückweg von der Bodilly-Farm hatte er sie jedoch mehr oder weniger in Ruhe gelassen. Sie waren eigentlich kaum noch aneinandergeraten, zum Teil sicher auch, weil sie beide zu sehr damit beschäftigt gewesen waren, Isobell zu beeindrucken. In der Praxis hatte jeder für sich gearbeitet, und bei den Mahlzeiten, die sie gemeinsam mit Isobell einnahmen, war es um andere Themen gegangen. Isobell hatte von ihren Umzugsplänen erzählt oder davon, was in Carywith in den vergangenen Jahren alles passiert war. Den Wettkampf um die Praxis erwähnte sie dabei nie, und Henry und Julia taten das auch nicht, nicht einmal, wenn sie im Gartenhaus allein waren – fast war es, als hätten sie sich stillschweigend darauf geeinigt, dieses Thema auszuklammern. Henry war abends meistens einfach nur schlafen gegangen und hatte Julia ignoriert. Deswegen verwirrte es sie umso mehr, dass er plötzlich mit ihr zu flirten schien.

Und dann war da noch die Sache mit seinem Aussehen. Das hatte sich nämlich auch verändert während der vergangenen Tage. Er trug zwar noch Jeans wie am Anfang, aber er ließ das grobe Holzfällerhemd weg und hatte die T-Shirts gegen richtige Hemden getauscht. Die Ärmel krempelte er weiterhin auf, was nicht nur sehr lässig aussah, sondern auch seine muskulösen Unterarme freigab, womit er vermutlich nicht nur Julias Blicke anzog. Außerdem erschien er seit jenem ersten Morgen nur noch gekämmt und frisch rasiert zum Frühstück. Julia wusste nicht, ob er sich ihre Bemerkung vom ersten Tag zu Herzen genommen hatte, aber der Effekt seines jetzt viel gepflegteren Auftretens war durchschlagend. Kein Wunder, dass die Frauen aus dem Dorf ihn anhimmeln, er sieht wirklich verdammt gut aus, dachte sie – und verbot sich diesen Gedanken gleich wieder. Besser, sie wurde nicht auch noch Mitglied im Henry Campbell-Fanclub!

Sie räusperte sich. »Wäre ja auch zu schön gewesen«, erwiderte sie. »Aber ich fürchte, dann …« Sie hielt inne und schnupperte. »Ich glaube, da brennt was an.«

Henry schien den immer stärker werdenden Geruch nicht wahrzunehmen.

»Ich rieche nichts«, meinte er achselzuckend.

»Doch, da brennt ganz sicher was an.« Julia deutete auf den Ofen, aus dem es qualmte. »Da, sehen Sie!«

»Ach, verdammt, die Papadams!« Hektisch sprang Henry auf und war in drei Schritten beim Ofen. Als er die Klappe öffnete, zog Qualm in den Raum, und Julia, die sich ebenfalls erhoben hatte, sah sechs hauchdünne runde Fladenbrote auf dem Backblech liegen. Sie waren viel dunkler, als sie hätten sein dürfen, und ganz sicher nicht mehr genießbar.

»So ein Mist!« Henry fische die Ofenhandschuhe aus dem Chaos auf der Arbeitsplatte und holte das Blech heraus. Doch es gab keinen Platz, wo er es hätte abstellen können, deshalb schob er es resigniert zurück in den Ofen, ließ die Klappe aber auf. »Egal«, meinte er. »Die sind eh hin.«

Julia öffnete das Fenster, damit der Qualm nach draußen ziehen konnte. »Haben Sie das wirklich nicht gerochen?«, fragte sie ungläubig. »Das stinkt doch richtig.«

»Ich war abgelenkt.« Er überprüfte den Inhalt der Töpfe und rührte in dem größeren.

Abgelenkt? Julia runzelte die Stirn. Seit wann konnte man denn penetranten Brandgeruch einfach ausblenden? Reagierte man da nicht ganz automatisch?

Sie ging zu dem Topf, der noch auf dem Boden lag, und hob ihn auf. Dann schob sie einige Gegenstände auf der Arbeitsfläche zur Seite, um ihn abzustellen.

»Ist Ihnen der runtergefallen, weil Sie sich geschnitten haben?«, wollte sie wissen.

Henry nickte. »Leider genau auf meinen Fuß«, erklärte er. »Auf den großen Zeh, um genau zu sein.«

»Oh.« Julia fielen seine derben Flüche wieder ein, und sie schmunzelte bei der Vorstellung, wie er auf einem Bein durch die Küche hüpfte. Was Henry nicht entging, denn seine Augen wurden schmal.

»Sie lachen mich aus«, stellte er fest. »Und dabei dachte ich gerade, Sie hätten ein Herz.«

»Nur für Tiere«, erwiderte Julia, und einen Moment lang grinsten sie sich an. Dann wandte Julia sich ab und holte das Brett mit den Gemüseresten vom Küchentisch.

»Im Übrigen geschieht Ihnen das ganz recht, wenn Sie so ein Chaos anrichten«, meinte sie, während sie den Abfall in dem Eimer mit dem Biomüll entsorgte. »So etwas fällt einem irgendwann auf die Füße – in Ihrem Fall wortwörtlich.«

»Ah, verstehe.« Henry lehnte sich mit der Hüfte gegen den Herd. »Dann gehören Sie also zu den Leuten, die glauben, dass Ordnung sie davor bewahrt, die Kontrolle über ihr

Leben zu verlieren? Das ist eine Illusion, ich hoffe, das wissen Sie.«

Julias Gedanken wanderten zu ihrem Ex-Freund, und sie spürte, wie jedes Bedürfnis zu lächeln schlagartig in ihr erlosch. Rob hatte sich manchmal auch über ihre Tendenz zur Ordnung lustig gemacht. Sie hatte damals geglaubt, dass er diese Eigenschaft für eine liebeswerte Schrulle von ihr hielt. Tatsächlich hatte er sie bei ihrer Trennung als Argument dafür angeführt, dass er sie nicht mehr liebte. Er hatte auch noch andere gemeine Dinge gesagt, über die sie jetzt aber nicht nachdenken wollte. Deshalb schob sie die Erinnerung weg und begegnete Henrys fragendem Blick trotzig.

»Wir reden hier von Fingern und Zehen«, sagte sie. »Und im Gegensatz zu Ihren sind meine noch heil.«

Sie begann damit, das schmutzige Geschirr von der Arbeitsplatte in die Spülmaschine zu räumen.

»Lassen Sie, ich mache das gleich.« Henry beugte sich zu ihr herüber, und sie hielt den Atem an, nicht sicher, was er vorhatte. Doch er angelte nur das Sieb mit den abgetropften Brokkoliröschen aus der Spüle. »Sie müssen mir nicht helfen.«

»Ich tue das nicht für Sie, sondern um Isobell den Schock zu ersparen«, erklärte sie. »Sonst trifft die Arme noch der Schlag.«

»Unterschätzen Sie die alte Dame nicht.« Henry gab den Brokkoli in den Topf, und sein schiefes Lächeln brachte Julias Herzschlag wieder kurz aus dem Takt. »Von so etwas lässt sie sich nicht aus der Ruhe bringen.«

Wie aufs Stichwort betrat Isobell die Küche. »Entschuldigt, dass ich jetzt erst komme!« Seufzend legte sie ihr Handy auf den Küchentisch. »Das war meine Cousine am Telefon.

Wir mussten noch ein paar Details wegen meines Umzugs besprechen, und wie das immer so ist: Wenn Emma einmal angefangen hat, hört sie nicht mehr auf zu reden.« Sie runzelte die Stirn. »Wieso riecht es denn hier so komisch?«

»Mir sind die Papadams verbrannt«, erklärte Henry. »Aber ich hoffe, das Essen schmeckt auch ohne.«

Isobell bemerkte die Pflaster an seiner Hand. »Und verletzt hast du dich auch?« Als er nickte, schüttelte sie den Kopf und blickte sich dann grinsend um. »Also hat sich an deiner chaotischen Art zu kochen offensichtlich nichts geändert«, meinte sie. »Was ich dir nachsehen werde, wenn es noch so lecker ist wie früher.«

Henry warf Julia einen ›Sehen Sie, sag ich doch‹-Blick zu.

»Was gibt es denn?«, wollte Isobell wissen.

»Ein rotes Curry mit Tofu und Brokkoli«, erklärte Henry nicht ohne Stolz. »Das Rezept stammt aus Indonesien.«

»Köstlich«, befand die alte Dame, als kurze Zeit später jeder vor einer dampfenden Portion saß. Auch Julia musste zugeben, dass es wirklich gut schmeckte. Das Gemüse war gerade noch bissfest, der Reis wunderbar aromatisch, die Soße feurig und dennoch fruchtig – es gab einfach nichts auszusetzen an dem Gericht, selbst wenn sie sich das fast gewünscht hätte.

»Aus dir wäre auch ein guter Koch geworden«, sagte Isobell zu Henry. »Ich nehme an, nach deinen vielen Reisen hast du ein großes Repertoire an internationalen Gerichten?«

Er nickte. »Ich versuche, aus jedem Land ein paar mitzubringen. Aber ganz ehrlich: Mit deinen Cornish Pasties kann das alles nicht mithalten. Das ist immer noch mein Leibgericht.«

Da konnte Julia ihm nur zustimmen. Die gefüllten Teigtaschen, die Isobell ihnen an ihrem zweiten Abend gebacken hatte, waren mindestens so gut gewesen wie das Curry.

»Wirklich?« Isobell lächelte. »Dafür hast du sie dir aber lange entgehen lassen.«

Es war das erste Mal, dass sie wieder darauf anspielte, wie selten Henry in den letzten Jahren in Carywith gewesen war, und es schien ihn unerwartet zu treffen. Er fühlte sich sichtlich unwohl und wich ihrem Blick aus. Doch Isobell war offenbar nicht bereit, das Thema wieder fallen zu lassen.

»Was hat dich eigentlich nach England zurückgebracht?«, erkundigte sie sich. »Konkret, meine ich. Doch nicht wirklich die Sehnsucht nach meinen Pasties.«

»Ich musste in Edinburgh etwas erledigen«, erklärte er ausweichend.

»Und wo wohnst du dort?«, hakte Isobell nach. »Deine Wohnung hast du doch nicht mehr, oder?«

Er schüttelte den Kopf. »Aber meinen Defender habe ich behalten. Ich hatte ihn in einer Garage untergestellt, solange ich weg war. Normalerweise campe ich dann oder komme bei Freunden unter.«

Klingt wirklich nach einem Vagabundenleben, dachte Julia. Und Isobell schien das genauso zu sehen, denn sie runzelte die Stirn.

»Und dann hast du, im Gegensatz zu sonst, spontan entschieden, bei mir vorbeizuschauen?«, fragte sie.

»Ja, genau.« Henrys Blick wanderte zu Julia, und sie sah den Vorwurf in seinen Augen. »Wie es aussieht, gerade noch rechtzeitig.«

Sein Handy klingelte. Er zog es aus der Hosentasche und warf einen Blick auf das Display. Dann erhob er sich abrupt und ging mit großen Schritten zur Tür. Erst als er im Flur war, hörte Julia ihn den Anruf entgegennehmen. Kurz darauf fiel die Haustür ins Schloss.

»So richtig kann ich es immer noch nicht glauben«, sagte Isobell mit einem Seufzen und riss Julia aus ihren Gedanken. »Dass Henry sesshaft werden möchte, meine ich. Er war immer so ruhelos, schon als Kind. Aber er scheint es ja tatsächlich ernst zu meinen mit der Übernahme der Praxis.«

»Das tue ich auch«, erinnerte Julia sie.

Isobell lächelte. »Dann hat das Leben auf dem Land Sie also noch nicht zermürbt?«

»Nein.« Julia dachte an Lucy. »Ich glaube, dass ich mich hier sehr wohlfühlen werde. Es dauert vielleicht noch, bis ich mit allen warm geworden bin. Aber ich schaffe das schon.«

»Und in London haben Sie sich nicht mehr wohlgefühlt?«, erkundigte sich Isobell.

»Nein«, erklärte Julia vehementer, als sie eigentlich wollte. »Nach London will ich nicht zurück.«

Isobell betrachtete sie nachdenklich. »Darf ich fragen, was dort passiert ist?«

Ich habe meinen Job verloren, weil man mir einen Kunstfehler unterstellt hat, dachte Julia und schämte sich ein bisschen dafür, dass sie den Vorfall in der Tierklinik bisher verschwiegen hatte. Auf der Fahrt hierher war sie eigentlich entschlossen gewesen, offen mit der Sache umzugehen. Aber dann war Henry aufgetaucht, und Julia hatte Isobell keinen Grund liefern wollen, sie von vorneherein aus dem Wettbewerb um die Praxis auszuschließen. Doch je länger sie schwieg, desto unehrlicher kam sie sich vor, deshalb überlegte sie, ob sie diese Gelegenheit vielleicht nutzen sollte, um endlich reinen Tisch …

»Sie haben Liebeskummer, oder?«, fragte Isobell und

lächelte, als Julia sie erschrocken ansah. »Entschuldigen Sie, wenn ich das so direkt frage. Aber Sie erwähnten an ihrem ersten Abend, dass es da jemanden gab, aber dass es sich erledigt hätte.«

»Ja, genau«, gestand Julia. »Ich habe mich von meinem Freund getrennt. Oder eigentlich er sich von mir.«

Isobell sagte nichts, sondern sah sie nur mit einer Mischung aus Verständnis und Neugier an. Und plötzlich sprudelten die Worte aus Julia heraus, ohne dass sie sie aufhalten konnte.

»Wissen Sie, Rob hat uns einen Tisch gebucht im *Sky Garden*. Das ist dieser künstlich angelegte Garten hoch oben über den Dächern von London. Ich hatte mir immer gewünscht, dass wir dort mal essen gehen, und ich dachte, er hätte sich das gemerkt und wollte mir eine Freude machen. Und als er dann vorher noch meinte, dass er mir beim Essen etwas Wichtiges sagen müsste, dachte ich, dass er mir einen Heiratsantrag machen wollte. Wir waren damals zwei Jahre zusammen, und es lief gut zwischen uns, deshalb bin ich davon ausgegangen, dass er bereit für den nächsten Schritt war. An etwas anderes habe ich gar nicht gedacht. Aber …« Sie hielt inne, weil ihre Kehle eng wurde bei der Erinnerung an den furchtbaren Abend. »Aber anstatt auf die Knie zu gehen und mir einen Ring an den Finger zu stecken, hat er mir eröffnet, dass er sich in meine beste Freundin Stella verliebt hat und sich von mir trennen will. Wie sich herausstellte, hatten die beiden schon seit einem halben Jahr hinter meinem Rücken eine Affäre und wollten ›endlich zu ihren Gefühlen stehen‹, wie Rob es nannte.«

»Oh nein!« Entsetzt sah Isobell sie an. »Und dann? Haben Sie dem Kerl wenigstens eine reingehauen?«

Tränen brannten jetzt in Julias Augen, aber sie musste

trotzdem lächeln. »Nein, ich bin in unsere Wohnung gegangen und habe meine Sachen gepackt. Rob hat mir noch die Zeit gegeben, mir eine neue Bleibe zu suchen, was zum Glück recht schnell ging. Einen Tag nach meinem Auszug ist Stella bei ihm eingezogen. Seitdem habe ich die beiden nicht mehr gesehen, und …« Sie schluckte. »Und wenn es nach mir geht, dann würde ich das auch gerne vermeiden. London ist zwar groß, aber irgendwann würden sie mir vielleicht doch wieder über den Weg laufen. Das kann nicht passieren, wenn ich hier wohne, und es ist so schön hier, deshalb käme mir ein Umzug wirklich sehr gelegen.«

Isobell nickte. »Das verstehe ich gut«, sagte sie, und Julia fühlte sich von dem warmen, mitfühlenden Lächeln der alten Dame ein bisschen getröstet.

Dann nahm sie eine Bewegung an der Tür wahr und sah, dass Henry am Türrahmen lehnte und sie mit undurchdringlicher Miene ansah.

Mein Gott, wie lange steht er da schon, dachte sie panisch und spürte, wie ihre Wangen heiß wurden. Hatte er gehört, was sie erzählt hatte?

»Henry!« Auch Isobell hatte ihn bemerkt. »Alles in Ordnung? Du siehst so blass aus.«

10

Henry schaffte es nicht, den Blick von Julia zu lösen. Sie hielt den Kopf jetzt gesenkt, aber er hatte Tränen in ihren Augen schimmern sehen, und das versetzte ihm einen unerwartet heftigen Stich.

Er hatte nicht lauschen wollen. Ihr Privatleben ging ihn nichts an, und was sie gesagt hatte, war auch sicher nicht für seine Ohren bestimmt gewesen. Doch nun wusste er, was Julia passiert war, und es machte ihn so wütend auf diesen Rob, dass er sich zwingen musste, die Finger seiner rechten Hand wieder zu lösen, die er unbewusst zur Faust geballt hatte.

Nicht dass er selbst nicht auch schon Beziehungen beendet hatte. Aber er war noch mit keiner Frau schick essen gegangen, um sie dann aus heiterem Himmel beim Nachtisch abzuservieren, wenn sie eigentlich mit einem Antrag rechnete. Nein, solche Hoffnungen hatte er nie in einer Frau geweckt, da war er sicher. Er suchte keine Partnerin fürs Leben, daraus machte er keinen Hehl. Aber wenn er mit einer Frau zusammen war, dann betrog er sie nicht – schon gar nicht mit ihrer besten Freundin!

Henry dachte an den Abend, als er Julia am Straßenrand aufgelesen hatte. Deshalb hatte sie also so verloren ausgesehen, als er sie gefragt hatte, ob sie niemanden hatte, der auf ihren Hamster aufpasste. Und deshalb war sie auch so fest entschlossen, hier in Carywith neu anzufangen. Sie meinte es ernst – im Gegensatz zu ihm …

»Henry? Ist alles okay?« Isobell sah ihn erwartungsvoll an, und ihm wurde klar, dass er noch auf ihre Frage antworten musste.

Er nickte stumm und ging zurück zu seinem Platz.

Julia starrte noch immer auf die Tischplatte, als er sich setzte, und er war froh darüber. Hätte sie aufgeblickt, dann hätte er vielleicht etwas Dummes getan. Ihr über den Arm gestrichen zum Beispiel, um ihr zu zeigen, dass er nachempfinden konnte, wie sie sich fühlte. Nicht den Liebeskummer, den sie vermutlich hatte. Aber die Verlorenheit, die er in ihrem Gesicht las, die kannte er nur zu gut …

»Wer war denn da am Telefon?«, hakte Isobell nach. »Hatte es etwas mit der Praxis zu tun?«

Henry dachte an sein Telefonat mit Aisling. Sie wusste nach wie vor nicht, wo er war, und sie hatte aufgehört, darauf zu drängen, dass er es ihr sagte. Stattdessen hatte sie ihn erneut gewarnt. »Noch länger zu warten ist gefährlich, Henry. Komm zurück, bitte.«

Er wusste, dass sie recht hatte. Aber er konnte nicht. Noch nicht. Erst musste er die Sache mit der Praxis klären.

»Nein, das war privat«, sagte er und erhob sich. »Wie wäre es mit ein paar indonesischen Kokos-Pfannkuchen als Nachtisch?«, erkundigte er sich. »Die mache ich frisch, dann sind sie am besten.«

»Gern«, erwiderte Isobell, aber Julia schwieg.

»Und Sie, Doktor Shaw?«, fragte er. »Möchten Sie auch einen?«

Julia blickte in Henrys blaue Augen und suchte nach dem

herausfordernden Glitzern, das vorhin noch darin gelegen hatte. Aber da war nichts. Er lächelte sie nur an.

»Gerne«, sagte sie und versuchte vergeblich, sich wieder zu entspannen.

Es machte sie nervös, dass Henry jetzt vielleicht wusste, was ihr mit Rob passiert war und wie sehr sie noch darunter litt. Es fühlte sich an, als hätte ihr Schutzpanzer dadurch einen Riss bekommen, denn wenn Henry wollte, konnte er ihr wehtun, einfach, indem er es erwähnte – eine Vorstellung, die ihr unangenehm war.

Henry wirkte jedoch nicht, als wollte er sie verletzen. Im Gegenteil. In seinem Blick eben hatte etwas Weiches gelegen. Oder bildete sie sich das ein?

»Kinder, ihr müsst wirklich aufhören, euch so steif anzureden«, mischte sich Isobell ein. »Hier auf dem Land sind wir nicht so formell, und auch wenn ihr Konkurrenten seid, arbeitet ihr zusammen. Da muss man es doch nicht so kompliziert machen, oder?«

»Von mir aus.« Henry zuckte mit den Schultern. »Dann also Julia.« Er sah sie an. »Oder hast du was dagegen?«

Sie stöhnte innerlich. Natürlich hatte sie etwas dagegen, wenn er mit seiner tiefen Stimme ihren Vornamen aussprach. Das richtete nämlich komische Dinge in ihrer Magengegend an und verwirrte sie noch ein bisschen mehr. Aber sie wollte Isobell nicht verärgern, deshalb schüttelte sie den Kopf.

»Nein, das ist okay«, erwiderte sie und versuchte, ihr wild klopfendes Herz zu beruhigen, während Henry anfing, die Pfannkuchen zuzubereiten.

Auch der Nachtisch schmeckte ausgezeichnet, doch es fiel Julia schwer, ihn zu genießen. Immer wieder sah sie zu Henry und fragte sich, was er jetzt dachte. Und dann fragte sie sich, wieso es ihr so wichtig war, was er dachte. Ihre Gedanken drehten sich im Kreis und machten es ihr schwer, der Unterhaltung zu folgen, die Isobell und Henry führten.

Nach dem Nachtisch räumten sie gemeinsam die Küche auf und setzten sich dann wie jeden Abend noch für eine Weile in den Salon.

Dieser Teil des Tages war normalerweise immer der anstrengendste für Julia. Einerseits mochte sie es, in Ruhe mit Isobell zu plaudern und mehr über Carywith und die Geschichte der Praxis zu erfahren. Doch sie hatte dann auch ständig das Gefühl, Henry im Auge behalten zu müssen, um seinen nächsten Schritt vorherzusehen.

Heute jedoch fehlte ihr dafür die Kraft. Es kam ihr plötzlich lächerlich vor, dass sie sich eingebildet hatte, sie könnte die Situation irgendwie kontrollieren und zu ihren Gunsten beeinflussen, indem sie ständig aufpasste, dass Henry nicht allein mit Isobell blieb. Tatsächlich hatte sie gar nicht mehr das Gefühl, dass sie überhaupt gewinnen konnte, und der Gedanke lähmte sie.

»Entschuldigt mich«, sagte sie deshalb, als die alte Standuhr draußen im Flur neun Uhr schlug. »Ich glaube, ich lege mich schon mal hin.«

»So früh?« Überrascht und auch ein bisschen besorgt sah Isobell sie an. »Geht es Ihnen nicht gut?«

»Doch, doch«, versicherte Julia ihr und zwang sich zu lächeln. »Ich bin nur müde, das ist alles.«

Sie verabschiedete sich, verließ den Salon und ging zur Haustür. Draußen sog sie die frische Nachtluft ein, während sie über den spärlich beleuchteten Weg zum Gartenhaus lief. Sie fühlte sich hier schon wirklich zu Hause, und der Gedanke, dass sie sich bald von diesem wunderbaren Ort verabschieden musste, verstärkte ihre Niedergeschlagenheit noch.

Als sie das Gartenhaus erreichte und den Lichtschalter neben der Tür drückte, flammten drinnen die Lampen auf. Bungee, der in seinem Käfig in der Sandwanne saß und sich putzte, hielt in der Bewegung inne und blickte zu ihr herüber.

»Na, mein Kleiner? Du bist ja schon wach!«

Julia holte eine Möhre aus dem Gemüsekorb, den sie auf die Arbeitsplatte in der Kochnische gestellt hatte, und nahm Bungee aus seinem Käfig. Dann setzte sie sich an den Esstisch, öffnete die Hand und ließ den Kleinen hinauskrabbeln.

Bungee sah sich um und hielt die Nase hoch, um zu schnuppern. Dann begann er, neugierig die Tischplatte zu erkunden, lief eifrig hin und her. Julia beobachtete ihn und passte auf, dass er nicht zu nah an die Kanten kam. Irgendwann kehrte er zu ihr zurück und setzte sich erwartungsvoll vor sie. Lächelnd brach sie ein Stück Möhre ab und reichte es ihm. Der kleine Nager machte sich sofort darüber her und knabberte eifrig daran. Dabei füllten sich seine dehnbaren Wangen immer mehr, was sehr lustig aussah.

»Er ist schon ein putziges Kerlchen«, sagte Henry hinter ihr. Erschrocken blickte Julia sich um und sah, dass er in der Tür stand.

»Entschuldige, ich dachte, du hättest mich kommen hören«, sagte er und trat ein.

»Nein, ich …« Julia schüttelte ungläubig den Kopf. »Was machst du hier?«

»Ich gehe schlafen«, meinte er und schloss die Tür hinter sich. »Auch wenn das auf der klapprigen Couch gar nicht so einfach ist.«

»Ja, aber …« Julia hielt inne und zuckte mit den Schultern, als er sie fragend ansah. »Ach, nichts.«

Sie hätte Stein und Bein geschworen, dass Henry die Chance nutzen und lange bei Isobell bleiben würde. Doch er musste ihr fast direkt gefolgt sein.

Er trat zum Tisch und setzte sich ebenfalls, den Blick auf Bungee gerichtet, der immer noch an der Möhre nagte.

»Wieso ist er eigentlich so zahm?«, erkundigte er sich. »Das finde ich ungewöhnlich für einen Hamster.«

»Bungee ist eine Handaufzucht«, erklärte Julia. »Seine Mutter starb an einer Infektion, als die Jungen eigentlich noch zu klein waren, um zu überleben. Ich habe trotzdem versucht, sie durchzubringen. Drei haben es nicht geschafft, aber mein kleiner Kämpfer hier hat nicht aufgegeben.« Sie lächelte, den Blick auf den Hamster gerichtet. »Ich habe ihn mit einer Pipette gefüttert und ihn ganz langsam aufgepäppelt. Ich schätze, deshalb ist er so zahm geworden.«

Bungee ließ die Möhre los und setzte sich wieder in Bewegung, steuerte auf den Rand des Tisches zu. Schnell hielt Julia ihre Hand hin, um zu verhindern, dass er abstürzte.

»Hast du gar keine Angst, dass der Kleine dir wegläuft, wenn du ihn frei herumlaufen lässt?«, wollte Henry wissen.

Julia schüttelte den Kopf. »Ich passe immer gut auf«, erwiderte sie. Der Hamster kletterte in ihre Hand und blieb ruhig sitzen, während sie die andere Hand um ihn schloss, damit sie ihn sicher halten konnte. Dann erhob sie sich und ging zum Käfig, der immer noch in der Nähe der Schlafcouch an der Wand stand. Sie setzte Bungee vorsichtig auf der Streu ab und sah zu, wie er in einem seiner Gänge verschwand, vermutlich, um die in seinen Backen gespeicherte Beute dort abzuladen. Dann schloss sie den Käfig wieder, richtete sich auf und drehte sich um. »Und bisher ist er mir …«

Sie hielt inne, als sie feststellte, dass Henry ihr gefolgt war und jetzt dicht vor ihr stand. Ein bisschen atemlos blickte sie zu ihm auf.

»Bisher ist er mir noch nie verloren gegangen«, wiederholte sie.

»So etwas kommt immer ganz plötzlich«, meinte er. »In einer Sekunde sind die, die man liebt, noch da, und in der nächsten hat man sie verloren.«

Julia sah den Schmerz in seinen Augen und dachte an das, was Lucy ihr über seine Familie erzählt hatte.

»Ich nehme es übrigens zurück«, sagte Henry. »Du kümmerst dich gut um deinen Hamster. Ihm fehlt es an nichts.«

Julia schluckte. Sie hatte das Gefühl zu schwanken, so als würde sie von Henrys Körper angezogen werden. Außerdem fiel es ihr gerade sehr schwer, sich daran zu erinnern, warum sie ihn schrecklich fand.

Mühsam räusperte sie sich. »Möchtest du vielleicht tauschen?«, fragte sie.

Henry hob einen Mundwinkel zu einem leicht verwirrten Lächeln. »Mit Bungee?«

»Nein, mit mir«, stellt sie richtig. »Ich kann auch mal auf der Couch schlafen, und du nimmst das Bett.«

Henry war wieder ernst geworden. »Nein, schon gut«, sagte er und wandte sich fast abrupt ab. Es war nur ein Schritt bis zur Schlafcouch, auf die er sich sinken ließ. »Es ist ja nicht mehr für lange.«

»Okay. Ich … dachte ja nur.« Julia bückte sich schnell wieder zu Bungees Käfig, damit Henry ihr nicht ansah, wie sehr seine Antwort sie erschütterte.

Nein, es ist nicht mehr für lange, dachte sie, während sie den Füllstand des Wasserspenders überprüfte. Bald würde Isobell sich für Henry entscheiden, dessen schien er sich sicher zu sein. Wahrscheinlich ist er deshalb auch plötzlich so nett zu mir. Ich bin einfach keine Bedrohung mehr für ihn.

Sie richtete sich wieder auf und floh rasch ins Bad, ohne Henry noch einmal anzusehen. Als sie dort fertig war und ins Wohnzimmer zurückkam, hatte er die Sneakers ausgezogen und lag ausgestreckt auf der Schlafcouch. Einen Arm hatte er unter den Kopf geschoben. Seine Augen waren geschlossen.

Julia betrachtete ihn für einen Moment und erschrak, als er die Augen wieder öffnete und sie ansah. Rasch ging sie zum Schlafzimmer, doch als sie in der Tür stand, hielt sie noch einmal inne.

»Gute Nacht«, sagte sie, so normal wie möglich, und lächelte kurz, weil er nicht merken sollte, wie aufgewühlt sie war. Dann schloss sie die Tür und lehnte sich dagegen.

Im Grunde kann ich froh sein, dass er mich auf den Boden der Tatsachen zurückgeholt hat, dachte sie. Dadurch konnte sie ihn wieder als das sehen, was er war: ihr Gegner. Und dann brauchte sie nicht weiter darüber nachzudenken, wie attraktiv sie ihn fand …

»Gute Nacht, Julia«, hörte sie Henry hinter der Tür sagen, und der Klang seiner Stimme ließ einen Schauer durch ihren Körper rieseln. Schnell löste sie sich von der Tür und begann, sich auszuziehen.

Henry starrte an die Decke. Er hörte Julia nebenan rascheln und versuchte vergeblich, das Bild aus dem Kopf zu bekommen, wie sie gerade vor ihm gestanden hatte, so dicht, dass er nur die Hand hätte ausstrecken müssen, um sie zu berühren.

Und er war nur einen verdammten Herzschlag davon entfernt gewesen, sie in seine Arme zu ziehen – eine Tatsache, die ihn immer noch schockierte.

Dabei war er so stolz auf sich gewesen, dass er es geschafft hatte, Julia während der vergangenen Tage auf Abstand zu halten. Er hatte aufgehört, mit ihr zu streiten, und war ihr möglichst aus dem Weg gegangen. Es war ihm sicherer erschienen, nachdem sie ihm auf der Bodilly-Farm so verdammt unter die Haut gegangen war.

Aber dann hatte Julia vorhin in der Küche seine Wunde versorgt und ihm mit den Berührungen ihrer kühlen Fingerspitzen ordentlich das Gehirn vernebelt. Jedenfalls konnte er sich nicht erklären, wieso er angefangen hatte, mit ihr zu flirten. Es hatte ihm sogar Spaß gemacht, sie wieder herauszufordern und zu sehen, wie sie ihn mit ihren Bernsteinaugen anfunkelte.

Er schloss die Augen. Ob sie so leidenschaftlich küsste, wie sie sich mit ihm stritt? Er war sehr versucht gewesen, die Antwort auf diese Frage herauszufinden. Zum Glück hatte sie ihm dann das Bett angeboten und ihn daran erinnert, dass sie hier war, um ihm seinen Platz im Cove Cottage streitig zu machen. Und er hatte gerade noch rechtzeitig die Reißleine gezogen.

Ein Surren erklang aus dem Hamsterkäfig. Henry öffnete die Augen wieder und drehte sich so, dass er das frei stehende Holzrad sehen konnte. Der kleine Bungee rannte darin, hielt jedoch kurz inne und sah zu ihm herüber.

Henry verzog den Mund, wieder erstaunt darüber, wie wenig der kleine Nager sich aus der Ruhe bringen ließ. Ich wünschte, ich könnte das von mir auch sagen, dachte er und rollte sich wieder auf den Rücken.

Zum Glück würde es nicht mehr so lange dauern, bis Isobell eine Entscheidung traf. Sie hatte zwar noch nichts gesagt, aber er war sicher, dass er das Rennen machen würde. Julia konnte ihn eigentlich nicht mehr übertrumpfen, und das war …

Ein lautes Hupen zerriss die nächtliche Stille und ließ Henry erschrocken hochfahren. Da, schon wieder, lauter jetzt und drängender. Durch das Fenster sah er draußen Licht, offenbar war ein Auto auf den Hof gefahren.

Die Tür zum Schlafzimmer öffnete sich, und Julia trat heraus. Sie trug schon ihr Nachthemd, das ziemlich viel von ihrer schlanken Figur enthüllte, wie Henry nicht umhinkam festzustellen, bevor er den Blick wieder auf ihr Gesicht richtete.

»Was ist das?«, fragte sie und setzte ihre Brille auf.

»Keine Ahnung.« Er schwang die Beine aus dem Bett und ging zur Tür. Julia folgte ihm. Gemeinsam sahen sie hinüber zum Cottage, vor dem die Außenlampen aufgeflammt waren. Ein grauer Kombi stand dort, und erneut ertönte die Hupe.

Julia blickte zu Henry auf. »Ein Notfall?«

»Bestimmt.« Er kniff die Augen zusammen und las die Aufschrift auf der Autotür. »Das ist der Wagen von Declan Spargo, dem Wirt vom ›Fisherman's Inn‹ unten im Dorf«, sagte er.

In diesem Moment erschien Isobell an der Tür zum Cottage und redete mit dem dunkelhaarigen, leicht untersetzten Mann, der aus dem Wagen gestiegen war und wild gestikulierte. Es war tatsächlich Declan, Henry kannte ihn von seinen Besuchen in der Dorfkneipe.

Declan lief zurück zum Wagen und beugte sich hinein. Als er wieder hochkam, hielt er einen leblosen Hund im Arm.

»Oh nein, das ist Duke!«, rief Henry, ehrlich erschrocken. Der Golden Retriever war so etwas wie das Maskottchen der Kneipe und begrüßte jeden Besucher gutmütig, weshalb er bei allen sehr beliebt war. »Ich glaube, wir sollten rübergehen, vielleicht braucht Isobell unsere …«

Überrascht hielt er inne, weil er jetzt erst merkte, dass Julia nicht mehr neben ihm stand. Er blickte sich um und sah sie aus dem Schlafzimmer kommen. Ihre bloßen Füße steckten in ihren Sneakers, und sie hatte einen hellbraunen Cardigan über ihr Nachthemd gezogen. Mit entschlossener Miene wollte sie an ihm vorbei, aber er griff nach ihrem Arm und hielt sie auf.

»Willst du im Nachthemd in die Praxis?«, fragte er, ehrlich überrascht und ziemlich überrumpelt von ihrer schnellen Reaktion.

»Ich will dem verletzten Hund helfen«, sagte sie und machte sich von ihm los. »In was, ist doch egal.«

Damit ließ sie ihn stehen und lief in Richtung Cottage.

»Hey, warte gefälligst auf mich!«, rief er und suchte hektisch nach seinen Schuhen.

11

Julia hörte Schritte hinter sich, als sie das Cottage fast erreicht hatte. Henry holte sie ein und lief neben ihr her. Er ist nicht mal aus der Puste, dachte sie, ein bisschen frustriert darüber, dass er mit seinen langen Beinen nicht so leicht abzuschütteln war.

Aber eigentlich spielte das jetzt keine Rolle, sie wollte einfach schnell zu dem offensichtlich verletzten Hund, den der Mann gebracht hatte. In solchen Situationen schaltete sie immer in den Krisenmodus, deshalb machte es ihr auch nichts aus, dass sie nicht richtig angezogen war. Es zählte nur, ob sie dem armen Tier noch helfen konnten.

Sie erreichten die Praxis gleichzeitig, und Henry hielt Julia – mit grimmiger Miene – die Tür auf.

Als sie den Eingangsbereich betraten, erschraken sie beide, denn eine Blutspur zog sich über den Fußboden in den hinteren Teil der Praxis. Schnell liefen sie weiter in das Behandlungszimmer, in das Isobell den Kneipenwirt mit seinem Hund gebracht hatte.

Duke, ein älterer, um die Schnauze herum schon leicht ergrauter Golden Retriever, lag bewusstlos auf der Seite. An seinem rechten Hinterlauf befand sich ein provisorischer Verband, unter dem Blut hervorquoll. Außerdem ging der Atem des Hundes rasselnd, er schien schwer Luft zu bekommen.

Isobell stand bei ihm und hörte ihn mit dem Stethoskop ab. Declan Spargo, ein Mann Anfang vierzig, mit Bauchansatz und schütterem Haar, hielt sich im Hintergrund und drehte nervös seine Schiebermütze aus Tweed in den Händen.

»Es ist meine Schuld«, jammerte er. »Ich habe beim Zurücksetzen nicht aufgepasst und Duke mit dem Hinterrad erwischt. Er ist mir einfach ins Auto gelaufen.« Flehend sah er Isobell an. »Bitte hilf ihm! Duke muss wieder gesund werden. Das würde ich mir sonst nie verzeihen!«

Isobell hob den Kopf und sah zu Julia und Henry, die in der Tür standen. Der ernste Ausdruck in ihren Augen verhieß nichts Gutes. »Herzschlag unregelmäßig, und der Bauch ist bretthart«, diagnostizierte sie.

Julia wusste, was das bedeutete: Wahrscheinlich befand sich freie Flüssigkeit im Bauchraum, was auf innere Blutungen hindeutete.

»Wir müssen einen Ultraschall machen, aber erst versorge ich das hier.« Isobell entfernte den blutdurchtränkten Verband vom Hinterlauf, und Julia sah, dass sie es mit einer tiefen Wunde zu tun hatten, die bis auf den Knochen reichte. Das Gewebe war außerdem angeschwollen.

»Das müssen wir nähen«, sagte Isobell und griff nach einem neuen Verband. »Aber ich stoppe erst mal die Blutung.«

»Ich rasiere ihn schon mal.« Julia konnte nicht länger tatenlos zusehen, vor allem, weil sie wusste, dass jede Minute zählte, wenn sie den Hund retten wollten. Deshalb ging sie zu einem der Schränke und holte den Rasierer heraus. Damit entfernte sie vorsichtig die Bauchhaare des Retrievers. Als sie fertig war und sah, dass Isobell noch mit der Wunde beschäftigt war, griff sie nach dem Ultraschallkopf, mit dem sie dank der Rasur direkt über die Haut fahren konnte. So bekamen sie klare Bilder vom Bauchraum des Tieres. Und das, was sie sahen, war gar nicht gut.

»Die Milz ist gerissen«, stellte Henry fest, der dem Hund einen Zugang gelegt hatte und jetzt ebenfalls auf den Bildschirm blickte.

Julia nickte. »Wir müssen operieren, sonst verblutet er innerlich«, sagte sie und überlegte bereits, welche Schritte als Nächstes nötig waren. Sie kannte dieses Szenario aus der Tierklinik, da hatten sie es täglich mit solchen akuten Notfällen zu tun gehabt und teilweise auch wie am Fließband operiert. Deshalb holte sie den fahrbaren Herzmonitor aus der Ecke und schloss Duke mit Dioden an die Überwachung an.

»Das hat doch keinen Sinn«, meinte Henry. »Er hat zu viel Blut verloren. Wir kriegen die Blutung niemals rechtzeitig gestoppt.«

»Nein, bitte, er darf nicht sterben!« Declan Spargo starrte Henry entsetzt an und blickte dann zu Isobell und schließlich zu Julia. »Duke ist alles, was mir von meiner Frau geblieben ist. Bitte, ich … ich brauche ihn.«

Isobell, die immer noch mit der Wunde beschäftigt war, sah auf. »Declan, wir tun, was wir können«, sagte sie und deutete mit dem Kinn in Richtung Tür. »Warte draußen, bitte, und lass uns arbeiten. Wir sagen dir Bescheid.«

Die Unterlippe des Mannes zitterte, aber er nickte und verließ den Raum.

»Wie hat er das gemeint?«, erkundigte sich Julia, als er die Tür hinter sich geschlossen hatte. »Was hat Duke mit seiner Frau zu tun?«

»Shona ist voriges Jahr gestorben, ganz plötzlich an einer Sepsis, die zu spät erkannt wurde«, erklärte Isobell. »Sie war

Declans große Liebe, die beiden haben die Kneipe zusammen geführt. Sie wollten immer Kinder, aber das hat nie geklappt, deshalb haben sie sich irgendwann Duke angeschafft. Seit ihrem Tod hängt Declan deshalb besonders an ihm.«

»Oh nein!« Julia erschrak, als ihr klar wurde, was es für den trauernden Witwer bedeuten würde, den Hund auch noch zu verlieren. »Dann müssen wir ihn retten.«

Isobell schüttelte skeptisch den Kopf. »Henry hat recht, Duke hat verdammt viel Blut verloren«, sagte sie. »Und dann noch der Milzriss. Ich fürchte, die Operation überlebt er nicht.«

Henry nickte. »Seine Verletzungen sind sehr schwer. Ich hatte mal so einen Fall, da konnten wir nichts mehr tun.«

Julia schüttelte den Kopf. »Und ich hatte schon viele solcher Fälle, da haben wir es wenigstens versucht«, widersprach sie. »Wir müssen uns nur beeilen, dann haben wir eine Chance. Wir sind zu dritt, das packen wir doch!«

Der Herzmonitor begann, hektisch zu piepsen.

»Der Kreislauf sackt weg. Er braucht Volumen.« Henry war mit zwei Schritten am Schrank und holte einen Infusionsbeutel, den er an Dukes Zugang befestigte, während Julia dem Hund Adrenalin spritzte. Die Werte erholten sich.

»Ich bereite die Sedierung vor«, sagte sie und holte sich das Narkose-Set aus dem Schrank, das die notwendigen Medikamente enthielt. Sie setzte Duke die Sauerstoffmaske auf die Nase, zog die Spritzen auf, die sie brauchen würde, legte sich die Schläuche für die Beatmung zurecht und begann dann mit dem Ablauf, den sie im Schlaf konnte. Wenige Minuten später lag Duke in Narkose.

»So, das hätten wir.« Isobell, die die ganze Zeit unablässig an der Wunde genäht hatte, befestigte noch einen letzten

Klebestreifen über dem Verband, der die frische Naht schützen sollte.

»Das schafft er nicht«, meinte Henry erneut. »Wir quälen ihn, wenn wir ihn operieren. Er ist zu schwach.«

Julia wusste, dass er grundsätzlich recht hatte. Eine Operation durfte nur durchgeführt werden, wenn eine realistische Aussicht auf Erfolg bestand. Aber genau die sah sie, obwohl sie offenbar die Einzige war.

»Wer nicht kämpft, hat schon verloren.« Sie zog ihren Cardigan aus und tauschte ihn gegen einen sterilen Kittel. »Ich nehme das auf meine Kappe.«

Rasch desinfizierte sie sich Hände und Unterarme, zog Latexhandschuhe an und trat an den Tisch. »Und du bleibst bei uns, hörst du, Duke?«, sagte sie zu dem sedierten Retriever, während sie ihn mit einem sterilen Tuch bedeckte, das nur den Bauch frei ließ. »Du stiehlst dich nicht davon. Du wirst hier nämlich gebraucht.«

Sie atmete noch einmal tief durch, dann setzte sie das Skalpell an.

Henry konnte sich nicht erinnern, wann er zuletzt bei einer Operation lediglich assistiert hatte. Normalerweise war er derjenige, der die Anweisungen gab, und nicht der, der sie ausführte. Aber diesmal konnte er nicht viel mehr tun als neben dem Tisch stehen und Julia reichen, was sie brauchte. Isobell tauschte derweil Infusionen und überprüfte Messwerte, aber auch sie nahm sich zurück und beobachtete Julia, die so konzentriert arbeitete, dass sie alles um sich herum vergessen zu haben schien.

Sie ist gut, dachte Henry. Und schnell. Und unglaublich hartnäckig. Sie schimpfte und fluchte bei jeder neuen Blutung, aber sie gab nicht auf und schien mit schierer Willenskraft zu verhindern, dass der Hund starb.

Manchmal tauschte Henry einen Blick mit Isobell und las in ihren Augen, dass auch sie beeindruckt war davon, wie wenig Julia sich beirren ließ. Und am Ende gab der Erfolg ihr recht. Nach zwei langen Stunden voller Rückschläge und Krisen hatte sie es geschafft, die Milz zu entfernen und sämtliche Blutungen zu stillen.

»Großartig, wirklich«, lobte Isobell. »Ich weiß nicht, ob ich das so hinbekommen hätte.«

Ich auch nicht, dachte Henry und wunderte sich darüber, dass er keinen Neid verspürte. Tatsächlich war da nur diese Mischung aus Freude und Zufriedenheit in ihm, die er nach einer erfolgreichen Behandlung immer empfand

Julia nahm ihre Brille ab und wischte sich mit dem Handrücken über die Stirn, bevor sie sie wieder aufsetzte. »Hoffentlich übersteht er die nächsten Stunden. Die werden kritisch«, sagte sie, sichtlich erschöpft, und ging zum Abfalleimer, um dort die Handschuhe zu entsorgen. Dann trat sie wieder an den OP-Tisch und strich Duke über den Kopf. »Aber du bist ein Kämpfer, nicht wahr? Du lässt dich nicht unterkriegen.«

Bei Tieren ist sie immer ganz sanft, dachte Henry und verzog den Mund. Die Kratzbürste sparte sie sich offenbar für ihn auf …

Ein plötzliches Stechen hinter seiner Stirn ließ ihn überrascht nach Luft schnappen. Er kannte das schon und biss die Zähne zusammen, während er darauf wartete, dass der Schmerz nachließ. Das passierte normalerweise sehr schnell, aber diesmal war das Pochen hinter seiner Stirn hartnäckig, und Henry hatte Mühe, sich nichts anmerken zu lassen.

»Ich übernehme den Rest und hole Duke aus der Narkose«, meinte Isobell und lächelte Julia an. »Und Sie gehen zu Declan und überbringen ihm die gute Neuigkeit. Er wird außer sich sein vor Freude.«

Julia nickte, doch als sie den blutverschmierten Kittel auszog, kam ihr Nachthemd wieder zum Vorschein. Dass sie es trug, hatte sie offenbar vergessen. Und anders als zuvor schien es ihr jetzt doch peinlich zu sein, denn als sie zu Henry aufblickte, errötete sie.

»Ich glaube, ich sollte mich erst umzie…«

»Nein, gehen Sie nur«, beharrte Isobell. »Declan wird es egal sein, wie Sie aussehen. Hauptsache, Sie bringen gute Nachrichten.« Sie lächelte. »Das ist doch das Beste an unserem Job, wenn man jemandem sagen kann, dass sein Tier es geschafft hat.«

»Okay.« Julia wollte nach ihrem Cardigan greifen, der auf einem Stuhl lag, aber Henry war schneller. Er nahm die Strickjacke und hielt sie ihr hin, half ihr hinein.

»Danke.« Lächelnd blickte sie zu ihm auf. »Dann will ich mal.«

Henry nickte nur stumm und sah ihr nach, als sie den Raum verließ. Der Kopfschmerz war jetzt wieder erträglich, aber er spürte ihn noch, und das machte ihm Angst. Oder waren es seine verwirrenden Gefühle für Julia, die diese plötzliche Unruhe in ihm auslösten?

»Ich könnte mir vorstellen, dass sich jetzt einiges ändert«, sagte Isobell, und für einen kurzen Moment glaubte Henry, dass sie seine Gefühle für Julia meinte. Doch als er sie ansah, hatte sie den Blick auf die Tür gerichtet, die halb aufstand. »Das könnte Julias Durchbruch in Carywith gewesen sein.«

»Was?« Henry konnte ihr nicht folgen.

»Na ja, es ist Declans Hund, den sie gerade gerettet hat«, erklärte sie. »Declan liebt Duke, und die Leute lieben Declan. Mir fällt jedenfalls niemand ein, der im Dorf beliebter wäre.«

Das stimmt, dachte Henry. Das »Fisherman's Inn« war immer schon das heimliche Zentrum des Ortes gewesen, und das lag auch an Declan Spargo, der dort seit fast zwanzig Jahren hinter dem Tresen stand. Er hatte den Pub mit Mitte zwanzig von seinem Vater übernommen und sorgte seitdem mit seiner freundlichen, zugewandten Art dafür, dass seine Gäste sich bei ihm wohlfühlten. Das Gleiche hatte auch für seine Frau Shona gegolten, an die Henry sich gut erinnern konnte. Sie wurde von den Leuten ebenso vermisst wie von Declan, deshalb war das Mitgefühl für den Witwer groß. Und natürlich wussten alle, was der Retriever Declan bedeutete.

»Es wird sich herumsprechen wie ein Lauffeuer, dass Julia Duke gerettet hat«, sagte Isobell. »Das wird ihr bestimmt ein paar zusätzliche Aufträge bescheren.«

Von dieser Warte aus hatte Henry die Sache noch nicht betrachtet.

»Ein Hund ist kein Großtier«, brummte er, aber er konnte dieses drängende Gefühl, Julia besiegen zu müssen, nicht mehr in sich wiedererwecken.

Er war auch deshalb gegen sie angetreten, weil er geglaubt hatte, dass sie der Aufgabe hier in Carywith nicht gewachsen war. Aber das stimmte nicht. Sie war genauso geeignet wie er, in mancher Hinsicht sogar besser. Denn sie wollte wirklich bleiben …

Der Kopfschmerz wurde wieder stärker, pochte hinter Henrys Stirn. Er rieb sich mit der Hand darüber.

»Alles okay?«, erkundigte sich Isobell. »Du siehst blass aus.«

»Ich fühle mich nicht besonders«, gestand er und zuckte mit den Schultern. »Langer Tag, schätze ich.«

»Dann leg dich hin. Ich bleibe hier und überwache Duke«, sagte sie.

»Bist du sicher?«, erkundigte er sich. »Ich will dich nicht einfach allein lassen.«

»Ich hab das sonst auch immer allein gemacht«, erinnerte sie ihn lächelnd. »Und da ich dank euch im Moment wenig zu tun habe, fühle ich mich fit und ausgeruht. Außerdem bin ich sicher, dass Declan mir Gesellschaft leistet. Er wird sicher nicht nach Hause fahren. Es ist also wirklich kein Problem.« Sie deutete mit dem Kinn zur Tür. »Na los, geh schon. Und nimm Julia mit. Sie kann den Schlaf auch gebrauchen nach dem, was sie gerade geleistet hat.«

Henry nickte und verließ den Raum, ging zum Wartezimmer. Julia stand bei Declan und wandte ihm den Rücken zu, sodass er nur das Gesicht des Kneipenwirts sehen konnte, dessen Wangen tränennass waren.

»Ist das wirklich wahr?«, wollte Declan von Henry wissen, als er ihn kommen sah. »Duke hat eine Chance?«

»Wenn er die Nacht übersteht«, sagte Henry. »Und das hat er allein Doktor Shaw zu verdanken. Ihre Operation war eine Meisterleistung.«

Julia fuhr zu ihm herum und starrte ihn mit großen Augen an. Offenbar hatte sie mit diesem Lob aus seinem Mund nicht gerechnet.

Aber es stimmte, und Henry hatte nicht vor, ihr diesen Erfolg streitig zu machen. Er war nicht mal eifersüchtig, wie er erneut feststellte. Wenn er sie um etwas beneidete, dann um ihren Kampfgeist und ihre unbedingte Entschlossenheit.

»Kann ich zu Duke?«, fragte Declan.

Henry schüttelte den Kopf, weil es keine gute Idee war, dass der Kneipenwirt den intubierten Retriever sah. Der Anblick würde ihn sicher schockieren. »Warte hier, bis Isobell dir Bescheid sagt.«

Declan nickte und setzte sich wieder.

»Und wir sollen gehen, sagt Isobell.« Henry hielt Julia zurück, die ins Behandlungszimmer zurückkehren wollte. »Sie übernimmt den Rest.«

»Sicher?« Julia setzte ihre Brille ab und rieb sich über die Augen. »Ich kann auch noch bleiben.«

Henry schüttelte er den Kopf. »Nein, du hast wirklich genug getan. Das sieht Isobell auch so.«

»Oh, gut. Ich könnte ein bisschen Schlaf gebrauchen.« Julia seufzte und ging durch die Eingangstür, die Henry ihr aufhielt.

Gemeinsam liefen sie zurück zum Gartenhaus. Die Nachtluft war kühl, und Julia hielt die Arme vor der Brust verschränkt. Sie musste wirklich sehr müde sein, denn sie schwankte mehrmals. Henrys erster Reflex war, den Arm um sie zu legen, um sie zu stützen, aber er ließ es lieber. Zum einen war er nicht sicher, wie sie darauf reagieren würde. Und zum anderen fühlte er sich selbst emotional viel zu angeschlagen, um ihr jetzt so nahezukommen.

Sie erreichten das Gartenhaus, in dem noch das Licht brannte, das Henry bei seinem überstürzten Aufbruch nicht ausgeschaltet hatte. Die hell erleuchteten Fenster hatten etwas Einladendes, und als sie den Wohnraum betraten, überkam Henry wieder dieses Gefühl von warmer Vertrautheit. Irritierenderweise schloss es jedoch Julia mit ein. Hatte er sich wirklich so schnell an ihre Anwesenheit hier gewöhnt?

»Ich muss duschen«, verkündete sie und wollte ins Bad gehen. Doch sie hielt noch einmal inne.

»Es stimmt übrigens nicht«, sagte sie. »Es ist nicht allein mein Verdienst, dass Duke es geschafft hat.«

»Ich weiß nicht, ob ich ihn überhaupt operiert hätte«, erinnerte Henry sie. »Du warst es, die darauf bestanden hat.«

»Aber ihr habt mir Sicherheit gegeben«, erklärte sie. »Ich konnte das alles nur so gut, weil ich wusste, dass ihr da seid, du und Isobell.« Julia blickte lächelnd zu ihm auf. »Ich wusste, dass ich Hilfe habe, wenn ich sie brauche.«

Ihr Haar war zerzaust, und eine verschwitzte Haarsträhne hatte sich im Gestell ihrer Brille verfangen. Ohne darüber nachzudenken, hob Henry die Hand und löste sie vorsichtig, strich die Strähne zurück in ihr Haar.

»Dann sollten wir wohl lieber aufpassen.« Er hörte, wie rau seine Stimme klang. »Nicht dass wir am Ende doch noch ein gutes Team werden.«

Julia wurde ernst, und er sah, wie ihr Kehlkopf sich bewegte, als sie schluckte. »Das ist schlecht möglich, wenn einer von uns beiden gehen muss«, sagte sie und drehte sich um.

Sie verschwand im Bad, und Henry blieb zurück, nicht sicher, warum er sich so vor den Kopf gestoßen fühlte. Sie hatte ja recht, sie waren kein Team und würden keins werden, weil sie dasselbe wollten, aber nicht beide haben konnten.

Nur stimmte das für ihn überhaupt noch? Die Kopfschmerzen, die er eben gehabt hatte, waren möglicherweise durch die Anspannung während der Operation ausgelöst worden. Doch genauso gut konnten sie ein Anzeichen dafür sein, dass sein Zustand sich verschlimmerte. Daran mochte er gar nicht denken, aber was, wenn es so war? Konnte er den Wettkampf mit Julia wirklich weiter durchziehen und ihren sehr realen Traum zerstören, nur weil er einem alten Traum hinterherrannte?

Sein Handy klingelte in dem Moment, als im Bad die Dusche anging. Auf dem Display erschien Aislings Name.

Offenbar kann sie Gedanken lesen, dachte er resigniert und nahm den Anruf an.

Julia spürte das warme Wasser, das über ihren Körper rann und die Anstrengungen der vergangenen Stunden wegspülen sollte. Aber es half nur ihren Muskeln bei der Entspannung. Den Knoten in ihrem Magen löste es nicht.

Sie schloss die Augen und sah sofort wieder Henrys Gesicht vor sich, spürte seine Finger auf ihrer Haut, als er ihr die Haarsträhne zurückgestrichen hatte. Es war nur der Hauch einer Berührung gewesen, aber sie fühlte sich erschüttert davon.

Da war wieder diese Anziehungskraft zwischen ihnen gewesen, zumindest hatte sie es so empfunden. Aber das bildete sie sich sicher nur ein! Warum sollte ein Mann wie Henry sich ausgerechnet für sie interessieren? Sie war klein, unscheinbar und trug eine Brille, also gehörte sie nicht zu den Frauen, die Männern wie ihm ins Auge fielen. Und doch – er hatte sie angesehen, als würde er sie begehren …

Sie stellte das Wasser ab und stieg aus der Dusche. Nein, das bildest du dir ein, dachte sie, während sie sich abtrocknete. Da war nichts zwischen ihnen, und da durfte auch nichts sein.

Als sie fertig war, wurde ihr klar, dass sie ihr durchgeschwitztes Nachthemd nicht wieder anziehen konnte. Da sie kein anderes dabeihatte, würde sie wohl oder übel auf eines ihrer T-Shirts zurückgreifen müssen. Aber die lagen alle drüben im Schlafzimmer. Deshalb schlang sie sich nur das Badetuch um den Oberkörper, putzte sich rasch die Zähne und öffnete die Tür zum Wohnzimmer.

Henry war nicht da, und sie glaubte schon, dass er doch noch mal zurück zur Praxis gegangen war. Dann entdeckte sie ihn draußen vor dem Haus. Er ging auf und ab und sprach am Handy. Julia verstand nicht, was er sagte, aber sie hörte an seiner Stimme, dass er hitzig mit jemandem diskutierte. Wer rief ihn um diese Zeit wohl noch an?

Plötzlich schien er sie entdeckt zu haben, denn er blieb stehen und sah durch das Fenster herein. Ihre Blicke trafen sich, und Julia wurde bewusst, dass sie nur das Handtuch trug. Hastig floh sie ins Schlafzimmer und schloss die Tür.

Ihr Herz hämmerte so wild, dass sie sicher war, sie würde nicht einschlafen können. Als sie kurz darauf im Bett lag, fielen ihr jedoch wie von selbst die Augen zu.

Du darfst nicht so viel über Henry Campbell nachdenken, ermahnte sie sich. Doch sie konnte nicht verhindern, dass sein Bild vor ihr auftauchte, sobald sie die Augen schloss. Und es ging auch nicht mehr weg und begleitete sie, als sie irgendwann doch endlich in den Schlaf glitt.

12

Ein Blitz erhellte den dunklen Himmel, als Julia am Donnerstagabend gegen neun Uhr auf den Vorplatz des Cottages bog. Sie stellte den Mini neben den beiden Geländewagen ab, griff nach ihrer Tasche und rannte durch den prasselnden Regen, der von Minute zu Minute schlimmer wurde. Es waren nur wenige Meter bis zur Haustür, aber sie wurde trotzdem nass. Als sie gerade reingehen wollte, ließ ein heftiger Donnerschlag sie zusammenzucken.

»Na, Sie bringen ja ein Wetter mit!« Isobell kam durch den Flur auf Julia zu. Sie hielt ihr Strickzeug in der Hand, offenbar hatte sie die Haustür gehört und war aus dem Salon gekommen. »Wo waren Sie denn noch so spät? Ich habe mir schon Sorgen gemacht!«

»Tut mir leid, ich war noch mal unten im Dorf bei Lucy Evans.« Julia zog ihre nasse Jacke aus und hängte sie an die Garderobe.

»Bei Lucy?« Isobell runzelte die Stirn. »Ist schon wieder was mit Byron?«

»Nein, ich war zum letzten Abstecken dort«, erzählte Julia. »Lucy näht mir doch ein Kleid für den Sommerball.«

»Richtig, der ist ja morgen!« Isobell seufzte. »Ach, das ist wirklich ein Jammer, dass ich ausgerechnet dieses Wochenende zu Emma fahre. Aber wir haben noch so viel zu besprechen für den Umzug.«

Julias Blick fiel auf die Kisten im Flur. Es mussten mindestens zehn dazugekommen sein, aber sie hatte während der vergangenen Woche so viel zu tun gehabt, dass sie es gar nicht bewusst wahrgenommen hatte.

»Sie sind schon ganz schön weit mit dem Zusammenpacken«, sagte sie.

Isobell nickte. »Es ist erstaunlich, wie viel sich angesammelt hat über die Jahre. Ich werde wohl noch einen kleinen Garagenverkauf machen müssen, um die Sachen loszuwerden, die ich nicht mitnehmen kann. Aber das Wichtigste ist jetzt verpackt.«

Das Lächeln der alten Dame war unverbindlich, verriet wie immer nichts darüber, ob sie sich schon entschieden hatte, wem sie die Praxis geben wollte. Dabei endeten die vereinbarten drei Wochen Probezeit nach dem Wochenende, also in drei Tagen. Wobei sie von *mindestens* drei Wochen gesprochen hat, erinnerte sich Julia. Hatte sie vor, den Wettstreit zu verlängern? Oder wusste sie längst, wer Praxis und Cottage bekommen würde?

Draußen krachte ein weiterer Donner, und wieder zuckte Julia zusammen. Gott, sie hasste Gewitter, und dieses schien immer schlimmer zu werden, denn der Wind rüttelte jetzt ordentlich an den Fenstern.

»Wo ist Henry?«, erkundigte sie sich. Sie hatte ihn nur am Morgen kurz gesehen, aber den Tag über nicht mehr, weil sie zu unterschiedlichen Zeiten bei Patienten gewesen waren. »Ist er noch unterwegs?«

»Nein, er ist schon lange zurück«, meinte Isobell. »Wir haben zusammen gegessen, aber dann ist er rübergegangen.« Sie zuckte mit den Schultern. »Er war heute nicht sehr gesprächig.«

Nicht nur heute, dachte Julia. Tatsächlich hatte Henry sich nach dem Abend, an dem sie Duke operiert hatten, wieder sehr in sich zurückgezogen. Er war freundlicher zu Julia als zuvor, aber er achtete darauf, ihr nicht zu nahe zu kommen. Eine Situation wie an jenem Abend im Gartenhaus hatte es nicht wieder zwischen ihnen gegeben. Wenn sie sich im selben Raum aufhielten, erwischte Julia ihn allerdings manchmal dabei, dass er sie ansah. Er wandte sich dann immer schnell ab, und sie hatte keine Ahnung, was ihm durch den Kopf ging. Oder wie er dazu stand, dass sie im Wettkampf um die Praxis mächtig aufgeholt hatte …

»Möchten Sie noch etwas essen?«, erkundigte sich Isobell.

Julia schüttelte den Kopf. »Nein, danke. Ich hatte einen Teller Eintopf bei Lucy.«

»Aber eine Tasse Tee trinken Sie doch noch mit mir?«, fragte die alte Dame.

»Gerne«, sagte Julia und folgte Isobell in den Salon. Sie war zwar müde nach einem langen Tag voller Termine, aber ein heißer Tee hatte etwas sehr Verlockendes. Außerdem hatte das Gewitter vielleicht schon nachgelassen, wenn sie später zum Gartenhaus ging.

Auch im Salon stapelten sich inzwischen die Kartons an den Wänden, die Regale dagegen leerten sich zusehends. Nur die Sitzgruppe war unverändert, und das Tablett mit der hübschen geblümten Teekanne, das auf dem Couchtisch stand, wirkte fast ein bisschen verloren in dem kahler gewordenen Raum.

»Tut mir leid, dass es so ungemütlich ist«, entschuldigte sich Isobell und seufzte, als sie sich umsah. »Manchmal deprimiert mich der Anblick der leeren Regale sehr. Es ist wie ein Abschied auf Raten.«

Julia verstand das nur zu gut. Ihr fehlte die heimelige Atmosphäre auch, die sie anfangs so gefangen genommen hatte. Im Grunde war es, als würde man ein Gesamtkunstwerk langsam mutwillig zerstören, und sie konnte verstehen, dass Isobell darunter litt.

»Das ist bestimmt nicht leicht«, sagte sie. »Ich bewundere, dass Sie diesen Schritt überhaupt gehen. Die meisten Leute würden nicht freiwillig das Haus verlassen, in dem sie schon so viele Jahre wohnen.«

»Oh, glauben Sie nicht, dass mir die Entscheidung leichtgefallen ist.« Isobell setzte sich und goss Tee in zwei der drei Tassen, die auf dem Tisch standen. Dann reichte sie Julia eine davon und lehnte sich zurück. »Aber Emma hat mich angefleht, zu ihr zu ziehen. Sie konnte noch nie gut allein sein. Und im Grunde hat sie ja recht. Wir sind beide kinderlos und können uns gegenseitig Gesellschaft leisten.« Sie lächelte, aber in ihren Augen lag ein trauriger Ausdruck, als sie den Blick durch das Zimmer schweifen ließ. Am Fenster blieb sie hängen, und sah mit einem sehnsuchtsvollen Ausdruck in den Augen nach draußen. »Der Garten wird mir am meisten fehlen. Aber ich bin nicht mehr die Jüngste, und irgendwann wäre mir die Arbeit sicher zu viel. Außerdem gehören Cottage und Praxis zusammen. Es ist besser, wenn jemand Jüngeres das alles übernimmt.«

Betroffen sah Julia sie an. Sie fand es erstaunlich, dass Isobell das so pragmatisch sehen konnte. Aber es ließ sie auch über ihr eigenes Leben nachdenken. Wie würde es für sie sein, hier allein zu wohnen, ohne Isobell oder Henry? Dann wäre es abends ganz schön still im Haus.

Sie hätte Isobell gerne gefragt, warum sie nie geheiratet hatte, aber sie traute sich nicht. Die alte Dame schien jedoch zu ahnen, in welche Richtung ihre Gedanken gingen, denn sie lächelte wissend.

»Es gab da mal jemanden, der mir viel bedeutet hat.« Sie nahm die Kette mit dem goldenen Medaillon ab, die sie immer trug und die Julia schon oft bewundert hatte. »Hier.«

Sie öffnete das Medaillon und reichte es Julia. Es enthielt das Foto eines jungen Mannes mit dunklen Haaren. Weil es so klein war, erkannte man seine Gesichtszüge nicht deutlich, aber er blickte lächelnd in die Kamera.

»Das ist Edward«, erklärte Isobell. »Wir waren verlobt, aber er ist bei einer Bergtour in den Alpen tödlich verunglückt. Damals war ich ungefähr so alt wie Sie jetzt.«

Erschrocken sah Julia sie an. »Wie schrecklich. Das tut mir sehr leid.«

Isobell nahm die Kette zurück, die Julia ihr reichte, und legte sie sich wieder um den Hals. Gedankenverloren strich sie über das Medaillon. »Nach Edward hat es auch noch andere Männer gegeben in meinem Leben. Aber es hat nie mehr richtig gepasst, wissen Sie. Entweder konnte er sich nicht vorstellen, hierher nach Cornwall zu ziehen, oder ich konnte mir nicht vorstellen, seinetwegen hier alles aufzugeben. Meistens war es beides.« Sie lächelte. »Aber Sie müssen kein Mitleid mit mir haben, Julia. Ich bereue nichts und habe es sehr geliebt, die Tierärztin von Carywith zu sein. Für mich war es gut so.«

Julia nickte. Ja, so empfand sie das auch. Isobell wirkte nicht unglücklich, sondern schien in sich selbst zu ruhen. Und sie war auch nicht allein. Die Leute aus dem Dorf schätzten sie sehr, das spürte man, und es kam auch ständig Besuch, vor allem, seit Julia und Henry die Arbeit in der Praxis übernommen hatten. Dadurch hatte Isobell Zeit, und das nutzten die Leute, um vorbeizuschauen.

Trotzdem ist es schade, dass sie keinen Partner mehr gefunden hat, dachte Julia und blickte auf das Medaillon. Wie tief musste Isobells Liebe zu Edward gewesen sein, wenn sie sein Bild nach so langer Zeit immer noch bei sich trug?

»Aber jetzt lassen wir das Thema«, entschied Isobell und nahm einen Schluck von ihrem Tee. »Erzählen Sie mir lieber, wie Ihr Tag war. Hatten Sie viel zu tun?«

Julia nickte. »Ja, sehr viel sogar. Die Sprechstunde heute Morgen war voll, und dann war ich bei den Coopers von der Grey-Farm. Die erste Impfung für den Wurf Border Collie-Welpen stand an.«

»Richtig, ihre Hündin hat ja gerade Junge.« Isobell lächelte. »Sind ja immer süß, die Kleinen. Wie viele waren es noch?«

»Sieben«, antwortete Julia. »Es geht ihnen so weit gut. Ein Rüde hat allerdings einen Nabelbruch, den wir noch richten müssen. Und eine der Hündinnen nimmt nicht richtig zu, die sollten wir auch im Auge behalten.«

»Unbedingt«, bestätigte Isobell. »Und sonst? Sind Sie zufrieden mit der Arbeit in der Praxis?«

»Ja, sehr«, erwiderte Julia. »Einige Farmer bestehen zwar immer noch darauf, dass Henry zu ihnen kommt. Aber viele geben mir jetzt eine Chance, und die anderen überzeuge ich bestimmt auch noch.«

Isobell nickte. »Es ist gut, dass Sie sich da nicht beirren lassen. Bei mir ging es damals auch nicht von heute auf morgen. Die Einwohner von Carywith an etwas Neues zu gewöhnen, braucht seine Zeit.«

Julia zögerte kurz. »Habe ich die denn?«, fragte sie, weil sie es einfach wissen musste. »Ich meine, ich weiß ja nicht, wie lange Sie uns noch …«

»Jetzt fahre ich erst mal eine Woche nach Nottingham«,

unterbrach Isobell sie. »Und bin froh, dass ich die Praxis so lange in guten Händen weiß. Danach sehen wir weiter.«

Erleichtert atmete Julia auf, froh darüber, dass die Entscheidung erst mal vertagt war.

Während sie ihren Tee trank, berichtete sie der interessierten Isobell noch einmal ausführlich von den Welpen und den anderen Fällen, mit denen sie heute befasst gewesen war. Dann erhob sie sich.

»Ich gehe jetzt lieber rüber, bevor der Sturm noch schlimmer wird«, sagte sie, weil das Heulen des Windes, der an den Fenstern rüttelte, von Minute zu Minute zuzunehmen schien.

Auch der Regen war heftiger geworden, als sie einige Minuten später in ihre Jacke gehüllt auf das hell erleuchtete Gartenhaus zueilte. Ein weiterer Blitz zuckte über den Himmel, und der Donner, der folgte, war so laut, dass Julia sich instinktiv duckte. Die letzten Meter zum Haus rannte sie.

Henry saß am Esstisch, das konnte sie schon durch das Fenster sehen. Doch als sie den Wohnraum betrat, entdeckte sie verwundert, dass er ihren Hamster auf der Hand hatte.

»Oh«, rief sie überrascht, während sie ihre Jacke an den Haken hinter der Tür hängte. »Ist was mit Bungee?«

»Nein.« Henry wirkte verlegen. »Der Kleine war wach, und ich wusste nicht, wann du kommst. Da dachte ich, dass ich ihn ein bisschen beschäftigen könnte. Ich hoffe, das war okay?«

Erst jetzt sah Julia, dass sich auf Henrys Hand auch einige Futterkörner befanden, die Bungee mit großem Eifer in seinen Backentaschen verschwinden ließ.

»Natürlich. Das ist sehr nett von dir, dass du dich um ihn kümmerst.« Sie setzte sich ebenfalls an den Tisch. Bungee blickte kurz auf, doch er schien sich in Henrys Hand wohlzufühlen, denn er fraß weiter. »Er mag dich«, bemerkte sie.

Henry grinste. »Ja, wir sind schon gute Kumpel. Wobei es auch nicht so schwer ist, mit ihm Freundschaft zu schließen. Ein paar Körner, und das Eis ist gebrochen.«

Ihre Blicke trafen sich, und Julia musste unwillkürlich schlucken. Anders als bei uns, dachte sie und hatte das Gefühl, dass Henry gerade etwas Ähnliches durch den Kopf schoss.

»Ich glaube, das ist genug«, sagte sie, weil Bungee schon ganz vollgestopfte Backen hatte. »Setz ihn wieder in seinen Käfig, ja? Dann kann er die Körner wegbringen.«

Henry legte auch die andere Hand um den Hamster und trug ihn zum Käfig hinüber. Er setzte ihn hinein und schloss sorgfältig den Deckel, während Bungee in seinen Röhren verschwand.

»Möchtest du auch einen Tee?«, fragte Henry. »Ich habe gerade eine Kanne gekocht.«

Julia nickte. »Gern. Ich hatte zwar bei Isobell schon eine Tasse, aber bei dem Wetter nehme ich gerne noch mal was Warmes …«

Das grelle Leuchten eines Blitzes draußen vor den Fenstern ließ sie zusammenzucken, und als direkt darauf ein lauter Donnerschlag folgte, zog sie instinktiv die Schultern hoch.

»Alles okay?« Henry war zu ihr geeilt und hatte eine Hand auf ihren Arm gelegt.

»Jaja«, versicherte sie ihm hastig und errötete. »Ich mag Gewitter nur nicht besonders.«

Sie spürte die Wärme seiner Hand durch den dünnen Stoff ihrer Bluse, und das Gefühl machte sie mit einem Mal ganz atemlos.

Henry ließ sie wieder los und ging die wenigen Schritte bis zu der kleinen Kochnische, wo die Teekanne stand.

»Wer mag schon Gewitter.« Er füllte zwei Becher mit Tee und brachte sie zum Tisch, reichte Julia einen davon. Die Tasse war nicht heiß, sondern angenehm warm, sodass Julia ihre Hände darum schließen konnte.

Henry setzte sich wieder auf seinen Platz. »Mein Zimmer im Haus meiner Großmutter war ganz oben im Spitzboden«, sagte er. »Da hatte man bei Gewitter immer das Gefühl, dass gleich das Dach einstürzt.«

»Bei uns ist das mal passiert«, erzählte Julia. »Also, das Haus ist nicht zusammengebrochen, aber der Blitz hat eingeschlagen. Danach hatte ich jahrelang panische Angst vor Gewitter.«

»Und jetzt geht es wieder?«, erkundigte er sich.

»Nein, eigentlich ist es immer noch schlimm. Aber inzwischen kann ich mich besser zusammenreißen«, meinte sie lächelnd. »Am liebsten würde ich mich allerdings im Bett unter der Decke verkriechen, wenn es blitzt und donnert, so wie früher.«

»Das habe ich auch immer gemacht«, stimmte Henry ihr bei. »Unter der Bettdecke kann einem nichts passieren, stimmt's?«

Julia nickte, verblüfft darüber, dass sie diese Kindheitserinnerung teilten. Und ihr gefiel auch, dass Henry eingestehen konnte, dass er ängstlich gewesen war. Wieder ein Punkt mehr auf der Liste von Dingen, die ich an ihm mag, dachte sie und seufzte innerlich.

»Und wie war es hier?«, erkundigte sie sich. »Hier im Gartenhaus, meine ich. Wenn es ein Gewitter gab, was hast du dann gemacht?«

»Hier hatte ich komischerweise nie Angst«, sagte er. »Am Anfang war meine Großmutter dabei. Und später, als ich alleine kam, durfte ich Ginger mit rübernehmen. Das war Isobells Hündin.«

Julia stützte den Ellbogen auf und legte das Kinn in ihre Hand. »Was war es für ein Hund?«

»Ein Irish Setter«, erzählte Henry. »Ich mochte sie sehr.«

»Und dein Hund?«, erkundigte sie sich. »War das auch ein Irish Setter?«

Henry sah sie irritiert an. »Ich hatte noch nie einen Hund.«

»Aber die Transportbox in deinem Auto«, sagte Julia. »Ich dachte, die wäre für deinen Hund gewesen.«

»Nein, die war tatsächlich schon drin, als ich den Wagen gekauft habe«, erklärte er. »Ich dachte, sie wäre ganz praktisch, falls ich mal einen Hund mitnehmen muss. Bei einem Tierarzt ist das ja durchaus möglich.«

Julia betrachtete ihn nachdenklich. »Komisch, ich hätte geschworen, dass du schon Hunde hattest. Du bist irgendwie der Typ dafür.«

Henry lachte. »Findest du?«

»Ja, absolut«, bestätigte sie. »Du magst Hunde, das merkt man. Und du kommst sehr gut mit ihnen zurecht.« Das hatte sie in der Praxis schon oft beobachtet. Er hatte eine natürliche Autorität, auf die ihre vierbeinigen Patienten reagierten.

»Ja, ich mag Hunde«, gestand er. »Aber als ich klein war, konnten wir keinen haben, dann habe ich studiert, und in den letzten Jahren war ich nur noch unterwegs. Das hätte ich einem Hund nicht zumuten wollen.«

»Okay. Und wenn du einen hättest?«, beharrte Julia. »Was wäre es für einer?«

»Ich weiß nicht«, erwiderte Henry. Er wirkte sehr überrascht, so als hätte er sich diese Frage tatsächlich noch nie gestellt. »Ein Irish Setter vermutlich. Oder ein Border Collie. Die finde ich auch toll.«

»Oh, wirklich? Das sind meine Lieblingshunde!« Julia wusste selbst nicht, wieso es sie so glücklich machte, dass sie beim Thema Hunde den gleichen Geschmack hatten. »Ich hatte als Kind einen Bildband mit den verschiedenen Hunderassen. Ich kannte ihn in- und auswendig. Und das Kapitel über Border Collies fand ich am faszinierendsten. Damals habe ich mir geschworen, dass ich mal einen haben werde, wenn ich groß bin.«

»Aber dann ist es doch ein Hamster geworden«, meinte Henry mit einem Augenzwinkern.

Julia lachte. »Wie das Leben so spielt. Wobei Bungee nicht zählt, der ist außerplanmäßig bei mir gelandet«, fügte sie hinzu. »Aber irgendwann, hoffentlich bald, werde ich auch einen Hund haben. Die Coopers von der Grey-Farm haben gerade Welpen. Wenn ich könnte, würde ich direkt einen davon übernehmen.«

Henry lehnte sich auf seinem Stuhl zurück und streckte die Beine aus. »Ich will keinen. Man ist dann so gebunden. Das wäre nichts für mich.«

»Aber gebunden wärst du doch sowieso, wenn du die Praxis übernimmst«, wandte Julia ein und musterte ihn prüfend. »Das willst du doch noch, oder?«

»Ja. Klar will ich das.« Henry erhob sich, ging zurück zur Kochnische und wandte ihr den Rücken zu. Aber Julia hatte die Überraschung in seinem Gesicht gesehen. Ihre Frage hatte ihn unvorbereitet getroffen. Malte er sich etwa noch nicht aus, wie es sein würde, hier zu wohnen? Sie selbst tat das die ganze Zeit, tatsächlich überlegte sie sogar schon, wo ihre Möbel stehen könnten und was vielleicht noch mal gestrichen werden musste. Ließ Henry solche Dinge auf sich zukommen? Oder war er gar nicht mit dem Herzen dabei, obwohl er immer betonte, wie wichtig das Cottage ihm war?

Sie musterte ihn prüfend, als er sich ihr wieder zuwandte, was ihn offenbar nervös machte, denn er wich ihrem Blick aus.

»Hat Isobell eigentlich was gesagt?«, fragte er. »Darüber, wann sie über die Praxisvergabe entscheiden will?«

»Frühestens, wenn sie aus Nottingham zurück ist«, erwiderte Julia und sah Erleichterung in Henrys Blick. Hatte er jetzt, wo sie aufgeholt hatte, Angst davor zu verlieren? Oder waren ihm Zweifel gekommen, ob er die Praxis überhaupt übernehmen wollte? Irgendwie wirkt er plötzlich unsicher, ohne dass Julia ausmachen konnte, woran das lag.

Sie trank den Rest ihres Tees und erhob sich ebenfalls, um ihren Becher wegzubringen. Henry trat ein Stück zur Seite, und sie wollte gerade den Becher in die Spüle stellen, als plötzlich erneut ein besonders lauter Donner die Stille zerriss.

Vor Schreck ließ Julia den Becher los, der scheppernd in die Spüle fiel, und griff instinktiv nach Henry. Sie erwischte sein Hemd und krallte die Finger auf Brusthöhe hinein. Mit hochgezogenen Schultern und gesenktem Kopf lehnte sie sich gegen ihn und spürte, wie er die Arme um sie schloss.

»Alles gut«, sagte er, irgendwo über ihrem Ohr. »Dir passiert nichts.«

Julia entspannte sich wieder, aber sie ließ Henry nicht los. Er roch gut, genau wie die geliehene Sweatjacke es ihr damals schon verraten hatte. Selbstvergessen lehnte sie sich an ihn und genoss die Wärme seiner Umarmung, auch als der Donner längst verklungen war. Nur zögernd hob sie schließlich den Kopf und sah zu ihm auf.

Sie wollte ihm sagen, dass es jetzt wieder ging und er sie loslassen konnte. Aber als ihre Blicke sich trafen, versank sie in seinen blauen Augen und brachte kein Wort hervor. Ihr Herz schlug jetzt wild und …

»Henry? Julia?«

Der Klang von Isobells Stimme brachte Julia wieder in die Realität. Und auch Henry schien aus seiner Erstarrung erwacht, denn er ließ sie abrupt los, und sie machten beide einen Schritt zurück – genau in dem Moment, als Isobell das Gartenhaus betrat.

13

»Oh gut, ihr seid noch wach!« Isobell streifte die Kapuze ihrer Regenjacke ab. Sie wirkte sehr ernst.

»Was ist passiert?« Henry versuchte, sich nicht anmerken zu lassen, wie aufgewühlt er war. Tausend Gedanken schossen im gleichzeitig durch den Kopf. Hatte Isobell durchs Fenster gesehen, wie er Julia im Arm gehalten hatte? Und was wäre passiert, wenn sie nicht gekommen wäre? Verdammt, jetzt reiß dich zusammen, ermahnte er sich und konzentrierte sich auf Isobell.

»Duncan Fraser hat angerufen«, berichtete sie. »In seiner Schafherde ist wegen des Gewitters Panik ausgebrochen, und einige Tiere haben sich verletzt. Er will, dass ich komme, aber ich schaffe das nicht allein. Ihr müsst mitkommen!«

»Wird er damit denn einverstanden sein?«, fragte Henry skeptisch. »Ich dachte, er akzeptiert nur dich als Tierärztin.«

Tatsächlich war Duncan Fraser der einzige Farmer in der Gegend, der sowohl Henry als auch Julia immer noch ablehnte. Er bestand darauf, dass weiterhin Isobell kam, und weil sie wusste, wie stur er sein konnte, machte sie für ihn eine Ausnahme. Nun aber schüttelte sie den Kopf.

»Ich habe ihm schon gesagt, dass ich euch mitbringe«, sagte sie. »Wir sind auch nicht die Einzigen, die ihm helfen müssen. Die Coopers sind auch schon da, das sind seine Nachbarn. Die Herde ist nämlich versprengt, er hat noch gar nicht alle Tiere im Stall. Und wer weiß, wie viel noch zu tun ist! Er kann jede Hand gebrauchen, und das weiß er auch.«

»Alles klar, dann los.« Henry ging zur Garderobe hinter der Tür und riss die beiden Jacken vom Haken. Notfälle wie dieser sorgten immer dafür, dass Adrenalin durch seine Adern pumpte, und dann war er sofort bereit zu handeln. Doch diesmal hatte sein Aufbruch auch etwas von einer Flucht, damit er sich nicht auseinandersetzen musste mit dem, was gerade zwischen ihm und Julia passiert war.

Nichts ist passiert, erinnerte er sich. Zum Glück. Aber es hatte nicht viel gefehlt, und er hätte … Unwillig schüttelte er den Kopf. Nein, das war absurd. Er hätte Julia nicht geküsst. Und das hätte sie auch ganz sicher nicht gewollt. Oder doch?

Verdammt, er hätte sie gar nicht erst in den Arm nehmen dürfen! Aber sie war erschrocken und hatte bei ihm Schutz gesucht. Und als sie dann zu ihm aufgesehen hatte …

Er reichte Julia ihre Jacke und sah sie ganz kurz an. Sie wirkte auch verwirrt, so viel konnte er erkennen, aber einen genaueren Blick riskierte er lieber nicht, sondern zog sich die Jacke über. Hastig schloss er den Reißverschluss und tastete in der rechten Tasche nach dem Autoschlüssel.

»Ich fahre«, verkündete er und stürmte hinaus in den Regen.

Isobell folgte Henry, blieb an der Tür jedoch noch einmal stehen. »Kommen Sie?«

Julia, die hinter Henry hergesehen hatte, erwachte aus ihrer Erstarrung.

»Ja, natürlich!« Hektisch schlüpfte sie in die Jacke, die noch ein bisschen nass war, und folgte Isobell hinaus.

Sie war erschüttert davon, was es in ihr angerichtet hatte,

Henry so nahe zu sein. Ihre Gefühle für ihn waren in Aufruhr, und während sie ihre Tasche aus dem Mini holte, überlegte sie, wie es wohl weitergegangen wäre mit ihnen. Hätte sie Henry losgelassen, wenn Isobell nicht gekommen wäre? Sie war sich da gar nicht so sicher. Und wie sah Henry das? Hatte er auch diese Anziehungskraft zwischen ihnen gespürt, oder bildete sie sich das nur ein?

Julia dachte an das, was Rob zu ihr gesagt hatte, als er Schluss gemacht hatte mit ihr. Dass er Stella so anziehend fand, dass er ihr einfach nicht hatte widerstehen können. Weil sie so eine attraktive Frau war. Und dass Julia verstehen müsse, dass er eigentlich gar nicht anders gekonnt hätte. Daraus hatte Julia gefolgert, dass sie selbst eben nicht anziehend genug war, um ihn zu halten – und das tat immer noch weh. Natürlich wusste sie, dass sie keine auffallende Schönheit war, nach der Männer sich umdrehten. Aber war sie so unscheinbar, dass sie das Interesse eines Mannes nicht auf Dauer fesseln konnte? Sah Henry das genauso?

Ihre Wangen brannten plötzlich. Er wollte mich nur trösten, dachte sie unglücklich, während sie ihre Tasche in den Kofferraum des Defenders stellte. Weil sie erschrocken war über den Donner. Nur deshalb hatte er sie umarmt. Mehr war nicht passiert, und mehr würde zwischen ihnen auch nie passieren.

»Ich setze mich nach hinten«, sagte sie zu Isobell, die ihre Tasche ebenfalls geholt hatte, und stieg auf den Rücksitz. Henry saß bereits hinter dem Steuer, und als Isobell neben ihm Platz genommen hatte, fuhr er sofort los.

Der Sturm tobte weiter, und auch der Regen hatte noch nicht nachgelassen. Doch das Zentrum des Gewitters war zum Glück weitergezogen, als sie nach knapp zwanzig Minuten Fahrt über rumpelige Feldwege die Schaffarm von Duncan Fraser erreichten.

Die Farm bestand, soweit Julia das durch die Regenschleier erkennen konnte, nur aus einem niedrigen Wohnhaus und einem lang gezogenen Stall, wobei beide Gebäude schon bessere Tage gesehen hatten. Als sie auf den Hof fuhren, erschien eine rothaarige Frau in der offenen Stalltür. Im Licht, das aus dem Innern des Hauses auf sie fiel, erkannte Julia, dass es sich um Miranda Cooper handelte, die sie vor ein paar Stunden noch bei der Impfung der Welpen gesehen hatte.

Die Farmerin winkte und bedeutete ihnen, zu ihr zu kommen. Nachdem Henry geparkt hatte, liefen sie schnell durch den Regen in den Stall.

Es war ein Großstall, der nur im hinteren Teil über abgetrennte Boxen verfügte, über denen teilweise Wärmelampen hingen. Vorne gab es nur einen sehr großen Bereich für die Schafe, und dort hielt sich auch eine Gruppe von ihnen auf. Die Tiere wirkten nervös und blökten laut, drängten sich in einer Ecke aneinander. Verletzt schien auf den ersten Blick keins zu sein.

»Sind das alle?«, fragte Julia überrascht.

Miranda schüttelte den Kopf. »Nein, da fehlen noch sehr viele, die sind alle noch draußen. Es gab wohl einen Blitzeinschlag, der die Herde versprengt hat. Duncan ist mit meinem Billie und zwei von unseren Leuten draußen und versucht, die restlichen Tiere zusammenzutreiben.«

Isobell nickte. »Wie viele sind verletzt?«

»Zwei liegen dort.« Miranda deutete auf eine der Boxen im hinteren Teil, über der eine Wärmelampe brannte. »Sie haben Verbrennungen. Ich habe die Wunden versorgt, so gut es ging, aber das sollte sich noch einmal einer von euch ansehen.«

Isobell nickte. »Und sonst?«

»Ich weiß es nicht«, erwiderte Miranda. »Draußen sind sicher auch noch verletzte Tiere. Duncan meinte, ich soll euch direkt zu ihm schicken. Aber einen von euch brauche ich hier.«

»Das übernehme ich«, erklärte Isobell und wandte sich an Julia und Henry. »Und ihr fahrt raus.«

»Wo sind die Männer denn genau?«, erkundigte sich Henry bei Miranda.

»Auf der Weide an den Klippen«, erwiderte sie. »Einfach dem Feldweg neben dem Hof den Hügel rauf folgen. Aber passt auf, dass ihr nicht stecken bleibt! Der Weg ist schon bei trockenem Wetter eine Katastrophe.«

Henry nickte und verließ den Stall. Julia folgte ihm und setzte sich zu ihm in den Defender, diesmal auf den Beifahrersitz. Wenige Augenblicke später fuhren sie vom Hof. Gleich dahinter bog Henry in den schmalen Feldweg ein, von dem Miranda gesprochen hatte. Die Farmerin hatte wirklich nicht übertrieben, was den Zustand des Untergrunds anging, denn die Reifen des Geländewagens gruben sich sofort tief in den Schlamm und fanden so wenig Halt, dass der Wagen gefährlich schlingerte.

Aber Henry ließ sich nicht beirren. Er lenkte gegen, gab abwechselnd Gas und bremste und schaffte es so, dass der Wagen sich nicht festfuhr. Sie kamen zwar nur langsam voran, aber sie erklommen den Hügel Stück für Stück.

»Du kannst das ziemlich gut«, meinte Julia, die sich an den Haltegriffen am Autodach festklammerte, um vom Rumpeln des Wagens nicht gegen die Tür gedrückt zu werden – oder gegen Henrys Schulter.

»Danke«, erwiderte er und warf ihr lächelnd einen kurzen

Seitenblick zu, bevor er sich wieder aufs Fahren konzentrierte. »Wenn man mal eine Regenzeit in Südafrika mitgemacht hat, findet man einen schlammigen Feldweg in Cornwall nicht mehr so schlimm.«

Es war das erste Mal seit der Umarmung vorhin im Gartenhaus, dass er sie anlächelte, und es erleichterte Julia sehr. Sie empfand es als Zeichen, dass dieser kurze Moment nicht zwischen ihnen stand. Und warum sollte er auch? Es ist ja nichts passiert, dachte sie und ignorierte das Kribbeln, das Henrys Lächeln in ihrem Magen ausgelöst hatte.

Als sie die Hügelkuppe erreichten, tauchte im Licht der Scheinwerfer ein Gatter vor ihnen auf. Davor waren zwei Geländewagen mit angehängten Viehtransportern geparkt. Von den Männern war jedoch nichts zu sehen. Henry und Julia stiegen aus und gingen mit ihren Taschen und zwei großen Taschenlampen ausgerüstet zum Gatter.

»Es hat aufgehört zu regnen«, stellte Julia fest und schob ihre Kapuze zurück.

Henry tat es ihr gleich und blickte sich unschlüssig um. »Man sieht trotzdem kaum die Hand vor Augen«, schimpfte er. »Wie sollen wir die anderen da finden.«

»Sind sie das nicht da vorne?« Julia deutete auf mehrere zuckende Lichter, die etwas weiter im Dunklen zu sehen waren.

»Stimmt«, bestätigte Henry. »Und sie kommen auf uns zu.«

Gespannt behielten sie die Lichter im Auge, die sich rasch näherten. Hundegebell war zu hören, und dann tauchte eine größere Anzahl Schafe vor dem Gatter auf. Drei oder vier Border Collies – so genau konnte Julia das nicht ausmachen, jagten um sie herum und hielten sie zusammen. Und dann erschienen vier Männer mit Taschenlampen in der Hand, die den Hunden Befehle zuriefen.

»Duncan Fraser?«, fragte Henry laut, um auf sich aufmerksam zu machen.

Ein älterer Mann um die siebzig, groß und hager, mit grauem Haar und tiefen Falten im Gesicht, kam zu ihnen herüber. Im Licht der Taschenlampe sah Julia, dass er keine Regenjacke trug wie die anderen, sondern eine aus Tweed, die völlig durchnässt war. Außerdem wirkten seine Sachen alt und abgewetzt, waren an vielen Stellen geflickt.

»Sind Sie die Tierärzte, die bei Isobell wohnen?«, fragte er ziemlich schroff.

Henry nickte. »Ist das der Rest der Herde?«

»Ja, zum Glück!« Der alte Farmer seufzte. »Wir konnten sie zusammentreiben, und den meisten scheint es gut zu gehen. Billie bringt sie jetzt mit seinen Leuten runter zum Stall.«

»Also keine verletzten Tiere?«, hakte Julia nach.

»Doch, es liegen ein paar draußen«, erwiderte Duncan. »Keine Ahnung, was mit denen ist. Würden Sie sich die mal ansehen?«

»Natürlich«, erklärten Julia und Henry gleichzeitig.

»Wo liegen die Tiere denn?«, erkundigte sich Henry.

»Warten Sie, ich zeige es Ihnen.« Duncan Fraser legte beide Hände an den Mund. »Hey, Billie, kommt ihr klar? Wir müssen noch mal zurück!«, rief er.

Der Mann, den er angesprochen hatte, hob einen Daumen, während einer der anderen das Gatter öffnete. Die Hunde trieben die Schafe hindurch.

»Dann los.« Duncan ging mit Henry und Julia wieder auf die Wiese hinaus. Julia hatte allerdings Mühe, den Männern zu folgen, weil sie mit ihren Gummistiefeln jedes Mal tief in den Morast sank. Zum Glück war es nicht allzu weit bis zu der Stelle, wo die verletzten Schafe lagen.

»Ach je!«, entfuhr es Julia, als sie den ersten Kadaver sah. Offenbar war das Tier vom Blitz getroffen worden, denn die Überreste waren stark verkohlt. Tun konnte sie hier nichts mehr, deshalb wandte sie sich dem zweiten leblosen Schaf zu, das ganz in der Nähe lag.

Es wies rein äußerlich keine Verletzungen auf, aber seine Augen waren starr, und Julia konnte keinen Puls finden.

»Herzschlag«, rief sie Henry zu, der in der Nähe ein weiteres Schaf untersuchte. »Vermutlich der Schock.«

»Hier auch«, bestätigte er und erhob sich.

»Ach, verdammt«, fluchte Duncan. »Ich hatte gehofft, sie wären nur bewusstlos. So wie die anderen drei, die hier auch noch lagen. Die haben sich wieder aufgerappelt.«

»Nein, für die hier kommt jede Hilfe zu spät.« Julia stand auf und blickte zu Henry, der reglos dastand und zu lauschen schien. »Was ist?«

»Hört ihr das auch?«, fragte er.

Julia strengte sich an, und tatsächlich nahm sie über das laute Prasseln des Regens hinweg ein Geräusch wahr. Es war das klagende Blöken eines Schafs.

»Es kommt von da vorn«, sagte sie und wollte loslaufen. Doch Duncan hielt sie zurück.

»Wir sind nicht weit von den Klippen entfernt«, warnte er. »Im Dunkeln sieht man die Kante nicht gut. Da müssen wir vorsichtig sein.«

Erschrocken nickte Julia und richtete den Strahl ihrer Taschenlampe vor sich auf den Boden. Gemeinsam mit Henry und Duncan ging sie dann langsam in die Richtung, aus der das Klagen kam.

Das Blöken wurde lauter, ebenso wie das Rauschen des Meeres, das schon die ganze Zeit im Hintergrund erklang.

Als Julia das Gefühl hatte, dass die Schafe – jetzt hörte sie, dass es mindestens zwei sein mussten – nur noch wenige Meter entfernt waren, sah sie im Lichtkegel der Taschenlampe rauen, nackten Felsen, der kurz darauf steil abfiel. Darunter toste das Meer, aber man hörte auch immer noch das Blöken, das direkt aus dem Abgrund zu kommen schien.

»Sie müssen hier irgendwo sein.« Julia ging in die Hocke. Ihre Sachen waren inzwischen ohnehin durchnässt, deshalb ignorierte sie die Kälte und den Dreck. Vorsichtig krabbelte sie vorwärts, bis sie über die Kante blicken konnte, und leuchtete mit der Taschenlampe hinunter.

Erst erkannte sie nichts, aber dann fiel der Lichtkegel auf zwei Jungtiere, die auf einem Felsvorsprung standen. Verängstigt drückten sie sich eng aneinander und blökten jämmerlich.

»Verdammt, wie kommen die denn da hin?« Henry tauchte neben Julia auf. Er war auch zur Felskante gerobbt. Mit gerunzelter Stirn betrachtete er die beiden Schafe. »Das sind verdammte Glückspilze. Zwei Meter weiter links, und sie wären ins Meer gefallen.«

Das sah Julia auch so, denn der Vorsprung war nicht besonders groß und außerdem der einzige weit und breit. An jeder anderen Stelle wären die Schafe die Klippen hinab in die Wellen gestürzt, die unten gegen die Felsen donnerten.

»Wir müssen sie raufholen!« Julia streckte den Arm nach den beiden Jungtieren aus, aber sie waren außer Reichweite.

Sie kroch zurück und stand auf, klopfte sich den Schmutz von der Hose, während sie überlegte, was sie tun konnten.

»Wir brauchen ein Seil«, sagte sie zu Henry, der ebenfalls aufgestanden war. »Dann kannst du mich zu ihnen hinunterlassen. Und ich reiche sie dann zu euch rauf.«

»Auf gar keinen Fall!« Vehement schüttelte er den Kopf. »Wenn, dann steige ich da runter.«

»Du bist viel zu schwer, dich hält der Vorsprung vielleicht nicht«, widersprach sie. »Und wir könnten dich auch nicht sichern. Aber umgekehrt geht es. Hast du ein Seil im Auto?«

»Ich habe ein Seil im Auto«, mischte sich Duncan ein. Ihm schien die Idee, die Schafe zu retten, sehr gut zu gefallen. »Warten Sie, ich hole es.«

»Das ist doch Wahnsinn!«, schimpfte Henry, nachdem der alte Mann im Dunkeln verschwunden war. »Du kannst da nicht runter, Julia. Was ist, wenn du abstürzt?«

»Das tue ich nicht, wenn du mich sicherst«, sagte sie. »Außerdem sind das höchstens anderthalb Meter.« Sie blickte flehend zu ihm auf. »Bitte, Henry! Je länger die Tiere da unten stehen, desto größer wird die Wahrscheinlichkeit, dass sie abstürzen. Das können wir doch nicht zulassen!«

Henry schwieg einen Moment, bevor er den Kopf schüttelte. »Nein, verdammt! Das ist zu riskant!«

Enttäuscht machte Julia einen Schritt zurück. »Dann muss Duncan mich eben sichern«, beharrte sie. »Er kann mich auch allein halten, wenn du nicht bereit bist, das zu …«

Henry trat an sie heran und umfasste mit beiden Händen ihre Oberarme. Sein Gesicht war jetzt dicht vor ihrem, sie sah die Regentropfen auf seiner Stirn und seinen Wangen. Seine blauen Augen schienen sich in ihre zu brennen.

»Okay, ein Versuch!«, sagte er. »Ein einziger! Wenn es nicht auf Anhieb klappt, warten wir, bis es hell ist! Und darüber diskutiere ich nicht mehr.«

Julia nickte. Er ließ sie wieder los und fuhr sich mit der Hand durch die nassen Haare, so als könnte er nicht glauben, dass er zugestimmt hatte.

»Hier ist es!« Duncan kehrte zurück und hielt triumphierend ein langes Seil hoch. Es war nicht so dick, wie Julia gehofft hatte, aber sie nahm es trotzdem entgegen.

»Warte!«, sagte Henry. »Ich hole erst das Auto als zusätzliche Sicherung.«

Auch er verschwand in der Dunkelheit, während Julia überlegte, wie sie das Seil am besten an sich befestigen konnte. Schließlich schlang sie es mehrmals um ihre Hüften, führte es zwischen ihren Beinen hindurch und band es mit einem Seemannsknoten zu, den sie mal in einem Segelkurs gelernt hatte. Als sie fertig war, durchschnitten die Lichtkegel von Scheinwerfern die Dunkelheit, und sie hörte Motorengeräusche näher kommen.

Henry parkte den Defender in der Nähe der Klippen und holte sich das andere Ende des Seils. Er befestigte es am Kuhfänger des Autos und wies Duncan an, sich hinter das Steuer zu setzen, damit er den Wagen im Notfall zurücksetzen konnte. Dann kehrte er zu Julia zurück, die nah an der Kante stand.

»Ich helfe dir runter und nehme die Schafe an, wenn du sie zu fassen kriegst«, sagte er. »Falls etwas ist, ziehen wir dich wieder hoch.«

Sie nickte und drehte sich um, sodass sie mit dem Rücken zum Abgrund stand. Dann ging sie in die Hocke. Henry folgte ihr und nahm das Seil in die Hand.

»Sei vorsichtig«, warnte er sie noch einmal, während sie sich langsam rückwärts über den Klippenrand schob, bis nur das Seil sie hielt und sie über dem Abgrund hing.

Es war ein ekelhaftes Gefühl, keinen Boden unter den Füßen zu haben. Das Meer brauste in der Tiefe, und sie war froh darüber, dass es dunkel war und sie nicht hinuntersehen konnte.

Der Vorsprung war ihr gar nicht so weit entfernt erschienen, doch als ihre Füße ihn endlich berührten, konnte sie oben nicht mehr über den Klippenrand sehen. Vorsichtig verlagerte sie das Gewicht, um zu testen, ob der Felsen sie halten würde. Er wirkte stabil.

»Ich bin drauf«, sagte sie und ging langsam in die Hocke. Die beiden Schafe wichen vor ihr zurück und drängten sich noch enger aneinander.

»Ganz ruhig«, redete sie auf die Tiere ein. »Wir helfen euch, okay. Wir holen euch hier raus.«

Sie streckte die Hand aus, griff nach einem der Schafe und zog es an sich. Es strampelte, und für einen Moment glaubte sie, dass sie das Gleichgewicht verlieren würde.

»Schsch, alles gut«, sagte sie und strich dem Tier über das Fell, um es zu beruhigen. Vorsichtig richtete sie sich auf. »Ich hab eins!«, rief sie und hob das Schaf hoch. Henrys Gesicht erschien über der Kante, dann seine Arme. Er packte das Schaf um die Mitte und hob es nach oben.

Rasch ging Julia wieder in die Hocke, um auch das andere Jungtier zu holen. Ohne seinen Kameraden war es allerdings noch ängstlicher als zuvor und drängte sich an den Rand des Vorsprungs. »Nein, nicht! Bleib hier!«, warnte Julia und griff beherzt zu, als es zum Sprung in den Abgrund ansetzte. Sie bekam es gerade noch zu fassen, doch ihre abrupte Bewegung brachte sie aus dem Gleichgewicht. Mit dem Tier im Arm, das sich heftig wehrte, schwankte sie auf dem Vorsprung und versuchte, wieder Halt zu finden.

»Henry!«, schrie sie voller Angst, bevor sie langsam nach hinten kippte.

14

Das Seil straffte sich mit einem Ruck und hielt Julia in der Luft. Ihre Füße standen noch auf dem Vorsprung, aber nur noch mit den Zehenspitzen, während ihr Oberkörper hin- und herschwankte wie ein Pendel. Unter sich hörte sie die Wellen gegen die Felsen schlagen. Wenn das Seil jetzt riss, oder der Knoten aufging …

»Henry!«, rief sie erneut und hielt verzweifelt das Schaf umklammert, das plötzlich erstarrt war. Anscheinend spürte es, in welcher Gefahr sie schwebten.

»Julia!« Henrys Gesicht erschien kurz oben an der Felsenkante. »Nicht bewegen. Wir ziehen dich rauf.«

Sie spürte, wie das Seil sich weiter straffte und sie langsam zurück in die Senkrechte brachte. Schließlich stand sie wieder sicher auf dem Vorsprung.

Henry tauchte erneut über ihr an der Kante auf.

»Gib mir das Schaf rauf«, wies er sie an.

Ihre Arme zitterten jetzt so stark, dass sie es kaum fertigbrachte, sie zu heben. Mit letzter Kraft stemmte sie das Jungtier hoch, das zum Glück immer noch wie erstarrt wirkte und sich nicht bewegte. Das Gewicht verschwand, offenbar hatte Henry das Schaf greifen können, doch Julia fühlte sich nicht erleichtert. Tatsächlich wurde ihr dadurch, dass sie jetzt allein auf dem Vorsprung stand, erst bewusst, wo sie sich eigentlich befand. Instinktiv drängte sie sich so eng an die Felswand, wie es die Schafe eben getan hatten, und versuchte, ihr wild hämmerndes Herz zu beruhigen.

»Und jetzt du, Julia!«, rief Henry. »Gib mir deine Hand.«

Julia wollte das tun, doch sie schaffte es nicht, sich von der Felswand zu lösen.

»Julia! Deine Hand!«, drängte Henry.

Reiß dich zusammen, ermahnte sie sich selbst. Hier weiter rumzustehen war keine Option.

»Julia!« Henrys Stimme klang jetzt wirklich besorgt. »Ist alles okay?«

»Ja«, krächzte sie, immer noch nicht in der Lage, die Hände von den Felsen zu lösen. Schließlich schob sie ihre rechte Hand so weit es ging nach oben. »Hier.«

Ein Schauer durchlief sie, als sie spürte, wie Henry ihre Hand umfasste. Er rief Duncan etwas zu, das sie nicht verstand, aber gleich darauf erklang wieder das Motorengeräusch von Henrys Defender. Das Seil spannte sich, und gleichzeitig zog Henry an ihrem Arm.

Ängstlich suchte Julia mit den Füßen und ihrer freien Hand Halt an den schroffen Felsen, während sie hochgezogen wurde. Dabei schrammte sie mit dem Arm über rauen Stein. Sie spürte einen kurzen, scharfen Schmerz, dann lag sie mit dem Oberkörper auf der Felskante.

Henry packte sie am Arm und zog sie ganz nach oben. Er half ihr noch ein Stück weiter, dann ließ er sie los, und Julia blieb einen Moment schwer atmend auf dem Bauch liegen, bevor sie sich umdrehte und aufsetzte.

Henry ließ sich neben ihr nieder. Auch sein Brustkorb hob und senkte sich schwer.

»Alles okay?«, fragte er und betrachtete sie prüfend.

Julia horchte in sich hinein. Ihr Körper fühlte sich seltsam taub an, und ein Schaudern durchlief sie, als sie sich daran erinnerte, wie sie eben nach hinten gekippt war.

»Ich dachte, ich stürze ab«, sagte sie. »Ich dachte ...« Sie brach ab und schüttelte den Kopf, versuchte, das Gefühl der Angst zu verdrängen, das sie ganz schwach machte. Ihr Atem ging schneller, und sie fing an zu zittern.

Wortlos zog Henry sie in seine Arme, und sie lehnte sich an ihn, bis sie sich etwas beruhigt hatte. Dann löste sie sich wieder von ihm.

»Es geht schon«, versicherte sie ihm, überrascht darüber, dass ihre Angst fast völlig verschwunden war. »Wo sind denn die Schafe? Geht es ihnen gut?«

»Dank dir, ja.« Henry musterte sie mit einem merkwürdigen Gesichtsausdruck, den sie nicht deuten konnte.

Und dann war Duncan plötzlich da und ging neben ihnen in die Hocke. »Die beiden sind hinten im Defender«, sagte er zu Julia. »Und putzmunter! Das sind zwei meiner besten Jungtiere – und Sie haben sie gerettet!« Er strahlte über das ganze Gesicht. »Das vergesse ich Ihnen nie! Das war verdammt mutig!«

»Das finde ich auch«, sagte Henry, und Julia spürte ein Kribbeln im Magen, als ihre Blicke sich trafen.

»Mich an Felswänden abseilen wird trotzdem nicht mein neues Hobby«, versicherte sie den beiden und zerrte an dem Knoten, der das Seil um ihre Hüften zusammenhielt. Aber sie konnte ihn nicht lösen, weil ihre Hände zitterten.

»Warte, ich mach das.« Henry befreite sie von dem Seil und reichte es zurück an Duncan. Dann stand er auf und streckte Julia eine Hand hin, um ihr aufzuhelfen. Sie ergriff sie, doch als er sie auf die Füße zog, durchzuckte ein scharfer Schmerz ihren Arm.

»Autsch!«, rief sie überrascht. »Ich glaube, ich habe mich verletzt.«

»Lass mal sehen.« Henry leuchtete mit der Taschenlampe auf den Ärmel ihrer Jacke, in dem ein Loch klaffte. Offenbar hatte die scharfe Felskante den Stoff aufgerissen und darunter auch Julias Haut verletzt. Ein roter Striemen zog sich über ihren Unterarm. Tief war er nicht, und das Blut trocknete schon, aber jetzt, wo der Schock nachließ, tat es Julia weh.

»Das müssen wir versorgen«, sagte Henry und wandte sich an Duncan. »Würden Sie mir schnell meine Tasche holen?«

»Nein, lass«, wiegelte Julia ab. »Wir müssen jetzt erst mal zurück zum Hof. Da gibt es noch genug zu tun.«

Sie ging auf das Auto zu. Ihre Knie waren ziemlich weich, aber ihre Beine trugen sie zum Glück, und sie schwankte auch kaum, wie sie erleichtert feststellte.

Henry folgte ihr trotzdem und blieb an ihrer Seite, bis sie seinen Wagen erreicht hatten. Dort öffnete er ihr die Beifahrertür und half ihr hinein. Mit einem Seufzen ließ sie sich in den Sitz sinken und schloss die Augen. Sie war durchnässt und dreckig, und ihr Arm tat weh, aber als sie das Blöken der Schafe hinten im Auto hörte, lächelte sie.

»Das war es wert«, sagte sie zu Henry, der gerade auf der Fahrerseite einstieg. »Findest du nicht auch?«

Henry hielt inne und sah Julia an. »Ich finde vor allem, dass wir so etwas nicht wiederholen sollten«, sagte er.

Nicht dass er selbst nicht auch schon Risiken eingegangen wäre, um ein Tier aus einer lebensbedrohlichen Situation zu befreien. Aber da war es immer nur um ihn allein gegangen. Julia dabei zuzusehen, wie sie sich in Gefahr brachte, war etwas ganz anderes. Wieder sah er vor sich, wie sie nach hinten gekippt war. Nein, das wollte er definitiv nicht noch mal erleben …

»Na ja, so oft fallen mir ja keine Schafe von den Klippen«, sagte Duncan, der hinten eingestiegen war und sich zu ihnen vorgebeugt hatte. »Aber ich bin froh, dass Sie es gewagt haben!«

Er legte Julia eine Hand auf den Arm, was vermutlich eine Geste der Anerkennung sein sollte. Doch sie zuckte zusammen und stieß einen Schmerzenslaut aus.

»Sie ist verletzt, Mann!«, herrschte Henry den Farmer an, der seine Hand sofort zurückzog.

»Tut mir leid«, sagte Duncan zerknirscht. »Ich freue mich nur so, dass die Jungtiere noch leben. Darauf trinken wir gleich einen! Ich habe noch einen schönen Scotch im Haus. Den haben Sie sich wirklich verdient!«

»Danke.« Julia lächelte, aber als sie losfuhren, nahm Henry eine deutliche Veränderung an ihr wahr. Auf der Hinfahrt hatte sie sich beinahe krampfhaft an dem Griff über der Tür festgehalten, damit sie ihm ja nicht zu nahe kam, wenn der Wagen um eine Kurve bog. Jetzt saß sie zusammengesunken in ihrem Sitz und gab sich keine Mühe, irgendwo Halt zu suchen, während der Defender erneut den schlammigen Feldweg hinunterrumpelte. Wahrscheinlich hielten die Schmerzen im Arm sie davon ab, sich abzustützen, oder sie war einfach erschöpft. Deshalb nahm Henry sich vor, sie möglichst schnell zurück zum Cottage zu fahren, damit sie sich umziehen und schlafen gehen konnte.

Doch das war leicht gesagt, denn als sie die Fraser-Farm erreichten, wartete noch jede Menge Arbeit auf sie. Die Schafe, die jetzt alle im Stall standen, mussten untersucht werden, und Julia bestand darauf mitzuhelfen. Henrys Versuche, ihre

Wunde zu versorgen, wehrte sie ab, und sie packte genauso mit an wie Isobell.

Als sie schließlich fertig waren – zum Glück war es für die meisten Schafe glimpflich ausgegangen –, kam Duncan mit dem versprochenen Scotch.

»So, jetzt trinken wir einen«, verkündete er und verteilte Gläser. Henry wollte ablehnen, aber der alte Farmer bestand darauf, dass er wenigstens einen Schluck trank.

»Wenn ich schon mal etwas ausgebe, dann für alle«, sagte er. Henry und denen, die noch fahren mussten, schenkte er nur ganz wenig ein. Das Glas für Julia machte er dagegen fast voll, genau wie das von Isobell und sein eigenes.

»Auf euch!«, sagte er. »Danke, dass ihr da wart und meine Schafe gerettet habt!«

Sie tranken alle, und Henry spürte, wie der Alkohol in seiner Kehle brannte. Julia schien der Scotch nicht zu schmecken, denn sie verzog das Gesicht. Aber sie nahm trotzdem einen großen Schluck.

»Trinken Sie, der wird Sie aufwärmen«, drängte Duncan und nötigte Julia, das ganze Glas zu leeren. Dann goss er ihr noch einmal nach.

»Ich dachte, so was wie Scotch besitzt du gar nicht!«, meinte Isobell amüsiert. »Wenn ich hier bin, kriege ich sonst nicht mal ein kühles Bier, und ich fahre schon seit Jahren bei Wind und Wetter zu dir raus.«

»Ich habe sogar schon mal für dich gekocht«, erinnerte Duncan sie. »Und im Übrigen bist du noch nie für mich von einer Klippe gesprungen. Doktor Shaw aber schon!«

Isobell stieß mit Julia an. »Darauf können Sie sich wirklich etwas einbilden, dass der alte Geizkragen für Sie seinen guten Whisky rausholt«, meinte sie dann.

Julia lächelte. »Ja, das ist wirklich … oh!« Plötzlich taumelte sie und stieß gegen Henry, der neben ihr stand. Aus einem Reflex heraus legte er den Arm um sie, und anders als eben wehrte sie ihn nicht ab, sondern lehnte sich an ihn.

»Tut mir leid«, sagte sie. »Mir … ist ein bisschen schwindelig. Ich … vertrage Alkohol eigentlich gar nicht.«

»Wir sollten jetzt fahren.« Henry ärgerte sich erneut darüber, dass er nicht gleich darauf bestanden hatte, sie zum Cottage zurückzubringen.

Isobell nickte. »Das war vielleicht alles ein bisschen viel«, meinte sie besorgt.

»Nein, es geht gleich wieder«, versicherte Julia, doch sie konnte nicht mehr, das merkte Henry daran, dass sie jetzt mit ihrem gesamten Gewicht an ihm lehnte. Wahrscheinlich sind das die Nachwirkungen des Schocks, dachte er und umfasste ihre Schultern fester.

»Ich bringe dich zurück, keine Widerrede«, sagte er und wandte sich an Isobell. »Kommst du?«

»Nein, fahrt ihr ruhig schon. Ich habe Miranda versprochen, noch mal kurz nach dem Wurf ihrer Hündin zu schauen, wo ich schon mal hier bin. Sie macht sich Sorgen um einen der Welpen.«

»Um die Hündin, die nicht richtig zunimmt?«, hakte Julia trotz ihrer Erschöpfung nach.

Isobell nickte. »Miranda befürchtet, dass die Kleine Fieber hat. Ich sehe sie mir mal an.«

»Ich bringe Isobell anschließend zurück«, meinte die Farmerin. »Das ist kein Problem.«

Henry nickte und führte Julia raus auf den Hof zu seinem Defender.

»Ich bin fit«, beharrte sie, während er ihr auf der Beifahrerseite beim Einsteigen half. Doch als er sich nur wenige Augenblicke später hinter das Steuer setzte, hatte sie die Augen schon geschlossen und schien zu schlafen.

»Du musst dich anschnallen«, ermahnte er sie, aber sie reagierte nicht, deshalb beugte er sich über ihren Sitz, um es für sie zu erledigen. Sie bewegte sich, als sie seine Nähe spürte, und öffnete kurz die Augen, schloss sie dann aber wieder.

»Wieso waren die Coopers eigentlich hier?«, murmelte sie. »Hat Isobell nicht erzählt, dass Duncan und Billie Cooper sich nicht leiden können?«

»Das stimmt.« Henry ließ den Verschluss des Anschnallgurts einrasten und richtete sich wieder auf. Auch er konnte sich daran erinnern, dass Isobell einmal beim Essen erwähnt hatte, dass Duncan Billie für einen Besserwisser hielt und Billie Duncan für einen Geizhals. Das bedeutete allerdings nicht, dass sie einander als Nachbarn nicht aushalfen, wenn Not am Mann war. »Die Farmer hier draußen sind aufeinander angewiesen, weißt du. Und im Notfall sieht man dann über kleine Animositäten weg.«

»In London kannte ich nicht mal den Vornamen meines direkten Nachbarn«, erzählte Julia mit geschlossenen Augen. »Und er hätte ganz sicher nicht auf Bungee aufgepasst, selbst wenn ich es über mich gebracht hätte, ihn darum zu bitten.« Sie seufzte tief. »Hier draußen hätten wir es besser.«

Henry antwortete nicht, sondern ließ den Wagen an und fuhr vom Hof in Richtung Cottage. Julia musste eingeschlafen sein, denn sie schwieg, und er gab sich Mühe, die Kurven so zu nehmen, dass sie möglichst nicht aufwachte.

Wie konnte ich mich so täuschen?, dachte er. Natürlich war Julia geeignet, Isobells Nachfolge anzutreten, und nach ihrer Aktion auf den Klippen würden das noch mehr Leute in Carywith genauso sehen. Sie war zäh und entschlossen und mutig, und sie würde sich hier durchsetzen. Sie würde Teil der Gemeinschaft werden, so viel stand fest.

Der Einzige, der ihr dabei im Weg steht, bin ich, dachte er. Im Moment führte er in ihrem Wettstreit, aber wie lange noch? Würde Julia ihn überflügeln, bevor Isobell ihre Entscheidung traf?

Henry war nicht sicher, ob dieser Gedanke ihm überhaupt Angst machte. Tatsächlich regte sich schon wieder sein Gewissen. Er war nicht ehrlich gewesen, hatte Dinge behauptet, die nicht stimmten, und damit diesen Wettstreit zwischen ihnen provoziert, der Julia den Anfang hier so schwer wie nur irgend möglich gemacht hatte. Aber sie schlug sich trotzdem sehr tapfer, und das musste er anerkennen. Nein, verdammt, das bewunderte er.

Mit einem Seufzen warf er der schlafenden Julia einen Seitenblick zu. Wollte er sie überhaupt noch schlagen? Allein die Vorstellung, ihr enttäuschtes Gesicht zu sehen, wenn sie erfuhr, dass sie wieder abreisen musste, versetzte ihm einen schmerzhaften Stich. Sie verdiente es nicht zu verlieren. Aber wenn er das verhindern wollte, musste er Cove Cottage aufgeben. Und das konnte er nicht. Oder?

Es war schon fast ein Uhr morgens, als er den Defender auf dem Hof abstellte.

»Aufwachen«, sagte er zu Julia und legte ihr eine Hand auf die Schulter. »Wir sind da.«

Sie bewegte sich und stöhnte, aber sie schlug die Augen nicht auf.

»Wir sind da, Julia«, wiederholte er. Doch es kam keine Reaktion.

Julia sah den Rappen vor sich. Ein Englisches Vollblut, noch jung, kräftig, auf dem Höhepunkt seiner Leistungsfähigkeit. Und vorne rechts lahm.

»Hufrehe«, murmelte sie. »Ich wusste, dass es Hufrehe ist. Das war mein erster Verdacht.«

»Was für ein Verdacht?« Henrys Stimme klang ganz nah, und als sie die Augen aufschlug, blickte sie ihm direkt ins Gesicht.

»Dominions Besitzer haben behauptet, dass es etwas anderes sein muss«, sagte sie. »Aber ich bin eine gute Tierärztin. Ich wusste, dass es Hufrehe ist.«

»Leg die Arme um meinen Hals, ja?«, bat Henry, und als sie es tat, hob er sie aus dem Auto.

Der Defender, dachte Julia schläfrig. Richtig. Sie waren von der Fraser-Farm zurückgefahren, und jetzt trug Henry sie durch den dunklen Garten.

»Ich kann laufen«, sagte sie, aber er ignorierte ihren Einwand, und das war ihr sehr recht, denn sie war gar nicht sicher, ob sie hätte stehen können, von laufen ganz zu schweigen. Gott, sie hätte diesen Whisky nicht trinken dürfen! Alkohol bekam ihr gar nicht, und sie hatte die Wirkung sofort gespürt. Aber sie hatte Duncan auch nicht vor den Kopf stoßen wollen. Jetzt bekam sie allerdings die Quittung, denn sie fühlte sich so schwach, dass sie den Kopf gegen Henrys Schulter sinken ließ.

Sie hatten das Gartenhaus erreicht, und Henry öffnete die Tür, die nie abgeschlossen war, und schaltete das Licht ein, ohne Julia abzusetzen.

»Dominion tat mir so leid«, murmelte sie schläfrig, in Gedanken immer noch bei dem Pferd, das sie ihre Stelle gekostet hatte. »Es ging ihm gar nicht gut.«

Henry trug sie ins Wohnzimmer und setzte sie vorsichtig auf dem Sofabett ab.

»Ich sehe mir jetzt deinen Arm an«, verkündete er und öffnete ihre Jacke, zog sie ihr aus. Der dünne Pullover, den sie drunter trug, war ebenfalls am Ärmel aufgerissen. Die Wunde, die Henry freilegte, schmerzte jetzt nicht mehr so stark wie vorhin an den Klippen, aber sie sah schmutzig aus.

»Ich muss das reinigen, damit sich nichts entzündet«, sagte er, und trotz ihrer Müdigkeit wusste Julia, dass er recht hatte. »Warte, ich hole meine Tasche. Ich bin gleich wieder da.«

Julia blieb kurz sitzen, dann ließ sie sich zur Seite auf die ausgezogene Couch sinken. Nur einen Moment, dachte sie und nahm ihre Brille ab, legte sie neben das Sofa auf den Boden. Dann streckte sie sich aus. Das Bettzeug roch nach Henry, und für einen Moment hatte sie ein schlechtes Gewissen, weil ihre Sachen nass waren. Aber sie war so müde, dass sie es nicht schaffte, wieder aufzustehen.

Ihre Gedanken wanderten zurück zu Dominion, und hilflose Wut stieg in ihr auf, als sie an sein verzweifeltes Wiehern dachte. Hufrehe war extrem schmerzhaft. Und die Behandlung dauerte lange. Deshalb war es natürlich ein Schock für die Besitzer gewesen, als Julia ihnen die Diagnose mitgeteilt hatte. Und sie hatten sie weit von sich gewiesen. Das könnte bei einem so gut gepflegten Rennpferd wie Dominion gar nicht sein, hatte es geheißen. Vergeblich hatte Julia ihnen zu erklären versucht, dass die heimtückische Entzündung der Huflederhaut tatsächlich jedes Pferd treffen konnte. Und auch bei Dominion würde die Heilung ein langwieriger Prozess werden, der leider das vorzeitige Ende seiner Rennkarriere bedeutete.

Darüber waren die Besitzer so verärgert gewesen, dass sie

nach jemandem gesucht hatten, den sie dafür verantwortlich machen konnten, und Julia war ihnen gerade recht gekommen. Sogar mit einer Klage hatte man ihr gedroht, und die Sache war durch die Presse gegangen, sehr zum Ärger ihrer Vorgesetzten, die besorgt um den Ruf der St. George's Vet Clinic gewesen waren.

»Und deshalb musste ich kündigen«, murmelte sie und seufzte. »Dabei habe ich gar nichts falsch gemacht!«

Sie hörte ein Rascheln, und als sie die Augen öffnete, sah sie, dass Henry mit seiner Tasche in der Hand vor dem Sofa in die Hocke ging. Wann war er wiedergekommen?

»Zeig mir noch mal deinen Arm«, bat er und griff danach.

Er untersuchte eingehend die Wunde, und Julia spürte seine Finger auf ihrem Arm. In ihrem Kopf schwirrten die Gedanken, und sie konnte keinen so richtig festhalten. Dominion, die Schafe auf der Klippe, Henry, der so gut roch und in dessen Armen sie sich gerade so wohlgefühlt hatte.

»Eigentlich bist du gar nicht so furchtbar«, sagte sie und lächelte, als er überrascht aufsah. »Wenn du mir die Praxis nicht streitig machen würdest, wärst du sogar ganz okay.«

Er erwiderte ihr Lächeln. »Ich glaube, du bist nicht mehr ganz bei dir«, meinte er. »Aber ich nehme das als Kompliment.«

Sie nickte und schloss die Augen wieder. »Ich glaube, ich bin sogar ein bisschen … Aua!«

Erschrocken fuhr sie hoch, weil ihr Arm plötzlich brannte, und sah, dass Henry die Wunde mit Desinfektionslösung betupfte.

»Ist gleich vorbei«, beruhigte er sie, und tatsächlich ließ das Brennen fast sofort wieder nach. Henry nahm ein Pflaster zur Hand, aber wie er es über die Wunde legte, sah Julia nicht mehr. Sie spürte es nur, weil sie die Augen schon wieder geschlossen hatte.

Ich glaube, ich bin sogar ein bisschen verliebt in dich, beendete sie innerlich ihren Satz. Dann driftete sie endgültig in den Schlaf.

Henry strich über das Pflaster, um zu prüfen, ob es richtig saß. Dann erhob er sich aus der Hocke und setzte sich auf den Rand des Bettes. Julia schlief wieder friedlich, und der Anblick ihrer entspannten Züge entlockte ihm ein Lächeln.

Herrje, sie war süß, wenn sie angetrunken war. Und so anhänglich! Wäre sie im Vollbesitz ihrer geistigen Kräfte gewesen, dann hätte sie sich vermutlich mit Händen und Füßen dagegen gewehrt, von ihm getragen zu werden. Aber so hatte sie es zugelassen, und er musste sich eingestehen, dass ihm die anschmiegsame, redselige Julia gut gefiel.

Was hatte sie ihm da erzählt? Er hatte nicht alles verstanden und ihr auch nicht richtig zugehört, weil er zu sehr mit ihrem Arm beschäftigt gewesen war. Dennoch war ihm der Name bekannt vorgekommen, den sie erwähnt hatte. Dominion. War das nicht dieses vielversprechende Rennpferd, das ganz plötzlich wegen gesundheitlicher Probleme von der Bildfläche verschwunden war? Davon hatte er in einer Fachzeitschrift gelesen, als er in Edinburgh gewesen war. Aber was hatte Julia damit zu tun?

Sie bewegte sich im Schlaf und öffnete kurz die Augen. »Henry?«, fragte sie schläfrig.

Er lächelte. »Julia, du musst noch mal aufstehen und die nassen Sachen ausziehen«, sagte er. »Du wirst krank, wenn du sie anlässt. Außerdem liegst du in meinem …«

Sie schloss die Augen wieder und schlief weiter.

»In meinem Bett«, beendete er den Satz und schüttelte den Kopf. Tja, was jetzt? Sollte er sie einfach schlafen lassen?

Nein, sie musste sich umziehen. Daran führte kein Weg vorbei.

Er betrachtete die friedlich schlafende Julia noch einen Moment und lauschte ihren ruhigen Atemzügen, dann erhob er sich. Es hilft ja nichts, dachte er mit einem Seufzen und beschloss, das Problem anzugehen.

15

»Du weißt nicht mehr, wie du in dein Bett gekommen bist?« Lucy, die zu Julias Füßen saß und gerade letzte Korrekturen am Saum des neuen Kleides vornahm, blickte überrascht auf.

»Nein.« Julia balancierte nervös von einem Fuß auf den anderen, weil die hohen Pumps, in denen ihre Füße steckten, sich noch ungewohnt anfühlten. Sie hatte sie passend zum Kleid gekauft und trug sie, damit Lucy die Saumlänge überprüfen konnte. »Ich lag heute Morgen in meinem Bett im Schlafzimmer vom Gartenhaus. Aber ich habe keine Ahnung, wie ich da hingekommen bin.«

Lucys Augen wurden groß. »Soll das heißen, du hattest ein Blackout?«

»Ja. Schon. Irgendwie«, gestand Julia. Zum Glück waren sie allein in Lucys Laden, sonst hätte sie nicht gewagt, ihrer Freundin von ihren gestrigen Abenteuern auf der Fraser-Farm zu erzählen – inklusive des in ihrer Erinnerung leider reichlich nebulösen Endes.

»Also, rekapitulieren wir noch mal«, meinte Lucy, während sie weiter mit flinken Bewegungen die Nadel durch den Saum schob, um eine Spitzenkante zu befestigen, die sich gelöst hatte. »Henry hat dich zurück zum Cottage gefahren und ins Gartenhaus getragen?«

Julia nickte und spürte, wie ihre Wangen heiß wurden.

Jetzt, wo sie wieder klar denken konnte, kam es ihr völlig absurd vor, dass sie Henry nicht vehementer davon abgehalten hatte. Aber sie wusste noch, wie schön es sich angefühlt hatte. Eventuell hatte sie sich sogar an ihn geschmiegt. Das behielt sie allerdings lieber für sich.

»Und dann?«, hakte Lucy neugierig nach. »Habt ihr euch geküsst?«

»Was? Nein!« Entsetzt sah Julia sie an. »Daran würde ich mich doch erinnern.«

Lucy riss den Faden ab und erhob sich. »Du weißt auch nicht mehr, wie du ins Bett gekommen bist.« Sie runzelte die Stirn. »Warst du ausgezogen?«

Julia nickte und dachte entsetzt daran, wie sie am Morgen die Augen aufgeschlagen hatte. Sie war so verschlafen gewesen, dass es eine ganze Weile gedauert hatte, bis ihr die Ereignisse vom Vortag wieder eingefallen waren. Aber sosehr sie sich das Hirn zermarterte, das letzte Stück fehlte. Henry hatte sie auf dem Bettsofa verarztet, das wusste sie noch. Und auch, dass sie darüber gesprochen hatten, was mit …

Erschrocken sog sie die Luft ein. Hatte sie ihm von Dominion erzählt? Das Thema war ihr auf jeden Fall durch den Kopf gegangen, daran erinnerte sie sich noch.

»Was hat Henry denn gesagt?«, wollte Lucy wissen. »Hast du ihn gefragt, was passiert ist?«

»Ich habe ihn heute noch nicht gesehen«, erwiderte Julia.

Er war schon weg gewesen, als sie um halb zehn aufgewacht war. Offenbar hatte er sie absichtlich nicht geweckt. Hektisch hatte sie sich daraufhin geduscht und angezogen und war rüber in die Praxis gelaufen, die samstags von zehn bis zwölf Uhr geöffnet hatte – nur um dort von Gracie zu erfahren, dass Henry zu einem Notfall auf einen der Höfe gefahren war. Auch Isobell, die heute nach Nottingham abreisen wollte, war unterwegs gewesen, um ein paar letzte Besorgungen zu machen. Also hatte Julia die Stellung in der Praxis gehalten. Doch gekommen war niemand. Offenbar hielt der Sommerball, der am Abend stattfinden würde, die Leute in Atem. Und als Lucy ihr dann um elf Uhr eine Nachricht geschickt hatte, dass sie gerne etwas früher zur letzten Anprobe kommen konnte, hatte Gracie gemeint, dass Julia ruhig schon gehen könnte, wenn sie wollte.

Julia wusste, dass es feige von ihr gewesen war, das Angebot der Sprechstundenhilfe anzunehmen. Sie hatte ein bisschen Angst davor gehabt, Henry zu begegnen, deshalb war sie zu Lucy gefahren.

»Du weißt aber schon, dass du ihm nicht ewig aus dem Weg gehen kannst, oder?« Lucy, die offenbar genau wusste, wie es in ihr aussah, blickte sie streng an. »Spätestens heute Abend auf dem Ball wirst du ihm begegnen.«

»Ich weiß.« Julia seufzte so tief, dass Lucy lachen musste.

»Hey, der Ball wird toll!«, meinte sie und stemmte die Hände in die Hüften. »Und du wirst in diesem Kleid ein optisches Highlight sein, so viel steht fest!«

Julia strich über den hübschen Taftstoff ihres Rocks. »Es ist der absolute Wahnsinn«, sagte sie und bewunderte erneut den changierenden Blauton, den Lucy für das Kleid gewählt hatte. Der bodenlange Rock war nicht ausladend, aber er schwang ihr schön um die Beine, und das Mieder hatte zarte Träger, einen Herzausschnitt und einen tiefen Rücken. Es war tatsächlich perfekt für sie, genau wie Lucy es angekündigt hatte, und ihr Herz klopfte aufgeregt bei dem Gedanken, es heute Abend auf dem Ball zu tragen. »Ich fühle mich richtig schön darin!«, fügte sie hinzu.

Lucy trat hinter sie und blickte über ihre Schulter in den Spiegel. »Du *bist* schön!«, sagte sie mit Nachdruck, und als sie sich angrinsten, fühlte Julia sich sehr gestärkt.

Doch als sie kurz darauf zum Cottage zurückkehrte und sah, dass Henrys Defender vor der Praxis stand, wurde sie schlagartig wieder nervös. Sie stellte den Mini ab und holte gerade das Kleid vom Rücksitz, als Isobell aus dem Haus trat. Sie hatte einen Koffer dabei und trug ihre Jacke über dem Arm.

»Ah, Julia wie schön!«, rief sie. »Dann kann ich mich noch verabschieden. Mein Taxi kommt gleich und bringt mich zum Bahnhof.«

»Ich kann Sie doch fahren«, meinte Julia

Die alte Dame schüttelte den Kopf. »Nein, das habe ich alles schon geregelt.« Sie deutete auf die Kleiderhülle in Julias Hand. »Ist das Ihr Kleid für heute Abend?«

Julia nickte. »Schade, dass Sie nicht dabei sein können.«

»Ja, das ist wirklich sehr schade.« Isobell seufzte. »Ich habe ehrlich gesagt sogar schon überlegt, ob ich Emma nicht doch absage. Aber sie drängt so, ich muss einfach hinfahren. Und die Praxis ist bei Ihnen und Henry ja in guten Händen.«

»Wir geben uns Mühe«, sagte Julia und lächelte gegen das flaue Gefühl an, das sie im Magen hatte. Verdammt, wenn es ihr jetzt jedes Mal so ging, wenn jemand Henrys Namen erwähnte, dann würden die nächsten Tage sehr anstrengend werden.

»Es hat sich übrigens schon rumgesprochen, dass Sie Ihr Leben für Duncans Jungtiere riskiert haben«, berichtete Isobell. »Ich war gerade noch mal kurz unten im Pub, und da haben mich vier Leute unabhängig voneinander darauf angesprochen.« Sie lächelte. »Solche dramatischen Geschichten kommen hier gut an. Ich könnte mir vorstellen, dass das heute Abend auf dem Ball eines der Hauptgesprächsthemen ist.«

Julia war ein bisschen verlegen. »Ach, das war doch gar nichts.«

»Sagen Sie das nicht«, widersprach Isobell und strich Julia über den Arm. »Für Duncan bedeutet es die Welt. Er ist zwar geiziger, als er sein müsste, aber seine finanzielle Lage ist angespannt. Noch mehr Tiere zu verlieren, hätte er sich nur sehr schlecht leisten können.« Sie blickte sich um, als ein dunkelblauer Ford in den Hof bog. »Na, wenn man vom Teufel spricht.«

Tatsächlich stieg der eben erwähnte Duncan Fraser aus dem Wagen. »Fertig?«, fragte er Isobell, und Julia wurde klar, dass er offenbar das ›Taxi‹ war. Fragend sah sie die alte Dame an, die ihr zuzwinkerte.

»Duncan wollte sich unbedingt erkenntlich zeigen«, sagte sie so leise, dass nur Julia es hörte. »Und da wir ja wissen, wie schlecht seine Zahlungsmoral ist, dachte ich, dass er mir wenigstens diesen Gefallen tun kann.« Ihr Lächeln schwand. »Ach ja, wie geht es Ihnen eigentlich?«, fragte sie. »Gestern Abend haben Henry und ich uns wirklich Sorgen um Sie gemacht, so tief, wie Sie geschlafen haben.«

Überrascht sah Julia sie an. »Waren Sie gestern noch mal im Gartenhaus?«

»Ja«, bestätigte Isobell. »Henry hat mich um Hilfe gebeten. Er wollte nicht, dass Sie in den nassen Sachen schlafen.«

»Oh«, entfuhr es Julia, die auf diese Möglichkeit gar nicht gekommen war. »Dann haben Sie mich umgezogen?«

Isobell nickte. »Henry meinte, dass es Ihnen vermutlich nicht recht ist, wenn er das macht.«

Julia schluckte. »Das war … sehr aufmerksam von ihm.«

»Henry hat zwar seine Ecken und Kanten, aber er ist ein Gentleman«, meinte Isobell. »Das war er schon immer, und das hat sich nicht geändert.« Sie zuckte mit den Schultern, als sich Duncan hinter ihr räusperte. »Ach, herrja, ich muss wirklich los, sonst verpasse ich meinen Zug.«

Sie umarmte Julia zum Abschied und ging zu Duncan, der ihren Koffer schon verstaut hatte und ihr die Beifahrertür aufhielt.

Julia winkte dem Wagen nach, der kurz darauf vom Hof fuhr, und sah auf die Uhr. Es war schon fast eins, also hätte die Praxis eigentlich längst geschlossen sein müssen. Tatsächlich war aber noch ein fremder Wagen auf dem Hof geparkt, den sie jetzt erst wahrnahm. Henry musste also noch einen Patienten haben.

Vielleicht braucht er Hilfe, überlegte Julia und beschloss, erst in der Praxis nachzusehen, bevor sie das Kleid ins Gartenhaus brachte.

Als sie die Tür aufschob, sah sie, dass Gracie nicht an ihrem Platz hinter dem Tresen saß. Auch das Wartezimmer war leer, aber sie hörte Stimmen und folgte ihnen in den hinteren Teil der Praxis.

Die Tür zu einem der Behandlungsräume stand auf, und Julia konnte hören, dass Henry sich dort mit einer Frau unterhielt. Als sie die Tür fast erreicht hatte, fiel ihr Name. Überrascht blieb sie stehen und lauschte.

»… brauchen diese Julia Shaw hier nicht!«, sagte die Frauenstimme. Sie klang aufgebracht. »Du bist der bessere Tierarzt, Henry. Gegen dich hat sie keine Chance.«

»Oh, doch, die hat sie«, widersprach Henry. »Sie versteht ihr Handwerk. Und sie weiß, worauf es ankommt.«

Das Lob überraschte und freute Julia, aber die Frau schnaubte.

»So ein Unsinn!«, fauchte sie, und jetzt glaubte Julia, die hohe Stimme zu erkennen. Vorsichtig trat sie noch einen Schritt weiter auf die Tür zu und spähte hindurch. Tatsächlich, bei Henry stand seine alte Flamme Caitlin Stanton. Sie hielt ihren Kater auf dem Arm und streichelte ihn abwesend, den Blick beschwörend auf Henry gerichtet.

»Sie ist eine Großstadtpflanze, sie weiß nichts über das Landleben«, schimpfte sie weiter. »Und ganz abgesehen davon: Warum ist sie überhaupt weg aus London, wenn sie da so einen tollen Job hatte? Hast du sie das mal gefragt?«

Julia lauschte angespannt. Doch Henry erwähnte nichts von Dominion, so wie sie es befürchtet hatte. Stattdessen wiegelte er ab.

»Wieso regt dich das so auf? Das ist eine Sache zwischen Julia, Isobell und mir«, meinte er gelassen.

»Nein, das sehe ich anders«, erwiderte Caitlin. »Ich möchte nicht, dass mein Romeo von dieser Frau behandelt wird. Das ist doch …«

»Was machst du denn hier?«

Julia fuhr herum, als sie Gracies Stimme hinter sich hörte, und sah, dass die Sprechstundenhilfe zurückgekehrt war und am Empfang saß.

»Ich dachte, du bist noch unten im Dorf bei Lucy«, fuhr Gracie fort. Dann deutete sie lächelnd auf die Kleiderhülle, die Julia über dem Arm trug. »Und? Wie ist das Kleid?«

Julia wollte antworten, doch bevor sie dazu kam, öffnete sich die Tür des Behandlungsraums ganz, und Caitlin Stanton trat in den Flur, gefolgt von Henry.

Als er sie ansah, schlug Julias Herz so wild, dass sie sich

lieber auf Caitlin konzentrierte, die Julia mit einem säuerlichen Lächeln grüßte. Sie trug ihren Siamkater jetzt nicht mehr auf dem Arm, sondern in einer Transportkiste.

»Dann bis heute Abend, Henry«, sagte sie. »Ich freue mich schon auf einen Tanz mit dir.«

Sie verabschiedete sich und verließ die Praxis.

»So, das war die Letzte für heute«, verkündete Gracie. »Mit eurer Erlaubnis mache ich mich dann auf den Heimweg. Will mich schließlich noch ein bisschen hübsch machen für heute Abend.« Sie hatte den Computer bereits heruntergefahren und suchte ihre Sachen zusammen. »Hach, Kinder, das wird schön«, meinte sie mit einem sehnsüchtigen Seufzen. »Wir sehen uns später in Penrose House!«

Sie winkte fröhlich und ließ Julia und Henry allein.

»Warum bist du hier?«, fragte er, sichtlich verwundert. »Gracie meinte, du hättest einen Termin im Dorf.«

»Den hatte ich auch«, bestätigte Julia. »Aber als ich zurückkam, habe ich gesehen, dass du noch einen Patienten hast und dachte, ich schau mal nach, ob ich helfen kann. Ich konnte ja nicht wissen, dass es …« Sie hielt inne und zuckte mit den Schultern. »Dass es persönlich ist.«

»Es war nicht persönlich«, korrigierte Henry. »Caitlin wollte, dass ich mir Romeo ansehe, weil er humpelt.«

Julia schnaubte. »Und? Tut er das?«

»Nein«, erwiderte Henry. »So weit ist alles in Ordnung mit ihm.«

»Der Kater ist kerngesund«, beschwerte sich Julia. »Das ist er immer, wenn diese Caitlin hier auftaucht.«

»Sie macht sich zu viel Sorgen um ihn, das stimmt«, meinte Henry. »Aber ich kann sie ja schlecht wegschicken, ohne das Tier zu untersuchen.«

Julia versuchte, in seinem Gesicht zu lesen, wie er zu dieser Caitlin stand, doch seine Miene verriet nichts. Und fragen konnte sie ihn auch nicht, weil sie nicht wollte, dass er merkte, wie sehr sie dieses Thema beschäftigte.

»Wie geht es dir denn?«, erkundigte er sich und betrachtete sie prüfend. »Wieder besser?«

Julia nickte und spürte, wie sie bei der Erinnerung an den vergangenen Abend errötete.

»Tut mir leid, dass ich dir so viele Umstände gemacht habe«, sagte sie. »Isobell hat mir erzählt, dass du sie gestern Abend noch dazuholen musstest.«

»Kein Problem«, meinte er und lächelte, was schon wieder dieses flaue Gefühl in Julias Magen auslöste. Herrgott, jetzt reiß dich zusammen, dachte sie, denn das wurde langsam zur Gewohnheit.

»Was hast du da eigentlich über dem Arm?«, wollte Henry wissen.

»Mein Kleid für heute Abend«, antwortete sie.

»Wow!« Er hob eine Augenbraue. »Wo hast du das denn so schnell bekommen?«

»Das ging nicht schnell«, erwiderte sie. »Als ich erfahren habe, dass wir auf den Ball eingeladen sind, hat Lucy Evans angeboten, mir ein Kleid zu nähen. Sie hat sich sehr beeilt, aber sie saß eine ganze Weile dran.«

»Lucy ist sehr talentiert, was das angeht«, meinte Henry. »Da bin ich gespannt auf das Ergebnis.«

»Was ziehst du denn an?«, fragte sie und glaubte in seinem Gesicht zu lesen, dass er sich darüber noch keine Gedanken gemacht hatte. Das ist mal wieder typisch Henry, dachte sie. »Du weißt aber schon, dass man nicht in Jeans kommen kann, oder?«

Henry grinste nur. »Vielleicht machen sie für mich ja mal eine Ausnahme. Fahren wir nachher zusammen?«

Julia wurde jetzt erst klar, dass sich ihr langes Kleid nicht gut mit den Pedalen ihres Minis vertragen würde.

»Ja, gerne«, erwiderte sie und dachte dann an den Zustand seines Wagens. »Aber der Sitz muss sauber sein.«

»Wie Mylady befehlen.« Sein Grinsen wurde noch ein bisschen breiter, und er senkte den Kopf, um eine Verbeugung anzudeuten. »Es wird mir eine Ehre sein, die Heldin von Carywith zu kutschieren.«

Julia runzelte die Stirn. »Machst du dich über mich lustig?«

»Nein, es ist leider wahr«, erwiderte er. »Ich war heute bei den Granvilles und bei den Fishers, und beide haben von nichts anderem gesprochen als von dem, was auf den Klippen passiert ist. Selbst Caitlin hatte schon davon gehört.« Er zuckte mit den Schultern. »Sehr geschickter Schachzug von dir, dich derart in den Vordergrund zu spielen.« Er grinste immer noch, und Julia hatte nicht den Eindruck, dass er sauer war.

»Du hättest mich ja fallen lassen können«, gab sie zurück, musste jedoch gegen ihren Willen lächeln. »Dann wärst du mich los gewesen.«

»Ja, stimmt, hätte ich«, meinte er. »Aber im Gegensatz zu dir habe ich nicht nur ein Herz für Tiere.«

Julia schluckte, als ihre Blicke sich trafen. Sollte das heißen, er hatte auch ein Herz für sie?

»Dann bis nachher«, meinte sie, jetzt wieder ernst, und verließ nervös die Praxis.

Wieso war Henry auf einmal so nett zu ihr? Und, was noch schlimmer war: Warum gefiel ihr das? Wenn das so weiterging, dann vergaß sie noch völlig, dass sich nichts geändert hatte. Sie waren Konkurrenten, die dasselbe wollten. War das vielleicht Henrys neue Art, sie einzuwickeln? Sollte sie unaufmerksam werden und ihr Ziel aus den Augen verlieren?

Wenn ja, dann gelingt es ihm leider verdammt gut, dachte Julia mit einem Seufzen, während sie eilig auf das Gartenhaus zulief.

16

Es war kurz vor halb acht, als Julia zur Schlafzimmertür ging. Sie war geschminkt und umgezogen, und es gab eigentlich keinen Grund, noch länger zu warten. Aber sie blieb trotzdem stehen und lauschte.

Henry war vor einer halben Stunde zurückgekommen, als sie im Bad schon fertig gewesen war. Seitdem hörte sie ihn nebenan rumoren, er hatte auch geduscht und zog sich jetzt offenbar für den Ball um.

Wie er den Nachmittag verbracht hatte, wusste sie nicht, er war nach ihrer Unterhaltung nicht ins Gartenhaus zurückgekehrt, und als sie einmal draußen gewesen war, hatte sie gesehen, dass sein Wagen fehlte. Zwischendurch hatte sie sogar schon Angst gehabt, er hätte ihre Verabredung für heute Abend vergessen, deshalb war sie sehr erleichtert gewesen, als sie eben die Tür hatte gehen hören.

Nervös tastete sie noch einmal nach ihren kleinen Perlohrsteckern und der passenden goldenen Kette mit Anhänger an ihrem Hals. Sie hasste es, dass sie hier keinen Spiegel hatte, um zu überprüfen, wie sie aussah. Aber der Schmuck, den sie zum Glück noch in ihre Reisetasche gesteckt hatte, bevor sie nach Carywith aufgebrochen war, saß an seinem Platz, und ihr Haar hatte sie offen gelassen, deshalb konnte da eigentlich nichts passieren. Nur die Kontaktlinsen, die sie statt ihrer Brille trug, drückten ein bisschen. Sie vertrug sie nicht gut und griff nur in Ausnahmefällen darauf zurück. Aber sie fand, dass heute der passende Anlass war.

Also los, nun geh schon, forderte sie sich selbst auf und atmete noch einmal tief durch, bevor sie an die Tür klopfte.

»Henry? Bist du fertig?«, fragte sie, um ihn nicht beim Umziehen zu überraschen.

»Ja, komm rein«, rief er.

Sie legte sich die Stola zurecht und nahm ihre Clutch in die andere Hand, dann öffnete sie die Tür und betrat das Wohnzimmer.

»Wow«, entfuhr es ihr, als sie Henry vor dem Bettsofa stehen sah. Was sie erwartet hatte, wusste sie selbst nicht, aber auf gar keinen Fall den dunkelgrauen Cutaway, den er zu einer helleren Anzugshose und einer noch helleren Weste über einem weißen Hemd trug. Eine passende Krawatte und schwarze schicke Schuhe vervollständigten das elegante Outfit, das ihm verdammt gut stand.

»Selber wow!« Henry ließ den Blick über ihr Kleid gleiten. »Das ist … wow, Julia, du siehst toll aus!«

Er klang so ehrlich begeistert, dass sie erleichtert lächelte.

»Danke.« Sie deutete auf seinen Gehrock. »Also doch keine Jeans?«

Er schüttelte den Kopf. »Ich war heute Nachmittag in Truro und habe mir das hier besorgt.«

Julia grinste. »Also doch!«, sagte sie. »Du hattest es vergessen.«

»Nicht vergessen, nur verdrängt«, stellte er richtig. »Aber zum Glück hast du mich rechtzeitig daran erinnert.«

Der Ausdruck in seinen Augen war weich, als er sie jetzt ansah, und sein Lächeln so strahlend, dass das flaue Gefühl in ihren Magen zurückkehrte.

»Wollen wir dann?« Henry deutete zur Tür. »Die Parkplatzsituation da drüben ist nicht die beste – wenn wir noch einen Platz nahe am Haus ergattern wollen, sollten wir nicht zu spät kommen.«

Julia nickte und verließ mit ihm das Gartenhaus. Der Sommerabend war lau, und der Duft der Blumen und der frischen Meeresbrise stieg ihr ein bisschen zu Kopf, während sie neben Henry durch den Garten ging. Als sie den Defender erreichten, blieb sie überrascht stehen.

»Du hast das Auto gewaschen«, stellte sie fest, denn der Lack glänzte, und es fehlten die Dreckspuren, die sonst oberhalb der Radkästen zu sehen waren.

»Ich war damit in der Waschstraße«, bestätigte er. »Und innen ist jetzt hoffentlich auch alles zu deiner Zufriedenheit.«

Er ging vor und öffnete die Beifahrertür, damit Julia das Innere des Geländewagens inspizieren konnte. Und sie fand tatsächlich keinen Grund zur Beanstandung mehr. Das Leder war natürlich immer noch abgewetzt und ein bisschen zerschlissen, aber ansonsten glänzte alles, von der Sonnenblende bis zur Fußmatte, und sämtlicher Müll war verschwunden. Es roch auch nicht mehr nach Schaf, so wie gestern Abend noch, nachdem sie Duncans Jungtiere transportiert hatten, sondern nach einem angenehm blumigen Reinigungsmittel.

»Na so was.« Lächelnd legte Julia den Kopf schief. »Ich dachte, du könntest nicht mal ordentlich sein, wenn du es willst.«

»Autsch.« Er grinste. »Aber ich hätte es mir denken können. Nachdem du fast drei Wochen auf zwanzig Quadratmetern mit mir verbracht hast, muss ich jetzt wohl mehr tun als nur mein Auto waschen, um dich zu beeindrucken.«

Nein, musst du nicht, dachte Julia. Beeindruckt hatte er sie immer. Sie hütete sich jedoch, ihm das zu sagen.

Er half ihr beim Einsteigen und setzte sich dann hinter das Steuer.

»Wenn du fährst, kannst du ja heute Abend gar nichts trinken«, fiel ihr ein, als er den Motor startete.

»Das macht nichts«, versicherte er ihr und warf ihr einen Seitenblick zu. »Ich glaube, es ist besser, wenn ich einen klaren Kopf behalte.«

Julia versuchte, die Bemerkung nicht auf sich zu beziehen. Sicher meinte er damit nicht, dass sie eine verwirrende Wirkung auf ihn hatte. Oder? Sie räusperte sich und suchte nach einem neutralen Gesprächsthema.

»Wie kommt das eigentlich?«, erkundigte sie sich. »Dass alle Dorfbewohner auf den Ball eingeladen sind, meine ich«, fuhr sie fort, als er fragend eine Augenbraue hob. »Gibt es dafür einen Grund?«

»Das hat der alte Lord Ashton mal so bestimmt, dem gehörte Penrose House früher«, erwiderte Henry. »Er war ein komischer Kauz. Als Kinder hatten wir ein bisschen Angst vor ihm, weil er eine ganz tiefe, heisere Stimme hatte. Aber seine Großzügigkeit war legendär. Angeblich haben ihm ein paar Farmer aus dem Dorf mal beim Umbau seines Stalls geholfen, und daraufhin hat er das gesamte Dorf zum Dank nach Penrose House eingeladen. Einfach so. Das Fest war so ein Erfolg, dass es im nächsten Jahr wieder stattfand, und so weiter und so weiter. Irgendwann ist daraus der Sommerball entstanden. Er fand jedes Jahr am letzten Juliwochenende statt, jedenfalls solange der alte Lord lebte.«

»Und es war immer ein richtiger Ball, mit langen Kleidern und so?«, wollte Julia wissen.

Henry nickte. »Wobei es nie eine strikte Kleiderordnung gab. Die Leute haben sich freiwillig schick gemacht, und wer konnte und wollte hat sich auch jedes Jahr ein neues Kleid oder einen neuen Anzug dafür gekauft. Aber es wurde nie jemand ausgeschlossen, wenn er mal nur das Modell vom Vorjahr anhatte oder einfach nur das, was gerade im Schrank war. In Jeans zu kommen hat trotzdem nie jemand gewagt, nicht mal wir Jüngeren. Meine Großmutter hat mir damals im Secondhandladen meinen ersten Anzug besorgt. Und von Isobell habe ich zu meinem achtzehnten Geburtstag einen neuen bekommen.«

»Durftet ihr denn auch schon als Kinder teilnehmen?«, erkundigte sich Julia.

»Ab vierzehn, ja.« Henry lächelte versonnen. »Wir fanden es ziemlich spannend, schon zu den ›Erwachsenen‹ zu gehören. Aber ich habe mir sagen lassen, dass der neue Sommerball ab achtzehn ist. Vielleicht ist das eine ganz kluge Entscheidung, wir haben da nämlich als Jugendliche oft ganz schön über die Stränge geschlagen. Man denke nur an meine legendäre Schlägerei mit Tom Bodilly.«

Er bog noch einmal ab und folgte einer schmalen Straße den Hügel hinauf. Und schmal war untertrieben, der Weg war beängstigend eng und führte zwischen einer Steinmauer und einer dicht gewachsenen, dornig aussehenden Hecke hindurch. Henry musste vor jeder Kurve langsamer fahren und abwarten, ob ihm jemand entgegenkam, was zum Glück nicht passierte, denn an Ausweichen war nicht zu denken – er oder das andere Fahrzeug hätte in dem Fall zurücksetzen müssen. Julia war oft entsetzt darüber, was hier in der Gegend als befahrbarer Weg galt, aber sie gewöhnte sich langsam daran.

»Denkst du, die neuen Besitzer, diese Rowes, haben noch mehr verändert?«, hakte sie weiter nach.

Henry zuckte mit den Schultern. »Keine Ahnung, sie machen da sicher ihr eigenes Ding draus. Aber Isobell hält große Stücke auf Penelope Rowe, das hat sie letztens beim Essen erzählt, weißt du noch? Und die Hauptsache ist doch, dass die Tradition weitergeführt wird. Ich bin jedenfalls gespannt auf das Ergebnis.«

Julia antwortete nicht, denn sie waren oben auf dem Hügel angelangt. Der Weg wurde breiter und gab den Blick frei auf die nächste Bucht und ein hübsches Herrenhaus aus graubraunem Stein, das einige Kilometer entfernt inmitten eines parkähnlichen Gartens lag.

»Ist das Penrose House?«, fragte sie.

Henry nickte. »Siehst du die hohen Hecken hinter dem Haus? Das ist der Irrgarten. Darin haben wir während der Bälle immer gespielt, als wir jünger waren. Und später haben wir ihn genutzt, um …« Er zögerte. »Um mal allein zu sein.«

Julia schluckte. Sie war nicht ganz sicher, ob sie sich vorstellen wollte, wie Henry dort mit seiner damals aktuellen Flamme rumgeknutscht hatte. Am besten wollte sie die Worte Henry und küssen lieber gar nicht zusammen denken, deshalb konzentrierte sie sich auf das Herrenhaus, das immer wieder zwischen den Bäumen hervorlugte, als sie sich ihm näherten.

»Es sieht so verwunschen aus«, meinte Julia und betrachtete die abgerundeten Giebel und die verwitterte, teilweise von Efeu bewachsene Fassade. »Und ich hatte es mir irgendwie größer vorgestellt.«

»Es ist größer, als es wirkt«, erklärte Henry. »Aber du hast recht, es gehört eher zu den kleineren Herrenhäusern in Cornwall. Wäre es größer, befände es sich vermutlich gar nicht mehr in privater Hand, sondern würde längst vom National Trust verwaltet. Ich könnte mir vorstellen, dass es unglaublich teuer ist, so einen alten Kasten instand zu halten.«

»Alter Kasten?«, wiederholte Julia empört. »Ein bisschen mehr Respekt bitte für so ein einzigartiges Haus!« Sie lächelte. »Wir können doch froh sein, dass es jemand so lange erhalten hat.«

»Stimmt, sonst könnten wir jetzt nämlich nicht zusammen auf dieses besondere Fest gehen«, pflichtete Henry ihr bei, und Julia fand, dass es klang, als wären sie auf dem Weg zu einem gemeinsamen Date. Das sind wir aber nicht, erinnerte sie sich mit einem Seufzen und konzentrierte sich wieder auf Penrose House.

»Ich schaue mal, ob wir hinter dem Haus noch einen Parkplatz kriegen«, meinte Henry und fuhr an dem Schild vorbei, das einen provisorisch abgesteckten Besucherparkplatz auf einer Wiese rechts vom Haus markierte. Und dafür war Julia ihm dankbar, denn tatsächlich steckten die Autos, die dort schon standen, mit den Reifen tief in dem vom Regen aufgeweichten Boden, und die schick angezogenen Gäste, die ihnen entstiegen, mussten über provisorisch ausgelegte Bretter balancieren, um unbeschadet die Gehwege zu erreichen.

Henry dagegen hielt weiter auf das Haus zu und bog kurz davor in einen kleinen Weg ein, der sie durch ein Waldstück in einem großen Bogen hinter das Gebäude auf einen mit Kies bestreuten runden Platz führte. Dort standen schon einige Fahrzeuge, aber für den Defender fand sich noch eine Lücke.

»Wir sind jetzt hinter dem Irrgarten«, erklärte Henry. »Das war früher schon ein Geheimtipp, und er hat sich zum Glück noch nicht rumgesprochen.«

Er stieg aus, ging um den Wagen herum und hielt Julia die Tür auf, half ihr beim Aussteigen. Dann traten sie gemeinsam durch eine Lücke zwischen den hohen Hecken, die zum Irrgarten gehörten.

»Und wenn wir uns verlaufen?«, fragte Julia, der die immergrünen Gänge nicht ganz geheuer waren. »Kennst du den Weg denn noch?«

»Keine Sorge, das ist nur ein kleiner Irrgarten, und ich glaube kaum, dass etwas am Grundriss geändert wurde«, meinte Henry. »Wenn alles noch so ist wie früher, dann müsste jetzt gleich der Pavillon kommen.« Er führte sie um zwei weitere Ecken, und tatsächlich standen sie plötzlich auf einem kleinen Platz, in dessen Mitte sich ein runder, weiß gestrichener Holzpavillon mit einem spitzen Dach und kunstvollen Schnitzereien befand.

»Früher war er verwittert und nicht weiß, aber es ist noch derselbe.« Henry betrachtete den Pavillon versonnen, offenbar kehrten einige Erinnerungen zurück. Dann riss er sich von dem Anblick los und ging weiter. »Wir sind jetzt praktisch schon beim Haus«, erklärte er, und tatsächlich erreichten sie nach zweimaligem Abbiegen den Ausgang des Irrgartens. »Siehst du, da ist es.« Zufrieden deutete Henry auf die Rückseite des Herrenhauses, die der Vorderseite ähnelte, denn auch hier gab es ein steinernes Tor, das in den Innenhof führte. Die Fenster im Erdgeschoss und im ersten Stock waren hell erleuchtet. Klassische Musik klang leise bis zu ihnen, und man sah, dass sich Menschen oben hinter den Scheiben bewegten.

»Na, dann stürzen wir uns mal ins Vergnügen!«, meinte Henry und bot Julia für das letzte Stück durch den Garten seinen Arm an. Sie hakte sich bei ihm ein und versuchte, sich zu entspannen. Er hat recht, dachte sie. Das hier war ein besonderer Abend, den konnte sie auch einfach mal genießen.

Gemeinsam gingen sie durch den beleuchteten Torbogen in den Innenhof. Die anderen Gäste kamen von der gegenüberliegenden Seite herein und bildeten bereits eine Schlange vor der Eingangstür, in die Julia und Henry sich ebenfalls einreihten. Es dauerte nicht lange, dann betraten sie das Haus.

»Henry Campbell und Julia Shaw«, sagte Henry zu dem livrierten Diener, der direkt hinter dem Eingang stand, und dieser gab den Namen an die schlanke ältere Dame weiter, die dort auf die Gäste wartete und sie begrüßte. Sie hatte goldblond gefärbte, schulterlange Haare, trug ein weinrotes, bodenlanges Brokatkleid und teuer aussehenden Schmuck. Mit einem freundlichen, offenen Lächeln schüttelte sie ihnen die Hand.

»Sie sind die beiden neuen Tierärzte, nicht wahr?«, erkundigte sie sich. »Wie schön, dass ich Sie endlich mal kennenlerne. Im Ort erzählt man sich viel von Ihnen.«

»Danke für die Einladung«, sagte Julia, und Henry schloss sich ihr an.

»Das ist eine tolle Idee, den Sommerball wieder aufleben zu lassen«, fügte er hinzu.

»Sagen Sie das meinem Sohn«, meinte sie und deutete auf James Rowe, der ein paar Meter entfernt bei einer anderen Gruppe von Gästen stand. Er trug, wie viele Männer, einen Frack, und der dunkle Gehrock passte sehr gut zu seinem schwarzen Haar.

»Ich musste James erst lange überreden, das Fest zu veranstalten«, berichtete Penelope Rowe. »Was nützt ein großes Haus, wenn man es nicht mit Leben füllt, nicht wahr?« Sie lächelte verbindlich. »Amüsieren Sie sich gut«, fügte sie noch hinzu und wandte sich dann den nächsten Gästen zu, während Henry und Julia die Treppe hinauf in den ersten Stock stiegen, wo die klassische Musik erklang.

Hinter einer offenen Flügeltür lag ein überraschend großer Ballsaal mit Fischgrätparkett und zwei funkelnden Kronleuchtern und hübschen Stuckornamenten an der Decke. Im Randbereich standen Tische und Stühle, und dort hielten sich auch die Gäste auf. Die Tanzfläche selbst wurde zwar gelegentlich überquert, war aber noch leer. In einer Ecke spielte ein Streichquartett die Musik, die sie schon von draußen gehört hatten, und durch die offenen Flügeltüren auf der anderen Seite sah Julia, dass im angrenzenden Raum eine Bar aufgebaut war, vor der sich schon eine lange Schlange gebildet hatte.

»Früher liefen hier Diener mit Tabletts herum und brachten die Getränke«, erzählte Henry. »Eine mobile Bar hätte Lord Ashton niemals aufgestellt.«

»Ein Zugeständnis an die modernen Zeiten«, meinte Julia. »Und den Leuten gefällt es offensichtlich.«

Wohin sie auch blickte, sah sie lächelnde Gesichter. Einige Leute nickten ihnen zu, andere tuschelten ziemlich auffällig und deuteten dabei auf Julia.

»Wissen die etwa alle von der Sache mit Duncan Frasers Schafen?«, fragte sie Henry perplex. »So schnell kann sich das doch nicht herumgesprochen haben.«

»In Carywith schon«, erklärte Henry. »Wobei ich glaube, dass sie gerade eher darüber diskutieren, wie fantastisch dir dein Kleid steht.« Er lächelte, als sie ihn überrascht ansah. »Du bist …«

»Henry!« Caitlin Stanton tauchte an Henrys anderer Seite

auf und hakte sich bei ihm ein. Sie trug ein langes, sehr enges Kleid mit einem hohen Beinschlitz und goldenen Pailletten, die im Licht des Kronleuchters funkelten. »Komm, ich will dich ein paar Leuten von früher vorstellen. Die sind schon ganz gespannt auf unseren neuen Tierarzt.«

Sie ignorierte Julia und zog Henry mit sich, der Julia noch einen entschuldigenden Blick zuwarf, bevor er in der dichter werdenden Menge verschwand.

Soso, dann hat Carywith also schon einen neuen Tierarzt, dachte Julia grimmig und versuchte, sich nicht über Caitlins Bemerkung zu ärgern, die sie eindeutig hatte treffen sollen. Sie sah sich um, weil sie sich ohne Henry ein bisschen verloren vorkam, und entdeckte Lucy. Ihre Freundin unterhielt sich gerade mit zwei älteren Frauen. Als sie Julia sah, verabschiedete sie sich von ihnen und kam ihr entgegen.

»Hey, da bist du ja!« Sie strahlte über das ganze Gesicht. »Na, wie gefällt es dir hier? Ist es nicht fantastisch? So ein Ballsaal kommt in jedem Jane-Austen-Roman vor.«

»Und so ein Kleid auch«, meinte Julia und betrachtete bewundernd das Modell aus grünem Musselin, das Lucy trug. Es hatte die typische hohe Taille der Regency-Mode und war am Oberteil aufwendig bestickt. Die Farbe passte hervorragend zu Lucys roten Haaren, die sie zu einer Flechtfrisur aufgesteckt hatte. »Du siehst ein bisschen aus wie die Frau auf der Zeichnung in deiner Küche.«

»Findest du?« Lucy blickte lächelnd an sich herunter, dann hakte sie sich bei Julia ein, und sie schlenderten weiter. »Ich habe tatsächlich versucht, es ein bisschen nachzuahmen. Hach, weißt du, manchmal habe ich das Gefühl, ich bin zur falschen Zeit geboren! Ich wäre Anfang des neunzehnten Jahrhunderts besser aufgehoben gewesen.«

Die Musik endete, und jemand klatschte in die Hände, bis die Unterhaltungen verstummten.

»Guten Abend, liebe Gäste, ich freue mich, dass Sie alle den Weg nach Penrose House gefunden haben«, rief Penelope Rowe. Sie stand in der Mitte der Tanzfläche neben ihrem Sohn James, der die Arme hinter dem Rücken verschränkt hatte.

»Er guckt ganz schön grimmig«, flüsterte Lucy und zog Julia näher zum Rand der Tanzfläche. »Komm, ich will hören, was sie sagt.«

Julia folgte ihrer Freundin und hielt dabei nach Henry Ausschau. Doch sie konnte ihn nirgends entdecken.

»Ich denke, wir sind jetzt fast vollzählig«, fuhr Penelope mit lauter Stimme fort. »Deswegen würden wir gerne mit dem beginnen, was, wie ich mir habe sagen lassen, auch in früheren Zeiten immer das Herzstück jedes Sommerballs war: mit dem Tanzen.«

Ein Raunen ging durch die Menge, offenbar sahen die Leute das genauso.

»Mein Sohn und ich werden den Tanz eröffnen und Sie dann auffordern dazuzukommen. Ich wünsche Ihnen allen ein paar fröhliche, entspannte Stunden in Penrose House und hoffe, Sie fühlen sich hier wohl!«

Applaus brandete auf, und als er endete, setzte das Quartett wieder ein mit einem Walzer. James und seine Mutter stellten sich auf und glitten in perfekt synchronisierten Bewegungen über das Parkett. Aber nicht lange, dann trennten sie sich, und Penelope ging auf einen der Farmer zu. Wen genau sie sich als Partner aussuchte, verpasste Julia, weil sie nur noch auf James achtete, der ebenfalls auf der Suche nach einer Partnerin war. Sie ging davon aus, dass seine Wahl auf die zickige Lydia fallen würde, die in der Nähe stand und ein pompöses Prinzessinnenkleid mit engem Mieder aus knallrotem Samt trug – für Rot hatte sie offenbar ein Faible.

Doch James ging nur ein paar Schritte auf Lydia zu, dann drehte er ab und kam stattdessen in ihre Richtung.

»Kneif mich mal«, hauchte Lucy. »Er kommt nicht hierher, oder?«

Julia hatte keine Zeit, etwas zu erwidern, denn James war schon vor Lucy stehen geblieben.

»Darf ich bitten?«, fragte er sehr förmlich.

»Ja, gern.« Lucys Wangen färbten sich rot, als sie ihre Hand auf seine legte und sich von ihm in die Mitte der Tanzfläche führen ließ. Dort begannen die beiden, sich im Takt der Musik zu wiegen, und für einen Moment beobachtete Julia sie selbstvergessen. Was für ein schönes Paar, dachte sie und warf einen Blick zu Lydia hinüber, der die Enttäuschung, dass James nicht sie aufgefordert hatte, ins Gesicht geschrieben stand.

Penelope tanzte inzwischen mit Seamus Bodilly, der sich dabei nicht besonders geschickt anstellte. Die Gastgeberin schien seine Unbeholfenheit jedoch nicht zu stören, sie lächelte weiter und ließ die Hand des Farmers nur kurz los, um mit einer Geste den Tanz für alle freizugeben.

»Bitte, kommen Sie!«

Zahlreiche Paare folgten ihrer Aufforderung, und die Tanzfläche füllte sich schnell. Auch Henry war unter den Tanzenden, und er hielt – natürlich – Caitlin im Arm, die strahlend zu ihm aufblickte und die ganze Zeit redete.

Der Anblick versetzte Julia einen Stich, deshalb wandte sie sich ab und schlenderte am Rand der Tanzfläche entlang in den angrenzenden Raum zur Bar. Ich werde erst mal etwas trinken, beschloss sie und stellte sich in der Schlange an. Sie war schon fast an der Reihe, als sie plötzlich jemand am Arm festhielt.

»Julia?« Die Stimme kam ihr schmerzhaft vertraut vor. Nein, das konnte nicht sein, das war un…

»Rob!«, entfuhr es ihr, als sie sich umdrehte und tatsächlich ihr Ex-Freund vor ihr stand. Und nicht nur das, er hatte den Arm um ihre ehemalige Freundin Stella gelegt, die sie genauso überrascht ansah wie sie die beiden.

»Was machst du denn hier?«, fragte Rob, und Julia wünschte sich aus tiefstem Herzen, die Erde würde sich auftun und sie verschlucken.

17

»Ich … arbeite hier im Dorf«, sagte Julia und versuchte, die Fassung zu bewahren. Es tat ihr weh, Rob und Stella so innig nebeneinanderstehen zu sehen. Oder war es eher Wut, die sie innerlich zittern ließ? Auf jeden Fall fühlte es sich gar nicht gut an.

»Du arbeitest hier?«, fragte Rob ungläubig. »In diesem Kaff?«

»Der Ort heißt Carywith«, korrigierte sie ihn kühl. »Und ich übernehme wahrscheinlich die Tierarztpraxis hier.« Sie zwang sich zu einem Lächeln. »Und ihr?«, hakte sie nach, weil sie keine Lust hatte, die komplizierte Situation zwischen ihr und Henry zu erklären. »Wieso seid ihr in Cornwall?«

»Wir sind auf dem Weg zu den Scilly Isles«, erklärte Stella und sah Rob an. »Wir brauchen Urlaub, und ich wollte immer schon mal dorthin.«

»Die Scilly Isles!« Julia spürte, wie sie sich innerlich noch mehr verkrampfte. Sie hatte Rob früher oft von der Schönheit der Inselgruppe vor der südwestlichen Spitze von Cornwall vorgeschwärmt, auf der durch den Golfstrom ein sehr mildes Klima herrschte. Doch Rob war nie darauf eingegangen, sondern hatte immer auf Urlaub an der französischen Riviera oder auf den Balearen beharrt. »Ich dachte, du machst nicht so gerne Urlaub im eigenen Land«, bemerkte sie.

»Das tue ich auch nicht, aber Stella liebt Cornwall, und ich wollte ihr eine Freude machen«, erwiderte Rob und sah Stella verliebt an.

»Aha«, krächzte Julia, aber sie schaffte es weiterzulächeln. »Und was hat euch nach Carywith verschlagen?«

»Mein Freund James«, erklärte Rob. »Wir waren zusammen in Eton. Als er hörte, dass wir nach Cornwall fahren, hat er mich zu diesem Ball eingeladen.«

Julia dachte an James Rowe und stöhnte innerlich, als ihr klar wurde, dass sie recht gehabt hatte mit ihrer Annahme, dass er in die Kategorie Privatschule gehörte. Aber dass er dasselbe exklusive Internat besucht hatte wie Rob, war eine ausgesprochen grausame Laune des Schicksals.

»Wie klein die Welt ist«, meinte Stella und lächelte angespannt. Sie sah toll aus, wie immer, mit ihren glänzenden schwarzen Haaren, die ihr fast bis zum Po reichten, und dem cremefarbenen langen Kleid, das sich an ihre Rundungen schmiegte. Dagegen kam Julia sich – wie immer – farblos vor. Früher, als sie noch Freundinnen gewesen waren, hatte sie das nicht gestört, jetzt jedoch traf sie der Vergleich bis ins Mark.

»Entschuldigt mich«, brachte sie noch heraus, bevor sie sich abwenden musste, um nicht vor Rob und Stella in Tränen auszubrechen. Es war einfach zu viel, die beiden so verliebt zu sehen.

Blindlings rannte sie zurück in den Ballsaal. Dort merkte sie an den Blicken der Leute, dass man ihr ansah, wie aufgelöst sie war. Deshalb eilte sie hastig die Treppe hinunter zum Ausgang und von dort durch den hinteren Torbogen in den Garten.

Es war inzwischen dunkel geworden, aber das Licht, das aus dem Haus drang, wies ihr den Weg zum Eingang des Labyrinths. Sie lief an den Hecken entlang, bog nach rechts ab und fand den Pavillon, der indirekt beleuchtet wurde und ihr vorkam wie eine Zuflucht. Als sie ihn erreichte, ließ sie sich auf seine Stufen sinken, vergrub das Gesicht in den Händen und weinte ihr ganzes Unglück hinaus. Sie konnte einfach nicht aufhören, auch nicht, als sie zu ihrem Entsetzen Schritte auf dem Kiesweg hörte und sah, dass Henry aus dem Heckengang trat.

»Julia?« Er sah sie besorgt an, und sie versuchte, Luft zu holen und sich zu beruhigen, aber es gelang ihr nicht.

Mit drei großen Schritten war Henry bei ihr und ließ sich neben ihr nieder.

»Hey«, sagte er und zog sie in seine Arme. »Was ist denn passiert?«

Julia vergrub ihr Gesicht an seiner Brust, gegen jede Vernunft froh darüber, dass er für sie da war. Sie brauchte eine ganze Weile, bis sie es schaffte, wieder zu sprechen.

»Rob«, sagte sie zwischen zwei Schluchzern. »Rob ist hier.«

»Dein Exfreund?«, fragte Henry.

Sie löste sich von ihm und nickte unglücklich. »Er macht Urlaub in Cornwall, weil Stella das gerne möchte. Mit mir wollte er das nie.«

Henry betrachtete sie mit gerunzelter Stirn. »Stella ist vermutlich seine neue Freundin?«

Sie nickte. »Für sie macht er das, verstehst du? Mir hat er immer gesagt, wie spießig er Urlaub im eigenen Land findet. Aber für sie fährt er auf die Scillys.«

Sie stand auf und ging ein paar Schritte weg. Sie wusste überhaupt nicht mehr, wie sie sich fühlte, doch als sie in sich hineinhorchte, stellte sie fest, dass da gar nicht so viel Liebeskummer war, wie sie erwartet hatte. Sie war nur enttäuscht und gekränkt, was allerdings auch sehr schmerzte.

»Ich war ihm nicht wichtig genug«, sagte sie und blinzelte gegen die neuen Tränen an, die ihr in die Augen schossen. »Und nicht schön genug. Ich bin einfach nicht Stella.«

»Zum Glück.« Henry kam zu ihr und drehte sie zu sich um, dann zog er sie erneut in seine Arme. Und Julia ließ es zu, weil es guttat, sich an ihn zu lehnen.

»Ich bin zu normal«, schluchzte sie. »Ich … bin nichts Besonderes.«

»Doch, das bist du.« Henry legte eine Hand unter ihr Kinn und zwang Julia, ihn anzusehen. In seinem Blick lag etwas, das ihr Herz stolpern ließ. »Das bist du, Julia«, wiederholte er. »Und lass dir ja nichts anderes erzählen.«

Julia verlor sich in seinen blauen Augen, und plötzlich spielte Rob keine Rolle mehr. Oder Stella. Alles, woran sie denken konnte, war Henry und wie dringend sie ihn küssen wollte …

»Julia?« Die Stimme, die nach ihr rief und die sie sofort erkannte, riss sie aus ihrem Trancezustand.

»Rob«, flüsterte sie entsetzt und wischte sich hastig über die Wangen, um die Tränenspuren zu beseitigen. »Er soll mich nicht so sehen.«

Sie wusste, dass es wenig Zweck hatte, denn sicher konnte man ihr auch so ansehen, wie aufgelöst sie war.

Schritte kamen näher, und sie wollte sich von Henry lösen, doch er hielt sie fest. Einen Augenblick später tauchte Rob aus der Öffnung in der Hecke auf.

»Julia, bist du … oh!« Rob blieb abrupt stehen, als er Henry bei Julia entdeckte. »Ich … hoffe, ich störe nicht«, meinte er, sichtlich irritiert, und musterte Henry missbilligend.

»Ein bisschen«, erwiderte Henry ungerührt. Er gab Julia

zwar frei, legte jedoch gleich wieder den Arm um sie. »Wir sind eigentlich hergekommen, um allein zu sein.«

Julia sah ihn überrascht an, weil das so klang, als hätten sie gerade geknutscht. Doch dann begriff sie, dass Henry genau diesen Eindruck erwecken wollte – weil es Rob die perfekte Erklärung für ihren derangierten Zustand lieferte. Ein bisschen ungläubig über seine schnelle Reaktion lächelte sie zu ihm auf und achtete erst wieder auf Rob, als dieser sich räusperte.

»Das ist Henry Campbell«, sagte sie, weil sie sehen konnte, dass ihr Ex-Freund eine Vorstellung erwartete. »Wir … arbeiten zusammen.«

»Na, ein bisschen mehr tun wir schon«, korrigierte Henry sie schmunzelnd und neigte den Kopf so, dass er ihr ins Ohr flüstern konnte. »Wir streiten uns auch«, raunte er. »Aber das muss er ja nicht wissen.«

Julia kicherte, was den Eindruck, dass sie ein Liebespaar waren, für Rob offenbar noch verstärkte, denn er musterte sie jetzt fassungslos. Spontan schmiegte sie sich noch ein bisschen enger an Henry.

Henry wandte sich an Rob. »Und Sie sind?«

»Ich bin Robert Ferris«, stellte Rob sich vor. »Julia und ich sind …«

»Wir waren mal zusammen«, erklärte Julia schnell und bemerkte, dass in Robs Wange ein Muskel zuckte.

»Tja, dann … will ich nicht länger stören«, sagte er und verschwand wieder zwischen den Hecken.

Erleichtert atmete Julia auf. Sie hatte absolut keine Ahnung, was Rob überhaupt veranlasst hatte, ihr nachzugehen. Hatte er sie beobachtet und gesehen, wie sie den Ballsaal verlassen hatte? Und wo war Stella? Herrje, sie durfte gar nicht daran denken, wie schrecklich es gewesen wäre, wenn nicht Henry, sondern er sie hier weinend vorgefunden hätte! Dann wäre ihre Niederlage komplett gewesen. So aber glaubte Rob, dass sie sich längst getröstet hatte, selbst wenn das gar nicht …

»Oh nein!«, stöhnte sie und vergrub ihr Gesicht an Henrys Brust.

»Was?«, fragte er erschrocken.

Sie hob den Kopf und sah ihn an. »Rob wird seinem Freund James Rowe erzählen, dass er uns getroffen hat. Und der wird ihm verraten, dass du mich eigentlich gar nicht leiden kannst, weil wir Konkurrenten sind. Dann weiß Rob, dass wir ihm nur etwas vorgespielt haben. Und dann …«

Henry legte einen Finger an ihre Lippen. »Nein, das wird er nicht tun«, sagte er. »Dann müsste er nämlich zugeben, dass du dich längst getröstet hast, und dem ersten Eindruck nach zu urteilen ist er der Typ, der dafür zu eitel ist.« Er schüttelte den Kopf. »Und wer sagt bitte, dass ich dich nicht leiden kann?«

Julia schluckte, weil seine Lippen ihren auf einmal sehr nah waren. »Ich bin deine Konkurrentin«, erinnerte sie ihn.

»Das vergessen wir mal«, sagte er. »Wir gehen da jetzt wieder rein und tanzen und amüsieren uns, damit dieser Rob sieht, dass du ihm kein Stück hinterhertrauerst.« Er betrachtete sie prüfend. »Das tust du doch nicht, oder?«

»Nein«, erklärte Julia und spürte, dass es stimmte. Sie wollte Rob nicht mehr, und diese Erkenntnis ließ sie lächeln. Oder war es eher die Aussicht darauf, den Rest des Abends mit Henry zu verbringen, die sie so fröhlich stimmte? Sie war nicht ganz sicher.

»Und was ist mit Caitlin?«, fragte sie. »Wird sie nicht sauer sein?«

»Ich bin nicht mit Caitlin hier«, erwiderte er und griff nach ihrer Hand. Er wollte mit ihr zurück zum Haus gehen, doch Julia blieb stehen.

»Und die Leute?«, fragte sie, immer noch skeptisch. »Werden die sich nicht wundern, wenn wir beide ...« Sie zuckte mit den Schultern. »Du weißt schon.«

Er lachte. »Weißt du, dass du wirklich ein Phänomen bist, Julia Shaw? Du seilst dich nachts bei einem Gewittersturm von einer Klippe ab, aber du hast Angst, mit mir zur tanzen, weil die Leute dann über uns reden könnten?«

»In einem Dorf wie Carywith kann Tratsch gefährlich sein«, erinnerte sie ihn.

Er beugte sich vor. »Dann leben wir jetzt mal gefährlich. Okay?«

Julia schaffte es schon wieder nicht, ihren Blick von seinen Lippen zu lösen.

»Okay«, sagte sie ziemlich atemlos und ließ es zu, dass er wieder den Arm um sie legte, als sie zurück zum Haus gingen.

Julia fühlte sich schwerelos. Es war wie ein Traum, mit Henry über die Tanzfläche zu schweben. Seine rechte Hand lag auf ihrem Rücken, und er hielt sie sicher, wirbelte sie an den anderen Paaren vorbei, die sich auf dem Parkett bewegten.

Eigentlich hatte sie geglaubt, dass sie sich nicht an die Schrittfolgen aus dem Tanzkurs erinnern konnte, der im Internat damals Pflicht gewesen war. Doch ihr Langzeitgedächtnis schien alles abgespeichert zu haben, und sie hatte schon nach kurzer Zeit wieder hineingefunden in die Bewegungen. Vielleicht lag es aber auch einfach an Henry, dass es ihr so leichtfiel. Seit sie in den Ballsaal zurückgekehrt waren, hatte er sie noch keinen Moment allein gelassen. Er tanzte fast ununterbrochen mit ihr, und wenn sie sich einmal setzten, dann blieb er bei ihr und brachte sie zum Lachen mit seinen Erzählungen über das, was er schon erlebt hatte auf seinen Reisen. Sie hatte überhaupt keine Zeit mehr, an Rob und Stella zu denken, die sie hin und wieder kurz in der Menge entdeckte. Alles, was zählte, war Henry.

Sie hatte geahnt, dass er charmant sein konnte, wenn er wollte. Aber jetzt schon seit Stunden seine volle Aufmerksamkeit zu genießen, stieg ihr wirklich zu Kopf. Es fiel ihr schwer, klar zu denken. Denn je länger der Abend dauerte, desto selbstverständlicher wurde ihr Körperkontakt. Wenn sie während ihrer Tanzpausen nebeneinandersaßen, berührten sich ihre Knie oder ihre Schultern, und Henry nahm stets ihre Hand, wenn er sie aufs Parkett zurückführte. Außerdem zog er sie jetzt viel enger an sich, wenn sie tanzten. Es war, als würden sie immer weiter aufeinander zustreben, wie zwei Magnete, die sich unaufhaltsam anzogen.

Wohin das führen würde, ahnte sie, aber sie hatte keine Lust, es aufzuhalten. Dafür war sie viel zu …

Oh mein Gott! Julia hielt mitten in der Bewegung inne und brachte Henry aus dem Takt, als sie die Erkenntnis mit voller Wucht traf: Sie war verliebt in Henry Campbell. Und zwar nicht nur ein bisschen, sondern richtig. Hals über Kopf und bis über beide Ohren. Und auch nicht erst seit eben …

»Was ist los?«, fragte er erschrocken und zog sie ein Stück zur Seite, um zu verhindern, dass sie mit einem anderen Paar zusammenstießen.

»Nichts, ich …« Julia schüttelte den Kopf, noch zu fassungslos darüber, wie sehr ihre Gefühle für ihn sich verselbstständigt hatten.

»Ist dir schwindelig?« Henry musterte sie prüfend, aber

sie konnte ihm nicht antworten, sondern starrte ihn nur an, während die Realität langsam wieder zurück in ihr vor lauter Glücksgefühlen ganz vernebeltes Hirn sickerte.

Henry tanzt nicht mit dir, weil er dich attraktiv findet, erinnerte sie sich. Er tut es aus Mitleid und ist nur nett zu dir, damit du nicht noch mal in Tränen ausbrichst. Die Erkenntnis tat so weh, dass Julia beinahe genau das erneut getan hätte. Hastig wandte sie das Gesicht ab, damit Henry die Verzweiflung nicht sah, die wie eine Woge durch ihr Inneres lief.

»Komm, wir setzen uns einen Moment.« Henry hakte sie unter und führte sie zu einem freien Stuhl am Rande der Tanzfläche.

»Ich hole dir erst mal was zu trinken«, meinte er, als sie sich gesetzt hatte, und wollte zur Bar gehen. Doch Julia griff nach seiner Hand und hielt ihn zurück.

»Nein, ich glaube, ich würde gerne fahren«, sagte sie und ließ ihn rasch wieder los.

Überrascht blickte er auf seine Armbanduhr. »Es ist erst kurz vor Mitternacht«, meinte er und schmunzelte dann. »Warte mal, musste Cinderella da nicht auch immer nach Hause?«

Julia schluckte beklommen. Wie passend, dass mein Märchen zur gleichen Zeit endet, dachte sie traurig. »Du musst nicht mitkommen, wenn du noch bleiben möchtest«, sagte sie. »Ich kann mir auch ein Taxi bestellen.«

»Nein.« Er hielt ihr die Hand hin und zog sie wieder auf die Füße. »Wenn du zurückwillst, dann fahren wir.«

Gemeinsam bahnten sie sich den Weg in Richtung Ausgang. Dabei lag Henrys Hand auf Julias Rücken, und sie ließ es zu, weil es so eng war, und genoss die Berührung heimlich.

Doch auf der Treppe wich sie ihm aus und ging mit einigem Abstand neben ihm zurück in den Innenhof.

Die Nachtluft war kühl, deshalb verschränkte sie die Arme vor der Brust.

»Ist dir kalt?« Henry wollte seinen Gehrock ausziehen, um ihn ihr zu geben, aber sie schüttelte den Kopf.

»Nein, lass, es geht schon«, versicherte sie ihm und achtete erneut darauf, ihm nicht zu nahe zu kommen, während sie durch den mondbeschienenen Irrgarten liefen. Es war reiner Selbstschutz, denn sie sehnte sich so sehr danach, ihn wieder zu berühren, dass es fast körperlich wehtat. Wenn sie nicht schwach werden wollte, dann musste sie Abstand zu ihm halten.

Als sie den Parkplatz erreichten, ging sie direkt auf den Defender zu, doch Henry griff nach ihrer Hand und zwang sie stehenzubleiben.

»Julia, warte.« Der Mond beschien sein Gesicht, und sie sah die Unsicherheit darin. »Was ist los mit dir?«, fragte er. »Gerade haben wir noch gelacht und getanzt, und jetzt schaust du mich nicht mal mehr an. Was ist passiert? Habe ich was falsch gemacht?«

»Es ist nichts passiert«, versicherte sie ihm und versuchte verzweifelt zu ignorieren, dass seine Hand ihre immer noch warm umschloss. »Aber du kannst jetzt wirklich aufhören, Henry.«

»Aufhören?« Verständnislos sah er sie an. »Womit?«

»Damit, so zu tun, als würdest du dich für mich interessieren«, sagte sie. »Es war nett von dir, dass du mir die Möglichkeit geboten hast, vor Rob das Gesicht zu wahren. Aber jetzt ist es nicht mehr nötig. Es bringt mich durcheinander, wenn ich …« Sie suchte nach den richtigen Worten. »Wenn ich das

Gefühl habe, dass du mich attraktiv findest, obwohl wir doch beide wissen, dass ich eigentlich gar nicht …«

Weiter kam sie nicht, denn Henry zog sie an sich.

»Verdammt, Julia, das spiele ich doch nicht«, knurrte er und küsste sie.

18

Die Berührung seiner Lippen durchzuckte Julia wie ein Stromschlag, so machtvoll und elektrisierend, dass ihre Knie nachgaben. Hilflos lehnte sie an ihm und erwiderte seinen Kuss mit all der Leidenschaft, die sich den ganzen Abend über zwischen ihnen aufgebaut hatte. Aber nur für einen Moment, denn Henry gab sie abrupt wieder frei. Schwer atmend machte er einen Schritt zurück und sah sie genauso schockiert an, wie sie sich fühlte.

»Lass uns fahren«, sagte er und ging um den Wagen herum. Er stieg ein und wartete, bis sie auf dem Beifahrersitz Platz genommen hatte. Dann startete er den Motor, setzte zurück und fuhr los.

Völlig verwirrt saß Julia neben ihm und starrte abwechselnd in die Dunkelheit draußen und dann wieder zu Henry. Ihre Lippen brannten von seinem Kuss, der sie bis ins Mark erschüttert hatte. War das wirklich passiert? Es war kaum zu glauben, denn Henry, der eben noch diese unglaublichen Gefühle in ihr geweckt hatte, würdigte sie jetzt keines Blickes mehr, sondern starrte nach vorn auf die Straße, während sie über die schmalen Straßen durch die Nacht fuhren.

»Henry?« Sie wollte ihn fragen, was das alles zu bedeuten hatte, aber er kam ihr zuvor.

»Es tut mir leid, Julia. Ich hätte …« Er hielt inne. »Ich hätte dich nicht küssen dürfen«, fuhr er fort und warf ihr einen Seitenblick zu, an dem sie erkannte, dass er genauso aufgewühlt war wie sie selbst. »Aber das ist so unglaublich … Hast du wirklich gedacht, ich tanze aus Mitleid mit dir?«

Sie nickte und spürte, wie ihre Wangen heiß wurden. »Du kannst eine Frau wie Caitlin haben«, sagte sie. »Dann kannst du dich doch nicht wirklich für mich interessieren.«

Er schüttelte den Kopf. »Du überschätzt meine Selbstlosigkeit. Wenn ich den Abend mit Caitlin hätte verbringen wollen, dann hätte ich das getan. Dann hätte ich mit ihr getanzt und nicht mit dir.«

»Du hast mit ihr getanzt«, erinnerte sie ihn.

»Ja, ein Mal, weil ich nicht unhöflich sein wollte«, erwiderte er. »Aber danach wollte ich sofort zurück zu dir. Was glaubst du, warum ich im Irrgarten war? Ich habe gesehen, wie du rausgegangen bist, und bin dir nach.« Er hielt kurz inne. »Ich habe das ernst gemeint, was ich gesagt habe. Du bist etwas Besonderes. Du stichst Caitlin jederzeit aus. Und dieses Kleid …« Er warf ihr noch einen Blick zu und stöhnte. »Herrgott, Julia, ich kann nicht mehr klar denken, seit du damit aus dem Schlafzimmer gekommen bist.«

Sie schluckte, überwältigt von seinen Worten. »Henry, ich …«

»Aber du hast recht«, fuhr er fort. »Wir müssen damit aufhören. Ich hätte das alles gar nicht erst anfangen dürfen, das war ein Fehler. Also vergiss es einfach. Vergiss, dass wir uns geküsst haben.«

Das Glücksgefühl, das Julia gerade noch durchströmt hatte, versiegte schlagartig. Sie sollte diesen unglaublichen Kuss vergessen, der sie überhaupt erst glauben ließ, was Henry gerade gesagt hatte? Nein, das konnte sie nicht. Das wollte sie nicht.

Es war ihr egal, dass sie Konkurrenten waren und dass dieser Kuss alles noch komplizierter machen würde, weil sie nur daran denken konnte, wie richtig es sich angefühlt hatte, als seine Lippen auf ihren gelegen hatten. Sie wollte mehr davon, und zur Hölle mit den Konsequenzen.

Doch Henry wirkte plötzlich so unnahbar, dass sie nicht wagte, ihm zu widersprechen. Schweigend saßen sie nebeneinander, während er den Defender weiter über die dunklen Landstraßen jagte. Als sie endlich das Cottage erreichten, stieg er sofort aus, und für einen Moment glaubte Julia, dass er direkt zum Gartenhaus gehen würde. Doch er umrundete den Wagen, öffnete die Beifahrertür für sie und reichte ihr die Hand beim Aussteigen.

Als ihre Finger sich berührten, hielt Julia den Atem an, und sie hatte das Gefühl, dass es Henry genauso ging. Allerdings war sie nicht sicher, denn sie konnte im Mondlicht seinen Gesichtsausdruck nicht richtig erkennen.

Hatte er das ernst gemeint? Konnte er tatsächlich ausblenden, was zwischen ihnen passiert war? Ihr Herz hämmerte in ihrer Brust, während sie gemeinsam über den schwach beleuchteten Weg auf das Gartenhaus zugingen, dessen dunkle Umrisse sich vor dem Nachthimmel abhoben.

Henry schwieg erneut, und diesmal war er es, der Abstand zu ihr hielt, genauso wie sie es eben im Irrgarten getan hatte.

Julia erreichte das Häuschen vor ihm und ging hinein, um das Licht anzuschalten. Er folgte ihr und schloss die Tür, blieb aber davor stehen. Seine Miene war unbewegt.

»Vielleicht schlafe ich heute lieber drüben im Cottage«, sagte er, und als ihre Blicke sich in dem hellen Licht begegneten, erkannte Julia, dass er keinesfalls gleichgültig war. Er kämpfte genauso mit seinem Verlangen wie sie, und diese

Erkenntnis löste eine so immense Erleichterung in ihr aus, dass sie, ohne nachzudenken, auf ihn zuging, bis sie direkt vor ihm stand.

»Nein, bleib«, sagte sie und blickte zu ihm auf. »Wenn wir morgen sowieso alles vergessen müssen, dann können wir doch heute noch ein bisschen gefährlich leben.« Sie legte eine Hand auf seine Brust. »Oder?«

Henry biss die Zähne aufeinander, bis sie schmerzten. Seine Selbstbeherrschung hing nur noch am seidenen Faden, aber er schaffte es irgendwie, den Kopf zu schütteln.

»Nein, Julia.« Er griff nach ihrer Hand und zog sie von seiner Brust. »Das geht nicht.«

Er musste weg von ihr, wenn er nicht die Kontrolle verlieren wollte, deshalb ging er an ihr vorbei in Richtung Kochnische. Innerlich stöhnte er bei dem Gedanken an ihren Kuss. Er hatte nach Julia gegriffen, ohne nachzudenken, weil es das war, was er eigentlich schon den ganzen verdammten Abend tun wollte. Er hätte sie gerne geküsst, als sie in diesem traumhaften Kleid aus dem Schlafzimmer gekommen war. Er hätte sie gerne geküsst, als sie so unglücklich gewesen war und in seinen Armen geweint hatte, und er hätte sie auf der Tanzfläche gerne geküsst, jedes Mal, wenn sie lächelnd zu ihm aufgeblickt hatte.

Aber er hatte nicht damit gerechnet, wie sehr es ihn aus der Bahn werfen würde, es tatsächlich zu tun. Gott, dieser kurze Kuss war ein Erdbeben gewesen, und ihm war sofort klar geworden, dass er ihn beenden musste, wenn er nicht die Kontrolle verlieren wollte. Und zwar nicht nur über sein Verlangen nach Julia, sondern auch über seine Gefühle für sie.

Gefährlich? Ja, verdammt, das war sie für ihn, und er war

selbst schuld daran, weil er sie viel zu nah an sich herangelassen hatte. Wie sollte er mit einer Frau konkurrieren, die ihm so unter die Haut ging, dass ihre Tränen ihm beinahe physisch wehtaten? Wie konnte er ihr wegnehmen, was sie sich sehnlich wünschte? Wie sollte er diesen Wettstreit noch gewinnen, wenn er …

»Schon gut.« Julias leise Stimme riss ihn aus seinen Gedanken. Er fuhr zu ihr herum und sah, wie sie mit den Schultern zuckte. In ihren Augen schimmerten Tränen. »Ich verstehe schon«, sagte sie und senkte den Kopf.

Ach, verdammt, fluchte er innerlich und war mit zwei langen Schritten wieder bei ihr. »Gar nichts verstehst du«, murmelte er und zog sie zurück in seine Arme.

Julias hörte auf zu denken, sobald Henrys Mund wieder auf ihrem lag. Mit einem leisen Stöhnen öffnete sie die Lippen und ließ sich fallen in das verzehrende Verlangen, das sein Kuss in ihr weckte. Sie war ganz erfüllt von seinem Duft, seinem Geschmack und seinen Berührungen, die ein Feuer in ihr entfachten, von dem sie nicht geahnt hatte, dass es so heiß brennen konnte.

Ihre Hände zitterten, als sie den Gehrock von seinen Schultern schob und achtlos auf den Boden warf. Seine Weste und sein Hemd folgten, und als er mit nacktem Oberkörper vor ihr stand, strich sie begierig mit den Händen über seine Brust.

»Henry«, flüsterte sie, weil ihr die Worte fehlten für das, was sie empfand. Aber er verstand sie auch so und nahm sie auf die Arme. Ohne ihren Kuss zu unterbrechen, trug er sie ins Schlafzimmer und stellte sie vor dem Bett vorsichtig wieder auf die Füße.

»Du bist wunderschön, Julia«, flüsterte er und strich über ihren Rücken, bis seine Finger den Reißverschluss fanden. Er öffnete ihn, und mit einem leisen Rascheln glitt der glatte Stoff an ihr herab und blieb zu ihren Füßen liegen.

Nur noch in Unterwäsche stand Julia da und sah Henry in die Augen. Ein Zittern durchlief sie, weil sie sich noch nie so schutzlos gefühlt hatte. Es war, als stünde sie an der Schwelle zu etwas, das ihre Welt für immer verändern würde. Es machte ihr Angst, aber sie wollte es auch, mehr als sie jemals zuvor irgendetwas in ihrem Leben gewollt hatte.

Deshalb bog sie sich ihm entgegen, als er sie wieder in die Arme schloss und mit den Lippen die Linie ihres Halses entlangfuhr.

Nur ganz kurz noch schoss ihr durch den Kopf, dass es jetzt wirklich kompliziert werden würde. Aber dann sank sie mit Henry auf das Bett und vergaß alles um sich herum.

Im Zimmer wurde es schon hell, als Henry die Augen aufschlug. Einen Moment lang wusste er nicht, was anders war, aber dann begriff er, dass er nicht auf dem Bettsofa lag, sondern im Schlafzimmer. Mit Julia, die er im Arm hielt und die, ihren gleichmäßigen Atemzügen nach zu urteilen, noch fest schlief.

Vorsichtig drehte er sich so, dass er ihr Gesicht sehen konnte. Ihre Haare waren zerzaust und ihre leicht geöffneten Lippen seinen so verlockend nah, dass er gegen das Verlangen ankämpfen musste, Julia noch mal zu küssen und das Feuer neu zu entfachen, von dem er jetzt wusste, dass es in ihr schlummerte.

Verdammt, wenn ihm jemand gesagt hätte, dass ihm die zierliche Frau mit dem verdreckten Kleid, die er an der Landstraße aufgegabelt hatte, im Bett einmal derart den Verstand rauben könnte, dann hätte er vermutlich gelacht. Aber auch in dieser Hinsicht hatte Julia ihn überrascht, so wie sie es fast immer tat …

Er erstarrte, als plötzlich ein so stechender Schmerz durch seinen Kopf schoss, dass er zu atmen vergaß. Hastig hob er die Hand und drückte sie gegen seine Nasenwurzel in dem hilflosen Versuch, sich gegen das Hämmern zu stemmen, das hinter seiner Stirn begann. Wie schon die Male davor dauerte es auch diesmal mehrere Minuten, ehe der Anfall abebbte. Erschöpft ließ er den Arm wieder sinken und starrte an die Decke.

Es wird schlimmer, dachte er und hatte plötzlich Angst. Bisher war es ihm gelungen, die Tatsache zu ignorieren, dass mit seinem Kopf etwas nicht stimmte. Aber so langsam wurde ihm das wirklich unheimlich …

Julia regte sich im Schlaf, und Henry nutzte die Gelegenheit und befreite seinen Arm. Einen Moment lang blieb er noch liegen und betrachtete ihr entspanntes Gesicht. Ihr Anblick tat ihm gut, und er konnte sich nur schwer davon losreißen, als er sich schließlich vorsichtig erhob und aus dem Schlafzimmer schlich. Im Wohnzimmer schlüpfte er in das nächstbeste T-Shirt, das er finden konnte, und zog sich Jeans und Sneakers an. Dann holte er sein Handy aus der Innentasche seines Gehrocks und verließ leise das Cottage. Er ging ein paar Meter, bis er sicher war, dass er Julia mit seinem Telefonat nicht mehr stören würde. Dann rief er Aislings Nummer an. Er musste es lange klingeln lassen, bevor sie dranging.

»Henry?« Ihre Stimme klang verschlafen, und ihm wurde jetzt erst klar, dass es eigentlich zu früh für einen Anruf am Sonntagmorgen war. »Ist was passiert?«, wollte sie wissen.

»Die Symptome werden schlimmer«, gestand er und hörte, wie sie erschrocken einatmete.

»Oh nein, Henry! Ich wünschte, du wärst nicht einfach weggefahren, sondern hättest den Untersuchungstermin bei Professor Rashidi wahrgenommen!«

Das wünschte ich auch, dachte Henry. Es war wirklich die dümmste Entscheidung seines Lebens gewesen, nicht zu dem Spezialisten in Edinburgh zu gehen, den Aisling kannte und bei dem er kurzfristig drangekommen wäre. Aber damals war ihm das alles noch nicht so bedrohlich vorgekommen, und er hatte sich auch nicht auseinandersetzen wollen mit der möglichen Diagnose und ihren Folgen. Stattdessen war er spontan zu Isobell gefahren. Es hatte nur ein kurzer Aufenthalt werden sollen, höchstens ein paar Tage. Aber dann war er in den Wettstreit um die Praxis hineingerutscht und hatte verdrängt, was in Edinburgh auf ihn wartete. Jetzt musste er sich den Tatsachen jedoch endlich stellen.

»Aisling, es tut mir leid. Kannst du …«, er zögerte. »Kannst du mir vielleicht noch mal einen Termin machen?«

»Das brauche ich nicht«, erklärte sie. »Professor Rashidi sagt, er nimmt dich dran, sobald du wieder in Edinburgh bist. Und das tut er nicht für jeden, deshalb kannst du dich glücklich schätzen. Also setzt du dich am besten gleich ins Auto und kommst …«

»Nein«, unterbrach Henry sie erschrocken und dachte an Julia. »Nein, das geht nicht. Ich kann hier noch nicht weg.«

»Du musst endlich zum Arzt, Henry!« Ihre Stimme klang ungehalten. »Wie lange willst du denn noch warten?«

»Nicht mehr lange«, versprach er. »Ich muss hier noch etwas erledigen. Aber das klärt sich im Laufe der Woche. Dann komme ich, Aisling. Versprochen.«

Ein Geräusch ließ ihn herumfahren, und er sah, dass Julia hinter ihm stand. Sie trug ihr Nachthemd, in das sie schnell geschlüpft sein musste, und ihre Füße waren nackt. Mit großen Augen sah sie ihn an und wirkte so verletzlich, dass es ihm einen Stich versetzte.

»Ich muss Schluss machen«, erklärte er Aisling und unterbrach das Gespräch. »Hey«, sagte er dann und ging lächelnd auf Julia zu, weil er das dringende Bedürfnis hatte, sie erneut in die Arme zu nehmen.

»Nein, nicht!« Julia hob die Hand und wich einen Schritt zurück. Sie sah die Überraschung in Henrys Blick, und für einen kurzen Moment wollte sie ihren Widerstand aufgeben.

Aber dann fiel ihr wieder ein, was er eben zu der Frau am Telefon gesagt hatte.

Nicht mehr lange. Das klärt sich im Laufe der Woche. Dann komme ich, Aisling.

Jedes Wort hatte Julia mitten ins Herz getroffen und sie aus dem schönen Traum gerissen, den sie eben noch geträumt hatte.

Die Nacht mit Henry war unglaublich gewesen, wild und zärtlich und erfüllender als alles, was sie je erlebt hatte. Noch nie hatte sie sich bei einem Mann so fallen lassen können wie bei ihm, und als sie aufgewacht war, hatte allein der Gedanke daran, was sie alles getan hatten, sofort neues Verlangen in ihr geweckt.

Aber Henry war nicht mehr da gewesen, deshalb war sie aufgestanden und hatte nachgesehen, wo er war. Sie hatte ihn draußen im Garten entdeckt und war zu ihm gegangen, noch ganz berauscht von ihren Gefühlen für ihn. Sie hatte sogar schon angefangen, an etwas zu denken, das ihr gestern noch unmöglich erschienen war, nämlich daran, den weiteren Weg gemeinsam zu gehen. Vielleicht konnten sie die Praxis teilen oder zusammen führen?

Mit dieser Idee im Herzen war sie zu Henry gegangen, der mit dem Rücken zu ihr telefoniert hatte, und war schon fast bei ihm gewesen, als er diese grausamen Dinge gesagt hatte.

Aisling. Wer immer diese Frau war, sie bedeutete Henry etwas, wenn er mit ihr telefonieren musste, direkt nachdem er mit Julia die Nacht verbracht hatte. Natürlich bedeutete sie ihm etwas. Sonst würde er ihr ja nicht versprechen, zu ihr zurückzukommen.

Julia stöhnte innerlich. Gott, wie dumm sie gewesen war zu glauben, dass sie eine Zukunft mit Henry hatte! Er war überhaupt nicht frei. Und er schien sicher zu sein, dass ihr Wettstreit bald entschieden sein würde. War es sein Plan gewesen, Julia zu verführen, damit sie nicht mehr so viel Widerstand leistete? Der Gedanke bohrte sich wie ein Messer in ihre Brust, und sie wich noch einen Schritt zurück, als Henry erneut auf sie zukam.

»Nein, Henry. Ich … wir …« Sie räusperte sich. »Wir wollten das doch vergessen.«

»Vergessen?«, fragte er, sichtlich irritiert.

»Es war abgemacht, dass wir ab heute wieder vernünftig sind«, erinnerte sie ihn. »Es war nur für eine Nacht, und jetzt ist es vorbei.«

Er schwieg einen Moment, sichtlich fassungslos.

»Das ist nicht dein Ernst«, sagte er und betrachtete sie prüfend, so als suche er nach Anzeichen dafür, dass sie scherzte. Aber sie schaffte es zu ihrer eigenen Verwunderung, keine Miene zu verziehen.

»Das mit uns geht nicht, das hast du selbst gesagt«, beharrte sie. »Wir … machen jetzt einfach da weiter, wo wir aufgehört haben, bevor wir …« Sie hielt inne. »Du weißt schon.«

In Henrys Gesicht arbeitete es, und sie sah einen Muskel in seiner Wange zucken. »Und das kannst du so einfach?«

Nein, dachte Julia. Das konnte sie natürlich nicht. Sie würde diese Nacht niemals vergessen. Aber das durfte er auf gar keinen Fall merken. Wenn er ihr schon das Herz brach, dann wollte sie wenigstens ihren Stolz retten. Deshalb nickte sie.

»Natürlich. Du nicht?«, sagte sie, möglichst leichthin, und hielt Henrys Blick stand.

Er starrte sie lange an, dann wandte er den Kopf ab.

»Wie du meinst.« Seine Stimme klang jetzt hart, so wie damals, als sie ihn kennengelernt hatte und sie wegen der Praxis aneinandergeraten waren, und auch in seinem Blick lag nichts mehr von dem, was sie während der Nacht darin zu sehen geglaubt hatte. »Wahrscheinlich ist es wirklich besser so.«

Julia schluckte gegen den Kloß an, den sie plötzlich im Hals hatte.

»Ich … gehe duschen«, sagte sie und floh zurück ins Haus. Im Badezimmer drehte sie die Dusche voll auf und ließ das Wasser rauschen. Dann lehnte sie sich gegen das Türblatt, rutschte daran herunter und schlug sich eine Hand vor den Mund, um ihr Schluchzen zu ersticken.

Es tat so weh, dass es ihr das Herz zerriss. Wie konnte er letzte Nacht so wundervoll zu ihr sein und sie so unglaubliche Dinge fühlen lassen, wenn er genau wusste, dass daraus nichts werden konnte, weil er zu dieser Aisling zurückmusste? Wie konnte er ihr das antun?

Julia hätte ihm sehr gerne gegen die Brust getrommelt und

ihn angeschrien, was für ein verdammter Scheißkerl er war. Aber dann würde er wissen, dass sie das eben nicht alles kaltließ, und das wollte sie nicht. Deshalb musste sie von jetzt an auf der Hut sein und durfte ihn nicht sehen lassen, wie sehr sie litt. Darin war sie gut, das wusste sie, das hatte sie auf dem Internat zur Genüge üben können.

Weil sie das Wasser nicht ewig laufen lassen konnte, erhob sie sich wieder und zog sich aus. Dann stieg sie in die Dusche und stellte sich unter den warmen Wasserstrahl, der die Tränenspuren von ihren Wangen wusch.

Henry hörte das Wasser rauschen, als er das Cottage betrat. Er war immer noch wie vor den Kopf geschlagen von dem, was Julia gesagt hatte. War sie wirklich so kalt und gleichgültig?

Er hatte noch keine Chance gehabt, darüber nachzudenken, was das eigentlich war zwischen Julia und ihm, und jetzt schien es, als müsste er das auch nicht mehr. Offensichtlich wollte sie ihn gar nicht, was ihn theoretisch hätte erleichtern müssen. Denn er führte keine Beziehungen. Nie. Affären, ja, die hatte er. Aber sobald es ernst wurde, beendete er die Sache. Deshalb hatte Julia recht: Es würde nicht funktionieren. Das wusste er selbst, sie war ihm mit der Aussage nur zuvorgekommen.

Und doch fühlte es sich diesmal anders an. Es tat weh, verdammt. Sehr sogar. Und das irritierte ihn. Wie stellte sie sich das überhaupt vor? Sollte er ernsthaft vergessen, was gestern Nacht zwischen ihnen passiert war, und einfach weiter auf der Couch schlafen?

Sein Blick blieb an seinem Gehrock, dem Hemd und der Weste hängen, die noch auf dem Boden lagen, dort wo Julia sie ihm gestern ausgezogen hatte, und sofort sah er sie wieder vor sich, glaubte, ihren Körper an seinem zu spüren. Nein, er konnte hier nicht weiter wohnen. Mit Julia zu arbeiten war eine Sache, in der Praxis konnte er ihr aus dem Weg gehen. Aber er konnte nicht mehr auf engstem Raum mit ihr zusammenleben.

Kurz entschlossen raffte er seine Kleider vom Boden, sammelte auch den Rest seiner Sachen ein und stopfte alles achtlos in seinen Seesack. Dann verließ er das Gartenhaus und warf die Tür hinter sich zu.

19

»Doktor Campbell wohnt jetzt im ›Fisherman's Inn‹, habe ich gehört?« Marjorie Adams, eine Frau um die vierzig mit blondgefärbten Haaren, sah Julia neugierig an. »Stimmt das?«

»Ja, das ist richtig.« Julia zog die Spritze aus dem Fell des kleinen Yorkshireterriers, der vor ihr auf dem Behandlungstisch saß, und lächelte gezwungen. Sie konnte der anderen Frau ansehen, dass sie auf eine Erklärung wartete, aber die konnte und wollte Julia nicht liefern. Stattdessen konzentrierte sie sich auf ihren vierbeinigen Patienten, dessen Tollwutschutz sie gerade aufgefrischt hatte. »Jack wird von der Impfung vielleicht ein bisschen müde, aber spätestens morgen sollte er wieder fit sein.«

»Schön.« Marjorie Adams nahm ihren Hund auf den Arm. »Sagen Sie, wann entscheidet sich denn nun eigentlich, wer von Ihnen beiden die Praxis übernimmt?«, fragte sie, weil ihr das Thema offenbar keine Ruhe ließ. »Ich meine, man will doch langsam Bescheid wissen.«

Da ist was dran, dachte Julia bei sich. Tatsächlich hätte sie selbst viel darum gegeben, die Situation, so wie sie jetzt war, zu beenden. Doch das lag nicht in ihrer Hand, deshalb zuckte sie mit den Schultern.

»Ich denke, Isobell wird sich dazu äußern, sobald sie Ende der Woche aus Nottingham zurück ist«, erklärte sie.

»Aha.« Marjorie Adams musterte sie immer noch prüfend,

und langsam fragte Julia sich, ob die Auffrischungsimpfung für den Terrier wirklich der Grund für den Termin war oder ob es ihr nicht eher darum ging, an Informationen zu kommen.

»Kann ich sonst noch etwas für Sie tun? Hat Jack irgendwelche Beschwerden?«

»Nein, nein«, versicherte Marjorie Adams ihr hastig. »Wir machen uns dann auch mal wieder auf den Weg. Vielen Dank, Doktor Shaw.«

Sie ging zur Tür, und als diese hinter ihr zufiel, atmete Julia auf.

Es war erst Dienstagnachmittag, aber sie konnte es schon jetzt kaum noch aushalten, dass sie ständig nach den Gründen für Henrys Umzug in den Pub gefragt wurde. Die Nachricht schien sich wieder einmal blitzschnell herumgesprochen zu haben, denn schon als sie gestern Morgen die Praxis geöffnet hatten, war gefühlt jeder darüber informiert gewesen.

Dabei konnte Julia wirklich nicht viel zu diesem Thema sagen. Henry war fort gewesen, als sie am Sonntagmorgen aus der Dusche gekommen war. Er hatte ihr eine kurze Nachricht aufs Handy geschickt, dass er ins »Fisherman's Inn« ziehen würde, wo man auch Zimmer mieten konnte. Weil es besser für sie beide wäre, wenn sie nicht mehr zusammenwohnten.

Seitdem versuchte Julia verzweifelt weiterzumachen, als wäre nichts gewesen. Aber im Gartenhaus erinnerte sie alles an ihre Nacht mit Henry. Und jede Begegnung mit ihm in der Praxis warf sie erneut aus der Bahn. Nicht dass das oft passierte – er war viel unterwegs und ging ihr ansonsten aus dem Weg. Aber wenn sie ihm gegenüberstand, hatte sie große Mühe, sich nichts anmerken zu lassen. Etwas besser klappte der Umgang mit neugierigen Dorfbewohnern wie Marjorie Adams.

Die Einzige, der sie von ihrer Liebesnacht erzählt hatte, war Lucy. Es hatte gutgetan, sich wenigstens ihrer Freundin anzuvertrauen. Bei allen anderen gab sie sich dagegen gleichgültig und tat so, als ginge es sie nichts an, was Henry tat oder nicht tat. Ob die Leute ihr das glaubten, wusste sie nicht, und sie wollte sich gar nicht vorstellen, welche Spekulationen über sie und Henry seit dem Ball in Umlauf waren.

Als sie mit dem Aufräumen des Behandlungszimmers fertig war, sah Julia sich seufzend um. Es war jetzt alles bereit für den nächsten Patienten, aber Gracie schickte ihr niemanden herein. Normalerweise gaben sich die Leute die Klinke in die Hand, heute jedoch hatte Julia – im Gegensatz zu gestern – kaum etwas zu tun. Marjorie Adams war erst ihre dritte Patientin gewesen, und die Sprechstunde näherte sich schon dem Ende. Es erinnerte sie fast ein bisschen an ihre ersten Tage in Carywith, als die Leute sie noch gemieden hatten.

Irritiert verließ sie den Behandlungsraum und ging nach vorne zum Empfang, um sich bei Gracie zu erkundigen, was als Nächstes für sie anstand.

Gracie blickte auf, als sie durch den Flur kam. Sie war am Telefon und machte Julia ein Zeichen, kurz zu warten, während sie mit dem Anrufer redete. »Ja, okay. Ich richte es aus«, sagte sie, für ihre Verhältnisse sehr frostig, und legte nach einem knappen Gruß auf.

»Wer war das?«, erkundigte sich Julia.

»Dein nächster Termin – Dan Bishop mit seinem Pitbull«, erklärte Gracie. »Heute Morgen wollte er noch unbedingt kommen, er sagt, Avenger humpelt seit gestern Abend. Aber gerade rief er an, um abzusagen.« Sie seufzte »Das ist schon die fünfte Absage heute. Ich meine, klar, es kommt schon mal vor, dass jemand doch nicht kommen kann. Aber so oft hintereinander, das ist schon ungewöhnlich.«

»Hatte Henry auch Absagen?«, fragte Julia.

»Nein, bisher nicht«, erwiderte Gracie. »Tatsächlich soll er sogar …«

Sie hielt inne, weil man draußen ein Auto vorfahren hörte. »Vielleicht ein neuer Patient«, spekulierte sie hoffnungsvoll. Doch kurz darauf betrat Henry die Praxis.

»So, ich bin wieder …« Er brach ab, als sein Blick auf Julia fiel, und für einen Moment sahen sie sich stumm an. Julia musste sich zwingen weiterzuatmen. Ihr Körper verriet sie, so wie jedes Mal, wenn sie Henry begegnete, denn ihr Herz schlug wild, und es gelang ihr nicht, den Blick von ihm zu lösen. Aber zumindest schaffte sie es, ihren Gesichtsausdruck zu kontrollieren.

»Ich bin zurück«, beendete Henry seinen Satz.

»Ja, aber du musst gleich wieder los, raus zu den Cliffords«, erklärte Gracie. »Fünf ihrer Kühe hatten eine Mastitis, und bei einer von ihnen wird es nicht besser. Das muss noch mal kontrolliert werden.«

Julia riss sich von Henrys Anblick los und starrte die Sprechstundenhilfe an. »Aber das ist mein Fall«, sagte sie. »Ich war letzte Woche bei den Cliffords.«

»Ich weiß.« Gracie zuckte mit den Schultern. »Aber Aidan Clifford besteht darauf, dass diesmal Henry kommt.«

Julia konnte ihr ansehen, dass sie diese Nachricht nur ungern überbrachte.

»Wieso?«, fragte sie und ballte hilflos die Hände zu Fäusten. »Waren die Cliffords nicht zufrieden mit meiner Arbeit?«

»Das habe ich Aidan auch gefragt«, erwiderte Gracie. »Aber

er hat es nicht begründet. Diesmal muss es Henry sein, meinte er, sonst nichts. Er ist allerdings nie besonders gesprächig.«

Julia blickte zu Henry. War er zufrieden, dass er ihr den Fall abgejagt hatte? Sie konnte seine Miene nicht deuten, aber er sah sie auf eine so intensive Weise an, dass ihr ganz warm wurde.

»Tja, dann mache ich mich mal auf den Weg. Ist ja ein Stück raus zu den Cliffords«, sagte Henry. »Ich denke, ich komme anschließend nicht mehr rein, sondern mache direkt Schluss. Die Sprechstunde ist ja fast vorbei.«

Er verabschiedete sich knapp und verließ die Praxis wieder.

Unglücklich blickte Julia ihm nach. Gott, sie musste ihre Gefühle für ihn in den Griff bekommen, sonst wurde sie noch wahnsinnig! Sie atmete tief durch und wandte sich wieder Gracie zu, nur um festzustellen, dass diese sie nachdenklich musterte.

»Sag mal, was ist da eigentlich los bei dir und Henry?«, wollte sie wissen. »Am Samstag auf dem Ball hattet ihr nur Augen füreinander und habt den ganzen Abend zusammen getanzt, als könntet ihr euch gar nicht trennen. Und jetzt wohnt er unten im Ort, und ihr redet kaum noch drei Worte miteinander. Das kann man ja kaum mitansehen.« Sie schüttelte den Kopf. »Es geht mich natürlich nichts an. Aber irgendetwas muss doch passiert sein.«

Julia wand sich unter dem fragenden Blick der Sprechstundenhilfe, und ihr erster Reflex war, alles abzustreiten. Aber das würde ihr Gracie ganz sicher nicht glauben, deshalb zuckte sie nur hilflos mit den Schultern.

»Ja, es ist etwas passiert. Und ich dachte auch, da wäre mehr zwischen Henry und mir. Aber …« Sie schluckte. »Aber er will mich nicht. Es geht ihm nur um die Praxis.«

Gracie hob überrascht die Augenbrauen. »Na, wenn du dich da mal nicht täuschst«, erwiderte sie.

»Wie meinst du das?«, wollte Julia wissen und hasste es, dass die Worte der Sprechstundenhilfe Hoffnung in ihr weckten. »Hat Henry etwas zu dir gesagt?«

»Nein, das nicht«, erwiderte Gracie. »Das muss er auch gar nicht. Ich kenne ihn schon etwas länger als du, und ich habe Augen im Kopf: Dem Jungen geht es schlecht. Und wenn du mich fragst, dann bist du der Grund dafür.«

Julia dachte an das Telefonat, das sie mit angehört hatte und das sich seitdem ständig in ihrem Kopf wiederholte. »Nein, da irrst du dich. Er …« Sie zögerte, aber dann sprach sie doch aus, was sie schon seit zwei Tagen quälte. »Er hat eine andere.«

Gracie, die gerade Patientenakten ordnete, hielt in der Bewegung inne. »Bist du sicher?«

Unglücklich nickte Julia. »Ich habe gehört, wie er mit ihr telefoniert hat. Er hat ihr versprochen, dass er bald zu ihr zurückkommt. Er will nur noch warten, bis Isobell sich entschieden hat.«

»Und warum hat er nie erwähnt, dass er eine Freundin hat?« Gracie wirkte immer noch skeptisch. »Das hätte er uns doch nicht verschweigen müssen.« Sie schüttelte den Kopf. »Nein, das glaube ich nicht«, fuhr sie fort. »Wenn du mich fragst, dann denkt er nur an eine Frau, und das bist du.«

Julia verschränkte die Arme vor der Brust. Sie hätte Gracie sehr gerne geglaubt, aber sie wusste, was sie gehört hatte. »Ich wünschte, Isobell wäre wieder da«, sagte sie voller Inbrunst. »Dann könnte sie endlich entscheiden, wer von uns die Praxis bekommt, und die Sache hätte ein Ende.« Sie seufzte tief. »Hat sie sich eigentlich gemeldet? Sie wollte uns doch mitteilen, wann sie zurückkommt.«

»Das hat sie leider vergessen«, sagte jemand hinter ihr, und als Julia sich umdrehte, sah sie Isobell in die Praxis kommen. »Tut mir leid, ich wollte anrufen, aber es war alles ein bisschen hektisch. Ich hab einfach nicht mehr daran gedacht.«

»Wenn du uns Bescheid gesagt hättest, dann hätten wir dich vom Bahnhof abholen können«, meinte Gracie.

Julia nickte. »Genau. Das wäre gar kein Problem gewesen.«

»Ach, ich habe mir ein Taxi genommen«, erwiderte Isobell. »Und dann war ich erst noch im ›Fisherman's Inn‹. Die Herrschaften, die um diese Zeit bei Declan an der Theke sitzen und ihr erstes Feierabendbier genießen, schulden mir alle noch den einen oder anderen Gefallen. Am Ende haben sie sich fast darum gestritten, wer mich nach Hause fahren darf. Seamus Bodilly war dann so nett.«

»Aber warum bist du denn überhaupt schon zurück?« Gracie grinste. »Gib es zu, du hattest Sehnsucht nach uns!«

»Ja, das auch.« Isobell lehnte sich an die Theke. Ihre hochgesteckten weißen Haare waren ein bisschen zerzaust, und ihre Augen blitzten lebhaft. »Aber vor allem hatte ich keine Lust mehr, das fünfte Rad am Wagen zu sein«, erklärte sie. »Emma hat nämlich einen neuen Verehrer, von dem sie vorher gar nichts erwähnt hatte. Es ist ihr Nachbar, und der Kerl ist die Pest. Ständig kam er rüber und wollte etwas mit uns unternehmen. Vor lauter Ausflügen sind wir gar nicht richtig dazu gekommen, unsere Pläne zu diskutieren.« Sie seufzte. »Gestern hat er dann vorgeschlagen, für den Rest der Woche in die Cotswolds zu fahren und dort zu wandern. Emma war sofort Feuer und Flamme, aber mir war es endgültig zu viel. Deshalb habe ich die beiden allein fahren lassen und bin wieder abgereist.« Sie richtete den Blick auf Julia, und ihr Lächeln verschwand schlagartig. »Und das war vermutlich ganz gut so, denn hier scheine ich ja einiges verpasst zu haben«, sagte sie mit einem so merkwürdigen Unterton in der Stimme, dass Julia aufhorchte.

»Wie meinen Sie das?«, fragte sie unsicher.

»Das erkläre ich Ihnen drüben bei einer Tasse Tee«, sagte Isobell und wandte sich an Gracie. »Ist Henry unterwegs? Ich hab gesehen, dass sein Auto weg ist.«

»Er ist zu den Cliffords rausgefahren«, bestätigte Gracie. »Und er kommt auch nicht mehr rein, sagt er.«

»Gut«, meinte Isobell. »Ich möchte nämlich mit Julia unter vier Augen reden.« Sie ging zur Tür, dann wandte sie sich um und sah Julia auffordernd an. »Kommen Sie?«

»Aber die Sprechstunde ist noch nicht zu Ende«, widersprach Julia. »Jemand muss doch in der Praxis sein.«

»Gracie weiß, wo wir sind«, erwiderte Isobell. »Außerdem denke ich nicht, dass Sie heute noch viel zu tun haben werden. Deshalb will ich ja mit Ihnen sprechen.« Sie öffnete die Tür und hatte die Praxis verlassen, bevor Julia nachfragen konnte.

»Verstehst du das?«, wandte sich Julia an Gracie.

Die Sprechstundenhilfe schüttelte den Kopf. »Aber du solltest sie nicht warten lassen. Scheint was Ernstes zu sein.«

Mit einem flauen Gefühl im Magen ging Julia ebenfalls nach draußen. Isobell war schon an der Tür zum Cottage und deutete auf den Koffer, der nicht weit von ihr entfernt auf dem Kies stand.

»Wären Sie so lieb und bringen den mit rein?«, rief sie Julia zu. »Seamus hatte es eilig, wieder zurück in die Kneipe zu kommen, und hat ihn einfach stehen lassen.«

»Natürlich«, erwiderte Julia und trug den Koffer ins Haus. Sie stellte ihn im Flur ab und ging dann in die Küche, wo

Isobell dabei war, mit routinierten Handgriffen die Teekanne vorzubereiten. Den Wasserkocher hatte sie bereits gefüllt und angestellt.

»Setzen Sie sich«, sagte sie mit ernster Miene.

Julia nahm am Küchentisch Platz und wartete angespannt, während Isobell den Tee aufgoss. Und die alte Tierärztin ließ sich quälend viel Zeit, tat alles mit Bedacht. Schließlich hatte sie zwei Becher mit Tee gefüllt und stellte einen vor Julia auf den Tisch, bevor sie sich ebenfalls setzte.

»Wie viele Patienten hatten Sie heute?«, erkundigte sie sich.

»Drei«, antwortete Julia. »Eigentlich wären es mehr gewesen, aber es gab einige Absagen.« Sie zögerte. »Und manche wollten auch lieber Henry.«

»Ja, das dachte ich mir schon.« Isobell lehnte sich auf ihrem Stuhl zurück. »Als ich vorhin im ›Fisherman's Inn‹ war, musste ich nämlich feststellen, dass Sie dort gerade das Gesprächsthema Nummer eins sind.«

»Wirklich?« Julia schluckte beklommen. »Ging es um mich und Henry?«

»Nein, es ging nur um Sie«, erwiderte Isobell. »Und um ein Rennpferd namens Dominion.«

20

Julia war froh, dass der Becher mit dem Tee noch vor ihr auf dem Tisch stand. Hätte sie ihn festgehalten, wäre er ihr vielleicht vor lauter Schreck aus der Hand gefallen. Ihr war plötzlich kalt.

»Was …?« Sie schluckte. »Ähm … was sagen die Leute denn?«

»Es heißt, Sie hätten das Pferd falsch behandelt, sodass es jetzt für den Sport nicht mehr taugt. Und dass Sie deswegen aus Ihrem letzten Job gefeuert wurden.« Isobell hob die Augenbrauen. »Ist da was dran?«

»Nein. Oder doch«, stotterte Julia, völlig überrumpelt. »Es stimmt, Dominion war mein Patient. Aber es war ganz anders!«

Die alte Dame lehnte sich auf ihrem Stuhl zurück. »Ich höre«, sagte sie mit sehr ernster Miene, und Julia suchte hektisch nach den richtigen Worten.

»Sie wissen ja, dass ich zuletzt an der St. George's Vet Clinic in London gearbeitet habe«, erklärte sie schließlich. »Dort habe ich oft Sportpferde behandelt, unter anderem Dominion, einen jungen Galopper, der schon mehrere Rennen gewonnen hatte und als kommender Champion gehandelt wurde.« Sie dachte an den schönen Rappen mit der langen Mähne. »Als er zu mir kam, lahmte der Hengst vorne rechts. Er konnte kaum noch auftreten, und die Diagnose war eigentlich eindeutig.«

»Hufrehe?«, fragte Isobell, die natürlich wusste, dass diese sehr schmerzhafte Entzündung der Hufhornhaut häufig für Lahmheiten sorgte. Als Julia nickte, runzelte sie die Stirn. »Eigentlich ungewöhnlich bei einem Tier, das so gepflegt und überwacht wird, oder?«

»Meiner Erfahrung nach kann es jedes Pferd treffen«, erwiderte Julia. »Aber die Besitzer waren auch der Meinung, dass ich mich irren müsste. Schließlich waren sie mit Dominion ständig beim Hufschmied, der ihm nicht nur die Eisen genau anpasste, sondern die Beschläge auch genau kontrollierte.« Sie zuckte mit den Schultern. »Ich habe ihnen gesagt, dass es genau diese ständigen Bearbeitungen gewesen sein könnten, die die Hufléderhaut gereizt haben. Davon wollten sie nichts wissen. Sie haben mir den Fall entzogen und sind in eine andere Klinik gewechselt. Was dort passiert ist, weiß ich nicht, aber offenbar wurde die Hufrehe nicht erkannt. Schließlich kamen die Besitzer doch zu uns zurück, und als die Diagnose dann endlich feststand, hatte sich Dominions Zustand verschlimmert. Es war klar, dass er lange ausfallen würde, und die Besitzer beschuldigten mich, nicht sofort die richtige Diagnose gestellt zu haben. Sie gaben mir die Schuld, dass sich die Behandlung so lange verzögert hatte, und drohten mit einer Klage auf Schadensersatz.«

Isobell sog erschrocken die Luft ein. »Mein Gott, wie unangenehm! Aber Sie konnten doch sicher nachweisen, dass Sie die richtige Diagnose gestellt hatten?«

Julia schüttelte den Kopf. »Eben nicht, das war ja das Problem. Ich hatte meine Untersuchungsergebnisse natürlich in den Patientenunterlagen vermerkt, aber als es zu dem Streit kam, fehlten meine Aufzeichnungen in Dominions Krankenakte.« Julia spürte, wie sich wieder dieser heiße Knoten in ihrem Magen bildete, als sie daran dachte, wie verzweifelt sie zu beweisen versucht hatte, dass sie im Recht war. »Ich weiß genau, dass ich es dokumentiert habe, aber der Eintrag war nicht mehr zu finden. Dadurch sah es so aus, als wäre es tatsächlich mein Fehler gewesen.«

»Und kam es zu einer Anklage?«, fragte Isobell besorgt.

Julia schüttelte den Kopf, »Nein, das hat die Klinikleitung verhindert. Sie wollten keine öffentliche Verhandlung, deshalb haben sie irgendeinen Deal mit den Besitzern gemacht. Die Details kenne ich nicht.«

»Und Sie wurden entlassen?«, wollte Isobell wissen.

»Nein, ich habe gekündigt, um dem zuvorzukommen«, erklärte Julia. »Ich hatte ja keine Chance, meine Unschuld zu beweisen. Deshalb hatte ich nicht das Gefühl, in der Klinik weiterarbeiten zu können. De facto fühlte es sich aber wie eine Entlassung an.«

Isobell trank von ihrem Tee und stellte den Becher vor sich auf dem Tisch ab. »Und warum haben Sie mir das alles verschwiegen?«

Julia spürte, wie sie errötete. »Das wollte ich gar nicht. Ich hatte vor, Ihnen die ganze Geschichte zu erzählen, direkt nach meiner Ankunft. Aber dann war Henry da und wollte die Praxis auch, und ich hatte Angst, dass die Geschichte ein Grund für Sie wäre, mich als potenzielle Nachfolgerin auszuschließen.«

Isobell schwieg einen Moment. »Wissen Sie, ich würde jetzt gerne behaupten, dass ich nicht so schnell geurteilt hätte«, meinte sie dann. »Aber ich war sehr unter Druck, als Henry und Sie eine Entscheidung von mir verlangt haben. Deshalb kann es schon sein, dass mir diese Sache ein willkommener Anlass gewesen wäre, Sie abzulehnen.« Sie lächelte.

»Aber inzwischen habe ich gesehen, wie Sie arbeiten, Julia. Ich weiß, was Sie können, und ich bin ganz sicher, dass Sie auch bei diesem Rennpferd nichts falsch gemacht haben.«

Julia atmete auf. »Dann habe ich immer noch eine Chance, die Praxis zu bekommen?«

Sie erwartete, dass Isobell ihre Frage bejahen würde. Doch die alte Dame zögerte.

»Wenn es nur nach mir ginge, dann auf jeden Fall«, erwiderte sie. »Aber dieses Gerücht über Sie ist ein Problem. Sie müssen das irgendwie aus der Welt schaffen, denn wenn die Leute glauben, Sie wären nicht vertrauenswürdig, dann kommen Sie nicht mehr zu Ihnen. Das haben Sie ja heute schon erlebt.«

Julia schluckte beklommen. »Woher wissen die Leute überhaupt von der Geschichte?«

»Aus dem Internet vielleicht?«, meinte Isobell. »Ich nehme an, das lässt sich recherchieren, wenn man danach sucht?«

Das stimmte leider, aber eigentlich waren die Details nur in Fachkreisen diskutiert worden. Man musste schon sehr gezielt nach den Informationen dazu suchen, und dafür brauchte es einen Anfangsverdacht. Mit Schrecken fiel ihr ein, dass sie Dominion Henry gegenüber erwähnt hatte, im Halbschlaf an dem Abend, als sie Duncans Schafe gerettet hatten. Konnte er hinter dieser Sache stecken? Der Gedanke nahm ihr den Atem. Nein, so gemein war er nicht. Oder?

»Was mache ich denn jetzt?«, fragte sie Isobell. »Ich kann doch nicht zu jedem Einwohner von Carywith gehen und die Geschichte richtigstellen!«

»Ich weiß es auch nicht«, sagte Isobell. »Aber mit jeder Stunde, in der die Leute unten bei Declan im Pub zusammenhocken und darüber diskutieren, wird es schlimmer. Das

Gerede ruiniert den Ruf, den Sie sich aufgebaut haben, und dann können Sie hier vielleicht bald nicht mehr arbeiten.«

Julias Herz raste, und für einen Moment überkam sie Panik. Aber dann zwang sie sich durchzuatmen und merkte, wie ihr Kampfgeist erwachte. Nein, sie war nicht bereit, das aufzugeben, was sie erreicht hatte! Sie musste wenigstens versuchen, die Leute davon zu überzeugen, dass sie sich nichts hatte zuschulden kommen lassen.

»Wer hat Ihnen denn davon erzählt?«, erkundigte sie sich.

»Seamus Bodilly«, antwortete Isobell. »Auf so eine Geschichte stürzt er sich natürlich. Allerdings glaube ich nicht, dass er sie in die Welt gesetzt hat. Das muss jemand anderes gewesen sein.«

»Und wer sitzt unten im Pub?«, hakte Julia nach. »Wer genau, meine ich?«

»Das halbe Dorf«, antwortete Isobell mit einem Schulterzucken. »So genau kann ich das nicht sagen. Aber es waren schon einige da.«

Julia blickte auf die Uhr. Es war kurz vor sechs, also füllte sich das ›Fisherman's Inn‹ gerade erst. Im Laufe des Abends würden sicher noch etliche Dorfbewohner dort vorbeischauen. Wenn sie also verhindern wollte, dass die Geschichte weiter herumerzählt und vielleicht sogar ausgeschmückt wurde, musste sie sofort etwas unternehmen.

»Okay, dann fahre ich jetzt runter in den Ort und rede mit den Leuten«, verkündete sie. »Wenn sie gerade im ›Fisherman's Inn‹ sitzen und über mich lästern, dann erwische ich alle an einem Fleck und habe eine Chance, meine Seite der Geschichte zu schildern.«

»Sie wollen in die Höhle des Löwen?« Skeptisch runzelte Isobell die Stirn. »Damit machen Sie es vielleicht schlimmer.«

»Das muss ich riskieren«, erklärte Julia und erhob sich. »Es ist besser, als hier rumzusitzen und nichts zu tun. Schließlich haben Sie selbst gesagt, dass ich gegensteuern muss.«

»Na, Sie trauen sich was.« Ein leichtes Lächeln spielte um Isobells Lippen. Dann wurde sie wieder ernst. »Trotzdem noch ein Wort der Warnung: Überlegen Sie sich Ihre Argumente gut, sonst gießen Sie nur Öl ins Feuer.«

Sie stand auf und kam mit zur Haustür. »Viel Glück«, wünschte sie ihr beim Abschied, und Julia hatte das Gefühl, dass sie es wirklich so meinte, deshalb setzte sie sich voller Elan ins Auto und fuhr vom Hof.

Doch noch bevor sie den Ortsausgang von Carywith erreichte, überkamen sie wieder Zweifel. Es war eine Sache, Isobell – die ihr wohlgesonnen war – davon zu überzeugen, dass sie keinen Fehler gemacht hatte. Aber würden ihr die Farmer glauben, die ihr ohnehin immer misstraut hatten? Das abweisende Gesicht von Seamus Bodilly tauchte vor ihrem inneren Auge auf. Er fühlte sich jetzt sicher bestätigt in der Annahme, dass einer Städterin wie Julia nicht zu trauen war. Welche Argumente sollte sie vorbringen, um ihn von dieser Meinung wieder abzubringen?

Kurz war Julia versucht, Lucy anzurufen und sie zu bitten, ebenfalls in den Pub zu kommen. Ihre Freundin hätte ihr sicher beigestanden. Aber dann wurde ihr klar, dass sie das alleine hinbekommen musste.

Sie parkte den Mini am Hafen und ging von dort zu Fuß zum »Fisherman's Inn«. Das hohe Gebäude mit der hübschen Steinfassade lag direkt an der Promenade und ragte über die benachbarten Häuser hinaus. Im Erdgeschoss hatte es große Sprossenfenster, und unter dem gemalten Schild über der Tür hing ein künstlicher Hecht von mindestens anderthalb

Metern Länge. Julia fand ihn ziemlich hässlich, aber er passte irgendwie zu dem etwas schrägen Pub, dessen Dekoration auch innen die Fischerei zum Thema hatte. An den Wänden hingen Netze und weitere künstliche Fische, und vor der Bar, die – ebenso wie Tische und Stühle – aus lackiertem hellem Holz bestand, prangte die geschnitzte Figur einer vollbusigen Frau, von der die Farbe abblätterte und die an irgendeinem Schiff einmal als Galionsfigur gedient haben musste.

Bei ihrem ersten Besuch war Julia von der kitschigen, überladenen Dekoration befremdet gewesen, aber inzwischen sah sie darüber hinweg und schätzte das, was auch die übrigen Dorfbewohner so am »Fisherman's Inn« liebten – nämlich, dass es Platz für alle bot. An der Theke, hinter der Declan Spargo stand und zapfte, trafen sich fast ausschließlich die Farmer und die Fischer, Frauen wie Männer, und klönten bei Bier und Schnaps. Die übrigen Gäste setzten sich eher an die Tische, tranken etwas oder ließen sich Fish and Chips oder eines der anderen deftigen Gerichte schmecken, die auf Declans Karte standen. Ältere Damen, die sich zum Tee verabredeten, fand man genauso wie Familien, Paare oder ganze Touristengruppen, die hier auf Bustouren eine Pause einlegten.

Als Julia den Schankraum betrat, herrschte wie immer reges Treiben, und das Stimmengewirr übertönte die Folkmusik, die im Hintergrund lief. Alle waren so in ihre Gespräche vertieft, dass zunächst niemand auf Julia achtete, deshalb nutzte sie den Moment, um sich umzusehen und herauszufinden, welche Gäste sie kannte.

Als Erstes entdeckte sie Caitlin Stanton, die mit dem Rücken zu ihr an einem Tisch ganz in der Nähe saß und sich mit ein paar gleichaltrigen Frauen unterhielt. An der vollbesetzten Bar bemerkte Julia außerdem Seamus Bodilly, seinen Sohn Tom, den alten Duncan Fraser und die Coopers. Letztere waren ihr sicher wohlgesonnen, genau wie Duncan und auch Declan, der hinter der Bar stand. Doch die schiere Anzahl der Leute, die sie konfrontieren musste, machte Julia ein bisschen Angst.

Als sie gerade überlegte, wie sie sich bemerkbar machen sollte, spürte sie etwas an ihrem Bein.

»Duke!«, rief sie überrascht und bückte sich zu dem Retriever hinunter, der schwanzwedelnd vor ihr stand. Er musste noch eine Halskrause tragen, hatte sich aber von dem Eingriff schon überraschend gut erholt, wie Julia zufrieden feststellte.

»Hey, wie geht's denn meinem tapferen Kämpfer?« Sie kraulte Duke hinter den Ohren und wehrte ihn lächelnd ab, als er versuchte, ihr über das Gesicht zu lecken.

»Na, sieh mal einer an, wer sich zu uns verirrt hat!«, rief eine Frauenstimme, und als Julia sich wieder aufrichtete, sah sie, dass Caitlin Stanton sich auf ihrem Platz umgedreht hatte und sie mit einem hämischen Grinsen ansah. »Dass Sie sich noch hierhertrauen! Ich an Ihrer Stelle würde meine Sachen packen und verschwinden. Wir wissen jetzt nämlich Bescheid über Sie!«

»Nein, das tun Sie nicht«, gab Julia zurück und atmete noch einmal tief durch. Dann steckte sie zwei Finger in den Mund und stieß einen lauten Pfiff aus.

Die Unterhaltungen verstummten schlagartig, und die Leute drehten sich zu ihr um.

»Doktor Chegwin hat mir berichtet, dass im Dorf Gerüchte über mich in Umlauf sind!«, rief sie, so laut, dass ihre Stimme auch diejenigen erreichte, die ganz hinten saßen. »Und ich würde da gerne etwas richtigstellen.«

Ein Raunen ging durch die Menge, und sie sah, wie die Leute anfingen, die Köpfe zusammenzustecken. Deshalb sprach sie rasch weiter.

»Es stimmt, was Sie gehört haben: Ich habe den Galopper Dominion behandelt. Aber an meiner Behandlung war nichts falsch.«

Sie hielt inne, überrascht davon, wie ruhig es plötzlich wieder war. Offenbar waren die Leute neugierig auf ihre Erklärung.

»Ich habe die korrekte Diagnose gestellt«, fuhr sie fort. »Außerdem wurde ich nicht entlassen, sondern habe gekündigt. Deshalb möchte ich Sie bitten, den Gerüchten nicht zu glauben. Ich bin eine gute Tierärztin, was ich hoffentlich vielen von Ihnen bereits beweisen konnte.«

»Das sage ich den Leuten schon die ganze Zeit!«, rief Declan Spargo und winkte ihr von der Theke aus zu. »Sie sind die Beste, Doktor Shaw! Sie haben meinen Duke gerettet! Das vergesse ich Ihnen nie!«

Wieder hörte man Murmeln, und Julia bemerkte erleichtert, dass einige Anwesende nickten, darunter Duncan Fraser, der jetzt von seinem Barhocker rutschte.

»Ich gebe auch nichts auf diese Geschichte«, rief der alte Farmer. »Aber bei manchen redet man sich den Mund fusselig. Die wollen einfach nicht zuhören!«

»Wozu auch, wenn es doch stimmt!«, mischte sich jetzt Caitlin Stanton wieder ein. Sie hatte sich erhoben, und ihre Augen funkelten zornig. »Ich wusste gleich, dass Sie etwas zu verbergen haben! Und zum Glück konnte ich das noch rechtzeitig aufdecken, bevor Isobell Sie zur Dorftierärztin ernennt.«

Julia starrte sie ungläubig an. »Dann waren Sie das?«, fragte sie, ehrlich erschrocken über den Hass im Blick der anderen Frau. »Sie haben dieses Gerücht verbreitet?«

»Es ist kein Gerücht«, widersprach Caitlin. »Ich habe auf dem Sommerball Ihre Freundin Stella kennengelernt. Sie hat mir von der Sache erzählt, und sie muss es doch wohl wissen.

»Stella hat mit Ihnen über mich gesprochen?«, wiederholte Julia entsetzt und erinnerte sich plötzlich, dass sie ihre ehemalige Freundin an dem Abend tatsächlich bei Caitlin hatte stehen sehen. Aber sie war zu beschäftigt mit Henry gewesen, um dem irgendeine Bedeutung beizumessen.

»Ja, und ich fand unser Gespräch sehr aufschlussreich«, verkündete Caitlin. »Ihre Freundin war nämlich zuerst sehr verwundert, dass Sie jetzt hier in Cornwall sind. Aber dann fand sie es logisch, dass sie nicht mehr in London arbeiten wollen, nach dem Skandal um das kranke Rennpferd.«

Julia stöhnte innerlich und fragte sich, warum Stella ihr das auch noch antat. Hatte es ihr nicht gereicht, ihr den Freund auszuspannen? Aber wenigstens hatte Henry nichts mit den Gerüchten zu tun, was sie sehr erleichterte.

»Es hat meinen Verdacht bestätigt, dass mit Ihnen etwas nicht stimmt«, fuhr Caitlin fort. »Also habe ich angefangen zu recherchieren.«

»Nur schade, dass Sie dabei nicht gründlicher waren«, erwiderte Julia. »Dann hätten Sie nämlich herausgefunden, dass mir kein Behandlungsfehler nachgewiesen wurde. Und dass ich auch nicht gefeuert wurde, sondern selbst gekündigt habe.«

»Haarspalterei«, gab Caitlin aufgebracht zurück. »Es ist vielleicht nicht zu einer Verhandlung gekommen. Aber das bedeutet nicht, dass Sie unschuldig sind.« Sie stemmte die Hände in die Hüften. »Oder können Sie beweisen, dass Sie bei Dominion die richtige Diagnose gestellt haben? Wenn ich es richtig verstanden habe, dann war das doch genau das Problem, oder nicht?«

Julia sah in die vielen Augenpaare, die auf sie gerichtet waren, und wusste plötzlich, dass es ein Fehler gewesen war herzukommen. Warum sollten die Leute ihr glauben? Sie hatte nichts vorzuweisen, das ihre Unschuld belegte.

Resigniert zuckte sie mit den Schultern. »Nein«, erwiderte sie. »Beweisen kann ich es leider nicht.«

»Das musst du auch nicht«, sagte jemand hinter ihr, dessen Stimme ihr schmerzhaft vertraut war.

Sie drehte sich um und sah Henry in der Tür des Pubs stehen.

21

Julia schlug das Herz plötzlich bis zum Hals, und sie schaffte es nicht, den Blick von Henry zu lösen, der mit seiner großen Statur den Türrahmen fast völlig ausfüllte. Sein Gesichtsausdruck war so grimmig, dass niemand etwas sagte. Nur Caitlin lachte nervös.

»Henry, wie schön, da bist du ja«, meinte sie. »Ich habe schon versucht, dich anzurufen, aber du bist nicht rangegangen. Stell dir vor, Doktor Shaw hat …«

»Ich hab's von den Cliffords gehört.« Henry betrat den Raum, stellte sich neben Julia und blickte in die Runde der Gäste. »Aber das glaubt ihr nicht ernsthaft, oder? Niemand hier bezweifelt hoffentlich, dass Julia Shaw eine ganz ausgezeichnete Tierärztin ist!«

Ein Raunen erhob sich, und Julia sah die Irritation in den Gesichtern. Damit, dass ausgerechnet Henry sich in die Auseinandersetzung einmischen könnte, hatte offenbar niemand gerechnet. Am allerwenigsten Caitlin, der es gar nicht zu passen schien, dass er auf Julias Seite war.

»Aber Henry, verstehst du denn nicht?«, begann sie erneut. »Sie hat …«

»Sie hat einen verdammt guten Job gemacht, seit sie hier angekommen ist«, fiel Henry ihr ins Wort. »Und das ist doch wohl die Hauptsache, oder nicht?« Er blickte sich um, sah die Leute herausfordernd an. »Ich war selbst anfangs sehr skeptisch, was Julia angeht. Aber inzwischen habe ich sie arbeiten sehen und weiß, was sie draufhat. Sie erkennt auf den ersten Blick, was einem Tier fehlt, und sie operiert besser als ich. In meinen Augen ist sie eine sehr kompetente Veterinärin, bei der eure kranken Tiere in den besten Händen sind.«

Einen Moment lang war es ganz still, dann redeten plötzlich alle aufgeregt durcheinander.

»Du musst mich nicht verteidigen«, flüsterte Julia verlegen.

Statt zu antworten, wandte Henry sich erneut an die Gäste im Pub.

»Ich habe keine Ahnung, was da in London passiert ist«, sagte er. »Aber ich glaube Julia, wenn sie sagt, dass sie keinen Fehler gemacht hat. Ihr solltet froh sein, dass jemand wie sie hier in Carywith praktizieren möchte, anstatt auf irgendwelche Gerüchte zu hören!«

»Genau!«, rief Declan. »Diese alte Geschichte spielt doch überhaupt keine Rolle!«

»Ich glaube Doktor Shaw auch«, mischte sich Duncan noch einmal ein und erntete dafür zustimmende Rufe. Stimmengewirr erhob sich wieder, und Julia hatte den Eindruck, dass die Leute sich gegenseitig darin bestärkten, die Geschichte zu vergessen. Man konnte richtig spüren, wie die Stimmung zu ihren Gunsten kippte.

»Ich hoffe, damit ist die Sache vom Tisch«, sagte Henry zu Julia, als die anderen ihre Unterhaltungen fortsetzten und sie nicht mehr im Mittelpunkt der Aufmerksamkeit standen.

»Danke, aber …« Sie starrte ihn an, hin- und hergerissen zwischen Erleichterung und Verwirrung. »Aber warum hast du das gemacht? Du hättest die Praxis bekommen, wenn du nichts gesagt hättest. Du hättest gegen mich gewinnen können.«

»Ich will nicht mehr gewinnen. Cove Cottage gehört dir, Julia.« Er rieb sich über die Stirn, und sie bemerkte zum ersten Mal, wie blass er war. »Entschuldige, ich muss los.«

Er ließ sie stehen und ging durch die Schwingtür neben der Bar, hinter der Julia die Gästezimmer vermutete.

»Doktor Shaw?«, rief Declan. »Kommen Sie zu uns, ich gebe einen aus auf Ihr Wohl!«

»Und ich gehe besser«, zischte Caitlin. »So viel Unehrlichkeit hält ja niemand aus.« Damit rauschte sie dicht an Julia vorbei und verließ den Pub.

Aber Julia achtete gar nicht auf sie, sondern folgte Henry durch die Schwingtür, die in einen schmalen Flur mündete. Eine Treppe führte in den ersten Stock, und Julia erklomm hastig die Stufen. Oben schloss sich ein weiterer Flur an, von dem mehrere Türen abgingen. Eine davon war nur angelehnt.

»Henry?«, fragte Julia und schob die Tür vorsichtig auf.

Er stand in dem kleinen Gästezimmer mit auffälliger Blumentapete und war dabei, seine Sachen in den großen Seesack zu packen.

Entsetzt starrte Julia ihn an. »Du willst gehen? Einfach so?«

Er hob kurz den Kopf und nickte, dann richtete er den Blick wieder auf sein Gepäck. »Ich weiß nicht, wieso du mich so erschrocken ansiehst«, erwiderte er. »Das war es doch, was du die ganze Zeit wolltest, oder nicht? Ich sollte aufhören, dir Cove Cottage streitig zu machen. Und das tue ich jetzt.«

Julia schluckte. »Aber dir war es doch auch wichtig, die Praxis zu übernehmen!«, beharrte sie. »Wieso gibst du plötzlich auf?«

Er stopfte ein Hemd in den Seesack. »Weil mir klar geworden ist, dass du geeigneter bist als ich«, erwiderte er, und als er Julia diesmal ansah, erkannte sie in seinen Augen, wie aufgewühlt er war. »Du gehörst hierher und ich nicht. So einfach ist das.«

»Henry …« Instinktiv wollte sie auf ihn zugehen, aber er hob abwehrend die Hand und wandte sich ab.

»Und außerdem kann ich sowieso nicht bleiben«, sagte er. »Ich muss zurück nach Edinburgh und dort etwas erledigen. Das ist sehr wichtig, und ich weiß nicht, was dabei herauskommen wird. Deshalb …« Er schüttelte den Kopf, so als müsste er einen unangenehmen Gedanken vertreiben. »Deshalb ist es wirklich besser so.«

Er ging in das angrenzende Bad, und Julia hörte ihn dort rumoren. Kurz darauf kehrte er mit seiner Kulturtasche unter dem Arm wieder zurück und stopfte auch diese in seinen Seesack. Nach einem letzten Blick durch das Zimmer zog er den Seesack zu und schulterte ihn. Er wollte in den Flur gehen, aber Julia streckte die Arme aus und versperrte ihm den Weg.

»Du kannst nicht gehen«, beharrte sie, weil sie den Gedanken, dass er einfach aus ihrem Leben verschwinden würde, nicht ertragen konnte. »Ich …« Sie schluckte. »Ich will nicht, dass du gehst!«

Henry sah den entsetzten Ausdruck in Julias Bernsteinaugen und fluchte innerlich. Der Kopfschmerz, der hinter seiner Stirn pochte, machte es ihm schwer zu denken. Trotzdem war ihre Reaktion eindeutig nicht das, was er erwartet hatte. Aber wann hätte sie ihn je nicht überrascht?

Er war fest davon ausgegangen, dass sie froh sein würde, dass er sich zurückzog aus dem Rennen um die Praxis. Im Grunde wusste er schon lange, dass er ihr den Vortritt lassen musste. Er hatte es nur noch nicht fertiggebracht, tatsächlich einen Schlussstrich zu ziehen. Doch dann hatten die Cliffords ihm von dem Gerücht erzählt, das über Julia im Umlauf war. Ihm war sofort klar gewesen, dass es sich um die Geschichte handeln musste, von der Julia damals nach dem Ball im Halbschlaf gesprochen hatte. So, wie die Cliffords es erzählt hatten, konnte es jedoch nicht gewesen sein, davon war er überzeugt. Er kannte Julia noch nicht lange, aber er wäre jede Wette eingegangen, dass sie keine falsche Diagnose gestellt hatte. Und selbst wenn es ihr Fehler gewesen wäre, dann hätte sie dazu gestanden und es nicht abgestritten. So war sie einfach nicht, sie stand zu dem, was sie tat.

Er hatte Isobell angerufen, um sich zu erkundigen, ob die beiden schon über die Gerüchte Bescheid wussten, und als Isobell ihm erzählt hatte, dass Julia zum »Fisherman's Inn« gefahren war, um sich gegen die Vorwürfe zu wehren, hatte er endlich die Entscheidung getroffen, die er schon viel zu lange vor sich herschob. Er hatte Isobell erklärt, dass er Julia die Praxis abtrat. Dann war er direkt zum Pub gefahren – und gerade noch rechtzeitig angekommen, um Julia beizustehen.

Und jetzt war es vorbei, und im Grunde war er froh darüber. Er musste dringend nach Edinburgh und sich untersuchen lassen, denn die Kopfschmerzen plagten ihn schon wieder. Dass sein Gesundheitszustand der Grund für seinen plötzlichen Ausstieg war, hatte er Isobell allerdings nicht verraten. Sie sollte sich keine Sorgen machen. Und Julia durfte es auch nicht erfahren. Das war etwas, das er mit sich selbst ausmachen musste. Ihr Mitleid brauchte er nicht.

Deshalb hatte er geplant, heimlich zu verschwinden. So hielt er es immer, wenn er seine Zelte irgendwo abbrach, weil er lange Abschiedsszenen nicht mochte. Dadurch wurde das Unvermeidliche nur schwerer.

»Bitte, lass mich durch, Julia«, bat er, doch sie machte keine Anstalten, den Weg freizugeben.

»Dann wolltest du die Praxis gar nicht wirklich?«, fragte sie. »War das alles gelogen?«

»Nein, war es nicht.« Mit einem tiefen Seufzen setzte er den Seesack wieder ab. »Ich wollte die Praxis.«

»Aber jetzt nicht mehr?«, beharrte sie, und ihre Augen füllten sich zu seinem Entsetzen mit Tränen. »Ich verstehe das nicht, Henry. Wann hast du deine Meinung geändert? Wieso gehst du, obwohl du doch …«

Weiter kam sie nicht, denn Henry griff nach ihr und zog sie an sich. Er konnte einfach nicht anders.

»Du hast meine Meinung geändert, okay?« Er nahm ihren Duft wahr und spürte, dass er den Kampf verlor, den er schon kämpfte, seit sie an der Tür zu seinem Zimmer aufgetaucht war. »Du bist … ach, verdammt, Julia«, stöhnte er und küsste sie, obwohl er wusste, dass es falsch war.

Ihr Körper gab sofort nach, schmiegte sich weich an seinen. Wie selbstverständlich öffnete sie ihre Lippen und erwiderte seinen Kuss mit so heißer Leidenschaft, dass seine Knie ganz weich wurden. Herrje, diese Frau brachte ihn noch um den Verstand! Wenn sie es ihm wenigstens schwer gemacht oder ihn weggestoßen hätte, dann hätte er erkannt, dass es falsch war, was er tat. Aber es fühlte sich so richtig an, dass es ihm nur mit äußerster Mühe gelang, Julia wieder von sich zu schieben.

Atemlos und mit geröteten Lippen blickte sie zu ihm auf, und er musste einen Moment lang die Augen schließen, um der Versuchung zu widerstehen, alle Vernunft in den Wind zu schlagen und sie zurück in seine Arme zu ziehen.

»Leb wohl«, stieß er heiser hervor und griff nach seinem

Seesack. Er warf ihn sich über die Schulter und schob sich an Julia vorbei in den Flur.

Julia starrte Henry nach, während er mit großen Schritten durch den Flur davonlief, noch viel zu erschüttert von dem Kuss, um klar zu denken. Ihre Welt stand mit einem Mal Kopf, und nichts, wirklich gar nichts ergab mehr einen Sinn.

Wie konnte Henry sie so küssen, wenn er eigentlich eine andere liebte? Was war das für eine Sache in Edinburgh, von der er noch nicht wusste, wie sie ausgehen würde? Und wie hatte er das gemeint, dass sie seine Meinung geändert hätte? Bedeutete sie ihm doch etwas?

Durch das halb geöffnete Fenster in Henrys Zimmer drang ein lautes Geräusch zu ihr herein. Offenbar startete draußen auf der Straße ein Motor. Mit einem beklommenen Gefühl im Magen trat Julia ans Fenster und sah, dass Henry seinen Defender gerade aus einer Parklücke setzte.

Er fährt wirklich weg, dachte sie und erwachte schlagartig aus ihrer Erstarrung. Nein, das durfte sie nicht zulassen! So schnell sie konnte, rannte sie durch den Flur, stürmte die Treppe hinunter und durch den Schankraum nach draußen auf die Straße.

»Henry!«, rief sie und winkte. »Warte! Fahr nicht weg, bitte!«

Doch sie kam zu spät, denn der Defender verschwand gerade um die nächste Straßenecke.

22

Julia setzte ihren Mini in eine Parklücke direkt vor Lucys Laden und schaltete den Motor aus. Durch das Schaufenster sah sie, dass sich Leute im »Tailored Fashion« aufhielten. Um wen es sich dabei handelte, konnte sie nicht erkennen, deshalb beschloss sie, zu warten und erst hineinzugehen, wenn Lucy wieder allein war.

Mit einem Seufzen lehnte sie sich im Sitz zurück und schloss die Augen. Herrje, so weit war es mit ihr gekommen, dass sie sich nur noch traute, ihre Freundin zu besuchen, wenn diese keine Kundschaft hatte – aus lauter Angst, dass ihr jemand Fragen zu Henry stellen könnte!

Abwegig war das nicht, denn seit Henrys plötzlicher Abreise vor einer Woche schien das gesamte Dorf über seine Beweggründe zu spekulieren, und nicht wenige wandten sich direkt an Julia, um mehr zu erfahren. Dabei konnte Julia nichts dazu sagen, denn Henry hatte sich nicht gemeldet, weder bei ihr noch bei Isobell. Er ging auch nicht an sein Handy, und er reagierte nicht auf Nachrichten. Er schien sie endgültig aus seinem Leben gestrichen zu haben, und mit jedem Tag, der verging, fühlte Julia sich ein bisschen schlechter …

Ein Geräusch draußen ließ sie die Augen wieder aufschlagen, und als sie aus dem Fenster blickte, sah sie Penelope Rowe und ihren Sohn James aus der Tür kommen. Sie wartete, bis die beiden sich entfernt hatten, dann stieg sie aus und ging in den Laden.

»Julia! Was machst du denn hier?«, rief Lucy überrascht. Sie stand hinter der Theke und schrieb etwas auf. »Hast du jetzt nicht Sprechstunde?«

»Die hat Isobell übernommen. Sie meinte, ich soll mir den Nachmittag freinehmen«, erklärte Julia und sah ihre Freundin fragend an. »Hättest du vielleicht Zeit für eine Tasse Tee?«

»Natürlich, ich muss dir sowieso was erzählen«, erwiderte Lucy und ging voraus in die Küche.

Julia setzte sich an den Tisch und blickte sich in dem kleinen Raum um, der ihr schon sehr vertraut war.

»Hast du die Rowes noch gesehen, als du gekommen bist?«, Lucy grinste breit, als Julia nickte. »Stell dir vor, sie waren hier, weil Penelope Rowe das Kleid so gut gefallen hat, das ich auf dem Ball anhatte«, erzählte sie, während sie zwei Becher aus dem Schrank nahm und mit Tee aus der Thermoskanne füllte, die auf der Spüle stand. »Als sie hörte, dass ich diese Art von Kleidern selbst entwerfe, hat sie eins bei mir in Auftrag gegeben. Und sie lässt mir völlig freie Hand, ist das nicht toll? Ich freue mich so!«

»Ja, das ist toll«, stimmte Julia ihr zu. »Und warum war James dabei?«

»Keine Ahnung.« Lucy setzte sich an den Tisch und reichte Julia ihren Becher. »Er hat nicht viel gesagt, eigentlich gar nichts. Und er guckt immer so ernst.« Sie schüttelte den Kopf. »Aus dem werde ich einfach nicht schlau. Aber er kann gut tanzen, das muss man ihm lassen.«

Julia hatte sofort das Bild vor Augen, wie James Rowe mit Lucy auf dem Sommerball über das Parkett geschwebt war. Und gleich anschließend sah sie sich selbst in Henrys Armen, was den schon beinahe vertrauten dumpfen Schmerz in ihrer Brust auslöste.

Lucy war immer noch ganz begeistert von ihrem neuen Auftrag. »Ich sehe das Kleid für Penelope Rowe schon genau vor mir«, schwärmte sie. »Es wird auf jeden Fall golden, die Farbe passt perfekt zu ihr. Und was den Schnitt angeht …«

Julia blendete Lucys Stimme aus, weil sie sich in Gedanken immer noch mit Henry über das Parkett drehte. Seit er fort war, fühlte sie sich irgendwie verloren, und das machte ihr zu schaffen. Was hatte Henry Campbell nur an sich, dass sie sich ohne ihn wie halbiert vorkam? Wie konnte er sich in der kurzen Zeit, die sie zusammen verbracht hatten, nur so fest in ihrem Herzen verankert haben, dass es schon aus dem Takt kam, wenn sie nur an ihn dachte?

»Erde an Julia!?« Lucy blickte sie vorwurfsvoll an. »Du hörst mir nicht zu, oder?«

Julia setzte sich gerade hin. »Doch, ich war nur kurz …« Sie sackte wieder in sich zusammen. »Nein, sorry, du hast recht. Ich war in Gedanken woanders.«

»Bei Henry, nehme ich an?« Lucy sah sie so mitfühlend an, dass Julia plötzlich einen Kloß im Hals hatte. Hastig wandte sie den Blick ab, bis ihre Freundin ihr eine Hand auf den Arm legte. Lucy wartete, bis Julia sie wieder ansah.

»Denkst du immer noch so viel an ihn?«, wollte sie wissen.

Julia nickte, froh darüber, dass sie ihrer Freundin nichts vormachen musste. »Albern, ich weiß. Ich sollte erleichtert sein, dass er es mir so einfach gemacht hat. Aber ich denke die ganze Zeit, dass es sich falsch anfühlt. Ich würde so gerne noch mal mit ihm reden, damit ich weiß, warum er das getan hat. Aber das kann ich nicht, weil ich ihn nicht erreichen kann, und das macht mich wahnsinnig.«

»Und Isobell?«, erkundigte sich Lucy. »Wie geht es ihr damit, dass Henry einfach wieder abgehauen ist?«

»Keine Ahnung.« Julia schloss die Hände um ihren Teebecher. »Sie lässt sich nichts anmerken. Vielleicht ist sie froh, dass die Sache jetzt entschieden ist. Jedenfalls war sie schon beim Notar und hat einen Kaufvertrag aufsetzen lassen. Mit meinem Namen drauf.«

»Und?« Lucy legte den Kopf schief. »Du wirst doch unterschreiben, oder?«

Für einen langen Moment schwieg Julia.

»Ich weiß nicht. Ich glaube, ich kann das nicht.« Sie dachte an die letzte Woche, in der sie einen Vorgeschmack darauf bekommen hatte, wie es sein würde, allein in der Praxis zu arbeiten. Und es hatte ihr sehr viel weniger Spaß gemacht, als sie geglaubt hatte. Nicht dass sie es nicht geschafft hätte, sie war der Herausforderung schon gewachsen. Aber jeder Winkel im Cottage erinnerte sie schmerzhaft an Henry. Ständig sah sie sein Gesicht vor sich oder dachte an Situationen, die sie gemeinsam erlebt und gemeistert hatten. Sie waren ein gutes Team gewesen, auch wenn Julia das immer geleugnet hatte. »Ich verbinde hier einfach zu viel mit Henry. Ich glaube, es wäre besser, wenn ich nach London zurückgehe.«

»Was?« Völlig entsetzt starrte Lucy sie an. »Ich dachte, dahin wolltest du nie mehr! Wegen deinem Ex-Freund und der Sache mit diesem Dominion.«

»Letzteres hat sich gestern erledigt«, erklärte Julia. »Deswegen bin ich hergekommen. Ich wollte dir erzählen, dass ich einen Anruf von meinem alten Chef Collin Browning aus der St. George's Vet Clinic bekommen habe. Stell dir vor, die fehlende Dokumentation über meine Untersuchung von Dominion ist wiederaufgetaucht! Sie war falsch abgelegt und ist jetzt zufällig einem Kollegen in die Hände gefallen.«

Lucy starrte sie überrascht an. »Aber … das bedeutet ja, dass du beweisen kannst, dass du die richtige Diagnose gestellt hast!«

»Genau!«, bestätigte Julia. »Der Fehler war Collin sehr peinlich. Er hat sich tausend Mal entschuldigt und meinte, dass man meine Arbeit an der Klinik immer sehr geschätzt hätte. Außerdem meinte er, dass ich meinen alten Job zurückhaben kann, wenn ich will. Inklusive einer Gehaltserhöhung.«

»Wow.« Lucy schüttelte den Kopf. »Das kommt … überraschend.«

»Das kann man wohl sagen«, bestätigte Julia.

»Weiß Isobell schon von dem Angebot?«, erkundigte sich ihre Freundin.

»Nein, ich konnte mich noch nicht dazu durchringen, es ihr zu sagen«, erklärte Julia. »Isobell rechnet fest damit, dass ich die Praxis kaufe, und ich weiß, wie enttäuscht sie wäre, wenn ich es mir anders überlege. Ich sag's ihr, wenn ich mich entschieden habe.«

»Kommt der Job in London denn wirklich noch infrage?« Lucys Augen waren jetzt groß vor Entsetzen. »Du hast gesagt, du würdest da nie wieder arbeiten, weil du so verletzt warst.«

»Ja, das stimmt auch.« Julia seufzte tief. »Aber ich weiß auch nicht, ob ich die Praxis noch übernehmen kann. Natürlich stehe ich bei Isobell im Wort, aber wie soll ich es hier aushalten, wenn ich ständig an Henry denken muss?«

»Julia, du kannst doch keinen Job annehmen, den du nicht willst, nur um Henry zu vergessen«, warnte Lucy. »In London wirst du das auch nicht können.« Sie beugte sich vor. »Vielleicht solltest du tatsächlich noch mal mit ihm reden und klären, was da zwischen euch ist.«

»Wie denn, wenn ich keine Ahnung habe, wo er ist?«, fragte Julia.

»Das lässt sich doch sicher herausfinden«, beharrte ihre Freundin. »Du kannst dich nicht entscheiden, solange du nicht mit ihm gesprochen hast.«

Überrascht sah Julia sie an. »Wie meinst du das?«

»Ich meine dein Dilemma. Carywith oder London. Sei doch mal ehrlich: Wie viel hat deine Überlegung, zurück nach London zu gehen, mit Henry zu tun?«

»Sehr viel«, gestand Julia.

»Genau«, stellte Lucy fest. »Aber das ist der falsche Grund, verstehst du? Du kannst das im Moment gar nicht objektiv sehen. Also fahr nach Edinburgh und sprich mit ihm. Danach kannst du entscheiden, was du wirklich willst.«

Julia seufzte tief. »Ich wünschte, es wäre so einfach«, erwiderte sie. »Was soll ich ihm denn sagen, wenn ich ihn sehe?«

»Frag ihn, wer diese Aisling ist«, schlug Lucy vor. »Und wieso er dich geküsst hat, bevor er gefahren ist. Frag ihn, was du ihm bedeutest und ob er wiederkommt. Oder warum er überhaupt gegangen ist.« Sie hob die Schultern. »Der Punkt ist: Rede mit ihm. Du musst mit Henry irgendwie abschließen, wenn du wissen willst, was du als Nächstes tun sollst.«

Sie hat recht, dachte Julia und spürte, wie auf einmal eine Last von ihr abfiel. Wenn sie eine Entscheidung treffen wollte, dann konnte sie die Sache mit Henry nicht auf sich beruhen lassen. Sie musste ihn sprechen. Und das konnte auch nicht mehr warten.

»Ich fahre zurück zum Cottage«, sagte sie mit einer Entschlossenheit, die sie schon lange nicht mehr gespürt hatte. »Vielleicht weiß Isobell noch irgendetwas über Henrys Vergangenheit, das mir einen Anhaltspunkt liefert, wo in Edinburgh ich nach ihm suchen soll.

Lucy lächelte. »Gute Idee«, sagte sie. »Ich hoffe, du findest ihn.«

Das hoffe ich auch, dachte Julia, als sie aufstand und den Laden verließ.

23

»Tut mir leid, dass das Wetter so schlecht ist.« Der Taxifahrer, der mit starkem schottischem Akzent sprach, wandte sich mit zerknirschter Miene zu Julia um und zuckte mit den Schultern. »Gestern hatten wir noch blauen Himmel, aber heute will sich die Sonne einfach nicht sehen lassen.«

Julia fand ihn ausgesprochen freundlich, und es rührte sie, dass er das Bedürfnis hatte, sich für den Dauerregen zu entschuldigen, der nicht nachgelassen hatte, seit sie am Flughafen losgefahren waren. Doch sie war zu nervös, um mehr als ein kurzes Lächeln zustande zu bringen.

»Sind wir bald da?«, erkundigte sie sich, als er an der nächsten Straßenecke abbog.

»*Aye*«, bestätigte er. »Da vorne ist es.« Er deutete auf die Reihenhäuser an der Straße, und Julia suchte durch den Regenschleier hinter der Scheibe angestrengt nach der Hausnummer 69. Kurz darauf hielt das Auto vor dem richtigen Haus. Es sah bewohnt aus, aber im Gegensatz zu den Nachbarhäusern brannte darin trotz des verhangenen Himmels kein Licht.

»Haben Sie wenigstens einen Schirm?« Der Taxifahrer schob seine Mütze in den Nacken und betrachtete Julia skeptisch. »Der Mantel wird Ihnen nämlich nicht viel nützen.«

Julia blickte unglücklich an ihrem Trenchcoat hinunter, der ihr wirklich nur wenig Schutz bieten würde vor dem Wetter. Das war ihr schon klar geworden, als sie aus dem Flughafengebäude gekommen war. Der dünne Stoff konnte dem Regen nicht lange standhalten. Sie musste einfach hoffen, dass sie jemanden antreffen würde an der Adresse, die Isobell ihr genannt hatte.

»Es geht schon«, meinte sie, bezahlte die Fahrt und stieg aus.

Trotz des Regens verließ der nette Fahrer ebenfalls den Wagen, holte Julias Tasche aus dem Kofferraum und reichte sie ihr. Dann stieg er schnell wieder ein und fuhr davon, während Julia sich in der Straße umsah.

Sie war ein bisschen überrascht, dass sie sich in der sogenannten »New Town« befand, einem im achtzehnten und neunzehnten Jahrhundert erbauten Stadtteil, der für seinen neoklassizistischen Baustil bekannt war. Dazu gehörte auch die Princes Street, Edinburghs berühmte Einkaufsstraße, die sich ganz in der Nähe befand.

Geschäfte suchte man auf dieser schmalen Straße vergebens, hier gab es nur Wohnhäuser. Auf der linken Seite lag ein Park, dessen Büsche und Bäume über die Mauer ragten, die ihn umgab, auf der rechten Seite standen die zweistöckigen Reihenhäuser aus dem braunen Stein, der so typisch für das Stadtbild von Edinburgh war.

Die »New Town« gehörte ganz eindeutig zu den teureren Gegenden der Stadt, und das war es, was Julia verblüffte. Schließlich hatte Lucy ihr erzählt, dass Henry in sehr bescheidenen Verhältnissen aufgewachsen war. Allerdings hatte das Haus mit der Nummer 69 auch nicht Henrys verstorbener Großmutter gehört, sondern den entfernten Verwandten, zu denen er nach deren Tod gezogen war. Die Leute hießen Peter und Josephine Little, und ihre Adresse war die Einzige, die

Isobell ihr noch hatte nennen können. Julia blieb deshalb nichts anderes übrig, als hier mit ihrer Suche zu beginnen.

Es war nicht mehr als ein Schuss ins Blaue, aber Isobell hatte ihr Mut gemacht, es zumindest zu versuchen. Tatsächlich war die alte Dame sogar direkt bereit gewesen, sie zum Flughafen in Newquay zu bringen, damit sie möglichst schnell ans Ziel kam. Alles hatte innerhalb von wenigen Stunden geklappt, doch als Julia jetzt vor der schwarz lackierten Tür stand, war ihr sehr mulmig zumute. Was, wenn Henry ihr öffnete?

Die Hoffnung darauf schwand jedoch, als ihr Blick auf das Namensschild fiel. »Jones« stand da in großen Lettern. Dann wohnten die Littles gar nicht mehr hier?

Ich muss es trotzdem versuchen, dachte Julia und betätigte den altmodischen Türklopfer aus Messing. Vielleicht wussten die Bewohner des Hauses ja, was aus den Littles geworden war.

Leider verhallte ihr Klopfen ungehört, auch als sie es noch einmal wiederholte. Offenbar war niemand zuhause.

»Ach, Mist!«, murmelte sie enttäuscht und drückte sich eng an die Tür, um wenigstens den unablässig fallenden Regentropfen auszuweichen.

Sie hatte nicht vor, unverrichteter Dinge wieder zu fahren, aber bei dem Wetter konnte sie hier auch nicht stundenlang darauf warten, dass die Bewohner zurückkehrten. Außerdem konnten sie im Urlaub sein. Deshalb beschloss sie spontan, es bei den Nachbarn zu versuchen. Vielleicht erfuhr sie von ihnen mehr.

Beim Haus auf der rechten Seite hatte sie kein Glück, auch dort öffnete ihr niemand. Aber auf der linken Seite, bei der Hausnummer 67, kam jemand an die Tür. Julia schätzte die sehr hübsche blonde Frau auf Ende zwanzig. Sie hatte einen etwa zweijährigen Jungen auf dem Arm, der Julia mit großen blauen Augen ansah.

»Ja, bitte?«, fragte die Frau und lächelte so freundlich, dass Julia spürte, wie ihre Nervosität verflog.

»Entschuldigen Sie die Störung«, sagte sie. »Ich habe gerade bei Ihren Nachbarn geklingelt, aber es macht niemand auf. Ich suche die Littles. Haben die nicht mal nebenan gewohnt?«

»Peter und Josy?« Die Frau schob den Jungen auf ihrer Hüfte ein Stück höher, sodass sie ihn besser festhalten konnte. »Ja, das stimmt. Aber die beiden sind schon vor Jahren nach Glasgow gezogen. Die neue Adresse kenne ich nicht, wir haben keinen Kontakt mehr zu ihnen.«

»Nach Glasgow?«, wiederholte Julia, plötzlich mutlos. Sie hatte versucht, sich nicht zu viele Hoffnungen zu machen. Aber dass sie gleich in einer solchen Sackgasse landen würde, war ein herber Schlag.

»Was wollen Sie denn von den Littles?«, erkundigte sich die Frau.

»Von den beiden selber eigentlich nichts«, antwortete Julia. »Eigentlich bin ich auf der Suche nach Henry Campbell. Ich weiß, dass er früher mal bei den Littles gewohnt hat, und …«

»Henry?«, unterbrach die Frau sie und lächelte. »Ja, Henry kenne ich sehr gut.«

»Wirklich?« Julia konnte ihr Glück kaum fassen. »Dann wissen Sie, wo er ist?«

Die Frau blickte in den wolkenverhangenen Himmel. Es regnete immer noch in Strömen. »Wollen Sie nicht lieber reinkommen? Das können wir doch drinnen bei einer Tasse

Tee besprechen. Sie sehen aus, als könnten Sie etwas vertragen, das Sie wieder aufwärmt.«

»Ja, gerne.« Julia zögerte. »Aber ich will Ihnen keine Umstände machen.«

»Ach, Unsinn«, erwiderte die Frau. »Wenn man den ganzen Tag mit einem Zweijährigen allein ist, freut man sich über ein bisschen Abwechslung, glauben Sie mir.«

Sie machte einen Schritt zur Seite, und Julia betrat den schmalen Flur des Hauses, froh darüber, dem Regen zu entkommen.

»Kommen Sie, hier entlang.« Die Frau führte Julia in ein hübsch eingerichtetes, in hellen Farben gehaltenes Wohnzimmer mit einem offenen Kamin. Kinderspielzeug lag auf dem Boden und auf dem Couchtisch, aber ansonsten wirkte alles sehr gepflegt.

»Setzen Sie sich«, lud die Frau sie ein, doch Julia reagierte nicht. Sie wurde wie magisch angezogen von einem Foto, das auf dem stuckverzierten Kaminsims stand. Sie nahm es in die Hand und betrachtete es.

Es war ein Porträt von Henry, das schon ein paar Jahre alt sein musste, denn er wirkte darauf um einiges jünger. Sein Lächeln aber war dasselbe wie heute, und es traf Julia mitten ins Herz.

»Das ist ein schönes Foto von Henry, nicht wahr?«, sagte die Frau. »Mir gefällt es auch besonders gut.«

Julia stellte das Bild zurück an seinen Platz zwischen den anderen Familienfotos. Die meisten von ihnen zeigten den kleinen Jungen in verschiedenen Stadien seines Lebens. Aber Henry war auch auf einem weiteren zu sehen, zusammen mit der blonden Frau.

»Stehen Sie Henry nah?«, fragte Julia irritiert.

Die Frau ließ sich in einem der Sessel nieder und setzte den kleinen Jungen zu ihren Füßen auf den Teppich, wo er sich wieder mit seinem Spielzeug beschäftigte.

»Ja, Henry und ich stehen uns sehr nah«, sagte sie. »Bitte entschuldigen Sie, ich hätte mich längst vorstellen müssen. Mein Name ist Aisling Blair. Aber nennen Sie mich bitte Aisling.«

24

»*Sie* sind Aisling?« Julia hatte plötzlich weiche Knie. Mit wachsendem Entsetzen musterte sie die andere Frau.

Mein Gott, wenn diese blonde, blauäugige Schönheit mit der tollen Figur ihre Konkurrentin war, dann brauchte sie sich nicht zu wundern, dass Henry abgereist war. Ihr Blick fiel auf den kleinen Jungen mit den auffallend blauen Augen, und ihr Magen zog sich schmerzhaft zusammen.

»Dann ist das …« Sie schluckte. »Ist das Henrys Sohn?«

Aisling blickte auf den Jungen und zurück zu Julia. »Rory? Nein, wie kommen Sie darauf?«

Julia setzte sich auf die Couch, weil sie Angst hatte, dass ihre Beine sie nicht mehr tragen würden. Sie war so verwirrt, dass sie kaum einen klaren Gedanken fassen konnte.

»Entschuldigen Sie, ich dachte … Es ist nur so, dass ich Henry …« Sie schluckte. »Ich habe gehört, wie er mit Ihnen telefoniert hat. Und es klang so, als seien Sie … als wäre er mit Ihnen …«

»Zusammen?«, ergänzte die Frau. »Ja, das waren wir tatsächlich mal, aber nur ganz kurz. Henry ist nicht der Typ für lange Beziehungen.« Sie lächelte. »Danach wurden wir Freunde, und wir sind es bis heute. Vielleicht ist er inzwischen auch eher der Bruder, den ich nie hatte.«

»Aber …« Julia konnte immer noch nicht fassen, dass sie sich so geirrt hatte. Dann fiel ihr Blick auf eine größere gerahmte Fotografie an der Wand, die Aisling im Hochzeitskleid zeigte – neben einem Mann, der Henry ähnelte, weil er auch blond und blauäugig war.

»Das ist Steven, mein Mann«, erklärte Aisling, die Julias Blick bemerkt hatte. »Wir sind seit vier Jahren verheiratet. Henry war unser Trauzeuge.«

Julia spürte, wie Röte in ihre Wangen schoss. Es war ihr plötzlich sehr peinlich, wie sie sich benommen hatte.

»Es tut mir leid, Sie müssen mich für verrückt halten, dass ich hier reinplatze und behaupte, dass Sie und Henry …« Unglücklich schüttelte sie den Kopf. »Ich wollte Ihnen wirklich nicht zu nahe treten.«

»Schon gut.« Aisling hob den Jungen hoch, der angefangen hatte zu quengeln, und setzte ihn auf ihren Schoß. »Aber vielleicht verraten Sie mir, wer *Sie* eigentlich sind und was Sie mit Henry zu tun haben?«

Siedend heiß fiel Julia ein, dass Sie sich noch gar nicht vorgestellt hatte. »Oh, natürlich. Das habe ich vergessen, tut mir leid. Mein Name ist Julia Shaw, und ich …«

»Aber natürlich, Sie sind Julia – Henry hat mir viel von Ihnen erzählt!« Aisling lächelte, wurde jedoch sofort wieder ernst. »Woher wussten Sie denn, dass Henry hier ist? Er hat behauptet, er hätte es Ihnen nicht gesagt.«

»Das stimmt auch«, gestand Julia. »Ich habe es einfach auf gut Glück versucht.« Sie zögerte kurz. »Hat Henry Ihnen erzählt, dass wir uns beide für die Übernahme von Isobell Chegwins Praxis interessiert haben?«

»Ja, allerdings. Und auch, dass Sie beide zur Probe arbeiten mussten«, bestätigte Aisling. »Aber er meinte, die Sache sei entschieden, und Sie würden die Praxis übernehmen.«

»Er hat das entschieden«, stellte Julia richtig. »Er ist einfach ausgestiegen und abgereist, ohne uns den Grund dafür zu nennen. Deshalb bin ich hier. Ich …« Sie zuckte mit den Schultern. »Ich würde das gerne noch mal mit ihm besprechen.«

»Ach so.« Aisling runzelte nachdenklich die Stirn. »Bei ihm klang es so, als wären Sie die bessere Kandidatin. Er scheint ohnehin viel von Ihnen zu halten. Er lobt Sie ständig in den höchsten Tönen.«

Die Nachricht überraschte Julia und löste ein warmes Gefühl in ihr aus. »Das Kompliment kann ich nur zurückgeben. Henry ist ein großartiger Tierarzt«, erwiderte sie. »Und ich will nicht, dass er meinetwegen auf die Praxis verzichtet. Ich bin nämlich gar nicht mehr sicher, ob ich sie will. Darüber möchte ich mit ihm sprechen.«

Der kleine Junge hatte sich beruhigt, und Aisling setzte ihn zurück auf den Boden, wo er weiterspielte. Sie schwieg für einen langen Moment.

»Henry hat nicht nur Ihretwegen verzichtet«, erklärte sie. »Er musste abreisen, um hier einen wichtigen Arzttermin wahrzunehmen.«

Julia spürte, wie ihr Magen sich zusammenzog. »Dann … ist er krank?«

Aisling nickte. »Leider ja. Er hat schon seit einer ganzen Weile Beschwerden, aber er hat die Untersuchung lange vor sich hergeschoben. Ich denke, er hat auch auf die Praxis verzichtet, weil er weiß, dass er sie nicht übernehmen kann, solange sein Zustand nicht geklärt ist.«

Julia krallte die Hände in die Lehne des Sessels. »Wissen Sie denn inzwischen, was er hat?«, fragte sie beklommen.

»Ja, es ist ein Gehirntumor, genau wie wir befürchtet hatten«, sagte Aisling. »Aber bevor Sie sich zu viele Sorgen machen: Die Untersuchungen haben ergeben, dass der Tumor klein ist und auf jeden Fall gutartig. Und er liegt so, dass er durch die Nase entfernt werden kann. Die Ärzte müssen also bei der Operation nicht den Schädel öffnen.«

»Mein Gott.« Julia schlug die Hand vor den Mund. Allein das Wort Gehirntumor erschreckte sie zutiefst. »Davon hat er nichts erwähnt.«

»Nein, Henry macht so etwas lieber mit sich selbst aus«, bestätigte Aisling. »Ich war schon froh, dass er sich überhaupt an mich gewandt hat, damit ich ihm einen Arzttermin mache. Doch als er dann hier war und der Tag kam, ist er nicht hingegangen, sondern nach Cornwall gefahren. Dort hatte ich ihn nicht vermutet, weil er da schon so lange nicht mehr war, sonst wäre ich persönlich hingefahren und hätte ihn zurückgeholt. Aber er ist ja noch zur Vernunft gekommen.«

Julia dachte an Henrys Telefonat mit Aisling, das sie belauscht hatte. Darum hatte er nach Edinburgh fahren wollen! Und deswegen hatte er kurz vor seiner Abreise zu ihr gesagt, dass er noch nicht wüsste, wie es jetzt für ihn weiterging. Sie hatte das alles total missverstanden!

»Und der Tumor lässt sich problemlos entfernen?«, fragte sie, noch damit beschäftigt, die ganzen Informationen zu verarbeiten.

»Theoretisch ja«, erklärte Aisling. »Aber leider können die Ärzte die Folgen noch nicht wirklich absehen. Henrys Geruchsnerv ist bereits in Mitleidenschaft gezogen. Und der Tumor liegt außerdem sehr nah am Sehnerv, der durch die Operation verletzt werden könnte. Welche Beeinträchtigungen das zur Folge hat, wird sich deshalb erst nach dem Eingriff herausstellen.«

Julia erinnerte sich plötzlich wieder an die Papadams, die

Henry hatte verbrennen lassen. Er hatte behauptet, er wäre abgelenkt gewesen, aber vermutlich hatte er den Brandgeruch tatsächlich nicht wahrgenommen. Sie schluckte, weil sie ahnte, wie sehr ihn das belasten musste. Es wäre sicher schlimm für ihn, wenn er seinen Geruchssinn verlor, aber wenn er nicht mehr sehen könnte … Nein, diesen Gedanken mochte sie gar nicht zu Ende denken!

»Kann ich zu ihm?«, fragte sie. »Wo ist er?«

»Schon in der Klinik«, erwiderte Aisling. »Er liegt in der Royal Infirmary. Sein OP-Termin ist für heute Nachmittag angesetzt.«

Julia blickte auf die Uhr und sah, dass es fast siebzehn Uhr war. Rasch erhob sie sich und merkte erst, als sie den ersten Schritt in Richtung Tür schon gegangen war, wie unhöflich sie sich verhielt.

Sie wandte sich noch mal an die Frau, die ebenfalls aufgestanden war. »Vielen Dank, dass Sie mir das alles erzählt haben«, sagte sie. »Ich wünschte, ich hätte es früher gewusst.«

Aisling nahm ihren Sohn wieder auf den Arm. »Nichts zu danken«, sagte sie und begleitete Julia zurück in den Flur. »Soll ich Ihnen ein Taxi rufen?«

Das Angebot nahm Julia gerne an. Sie wartete, bis Aisling telefoniert hatte, dann wollte sie sich verabschieden und draußen auf die Ankunft des Wagens warten. Doch Aisling hielt sie zurück.

»Eins sollten Sie noch wissen, bevor Sie fahren«, sagte sie. »Ich habe Henry noch nie so bedrückt erlebt wie im Moment. Er lässt sich eigentlich nicht so leicht unterkriegen, aber seit er aus Cornwall zurück ist, erkenne ich ihn kaum wieder.«

Bestürzt sah Julia sie an. »Denken Sie, es liegt daran, dass er auf die Praxis verzichtet hat?«

»Zumindest scheint es ihn sehr mitzunehmen«, bestätigte Aisling. »Wissen Sie, anfangs konnte ich gar nicht glauben, dass er tatsächlich in Erwägung gezogen hat, sich als Landtierarzt in Cornwall niederzulassen. Bisher hat er es an keinem Ort der Welt länger ausgehalten.«

Julia dachte an die vielen Länder, in denen Henry schon gewesen war. »Er hat behauptet, dass er immer vorhatte, irgendwann Isobells Praxis zu übernehmen.«

Aisling nickte. »Ja, ich weiß. Aber vorstellen konnte ich es mir nicht, weil Henry immer ruhelos war. Vielleicht liegt es daran, dass er seine Eltern so früh verloren hat und dann auch noch seine Großmutter. Ich glaube, er hat das Gefühl, dass er nirgendwo hingehört.« Sie seufzte. »Als er hierher zu seinen Verwandten zog, war seine Grandma gerade gestorben. Das war schlimm für Henry, er hat sehr an ihr gehangen, und die Littles waren völlig überfordert mit einem trauernden Teenager, der niemanden an sich heranließ. Sie wurden nicht mit ihm fertig, deshalb haben sie ihn aufs Internat geschickt. Aber da war es auch nicht besser, er hat zweimal die Schule gewechselt, bevor er seinen Abschluss gemacht hat. Die Littles wollten dann nach Glasgow ziehen und haben das Haus verkauft. Aber Henry wollte nicht mit, deshalb hat er eine Weile hier bei mir und meiner Mutter gewohnt.«

»Ihretwegen?«, erkundigte sich Julia, nicht ganz in der Lage, ihre Eifersucht abzulegen. »Waren Sie da noch ein Paar?«

»Nein, längst nicht mehr«, erklärte Aisling. »Aber meine Mutter war Sozialarbeiterin und hatte Verständnis für Henrys Situation. Er tat ihr leid, deshalb bot sie ihm an, bei uns zu bleiben. Es war ja nur für ein paar Monate, dann ging er ins Studium.«

Julia bemerkte erschrocken die Vergangenheitsform. »Sie

sagten, Ihre Mutter war Sozialarbeiterin? Bedeutet das, sie ist …«

Aisling nickte. »Sie starb vor zehn Jahren an Krebs. Ich war am Boden zerstört. Damals war Henry ohne Wenn und Aber für mich da. Das vergesse ich ihm nie. Seitdem sind wir sehr gut befreundet.« Sie seufzte. »Die Wochen nach dem Tod meiner Mutter hat er in Edinburgh verbracht, um mir beizustehen, aber danach war er fast nur noch unterwegs. Er hat mehrmals die Studienorte gewechselt und später auch die Jobs. Meistens waren das irgendwelche abgefahrene, gefährliche Sachen, die kein anderer machen wollte. Das war für ihn sehr lukrativ, deshalb habe ich schon verstanden, warum er das machen wollte. Aber ich glaube, das Geld alleine war nicht der Grund. Er hat es einfach nie länger irgendwo ausgehalten.« Ihr Blick wurde eindringlich. »Ich weiß nicht, wie die Operation für Henry ausgeht, und ich will mich da nicht einmischen. Aber falls Sie das eben ernst gemeint haben, dass Sie die Praxis doch nicht wollen …« Sie ließ den Satz unbeendet und hob die Schultern. »Ich würde mich so freuen, wenn Henry endlich ein richtiges Zuhause fände, einen Ort, wo er ankommen kann.«

Julia verstand natürlich, worauf Aisling hinauswollte. Sie sollte verzichten und Henry die Praxis überlassen. Aber im Moment konnte sie darauf nicht antworten, denn ihr schwirrte der Kopf vor lauter Sorge um ihn, und das Taxi hupte schon draußen.

Aisling bat sie noch, bei ihr anzurufen und ihr mitzuteilen, wie es Henry ging, weil sie selbst erst am nächsten Tag wieder ins Krankenhaus fahren konnte. Julia ließ sich ihre Handynummer geben, verabschiedete sich dann und stieg in den wartenden Wagen.

Es regnete immer noch, und das Taxi kam durch den Feierabendverkehr nur langsam voran, was Julia fast wahnsinnig machte. Jetzt, wo sie wusste, wie schlecht es Henry ging, wollte sie noch dringender zu ihm. Es dauerte jedoch fast eine Dreiviertelstunde, ehe sie vor dem imposanten Haupteingang der Klinik mit dem weiß eingefassten Glasdach ankam.

Die Frau an der Anmeldung blickte Julia freundlich entgegen und nannte ihr Henrys Zimmernummer. Julia fand den Weg in die neurologische Abteilung ohne Probleme und stand kurze Zeit später vor der richtigen Tür. Ihre Hände zitterten vor Aufregung, als sie klopfte und das Zweibettzimmer betrat. Doch sie stellte erschrocken fest, dass sich niemand darin befand. Ein Bett war unbenutzt und noch mit einer Plastikhülle überzogen, und an der Stelle, wo das andere hätte stehen müssen, klaffte eine Lücke.

»Suchen Sie jemanden?«, fragte eine Krankenschwester, die gerade vorbeikam.

»Ich möchte zu Henry Campbell«, erklärte Julia.

»Der wird noch operiert«, erwiderte die Schwester und sah auf die Uhr. »Er müsste aber inzwischen schon im Aufwachraum sein.«

»Kann ich hier warten?«, erkundigte sich Julia.

Die Schwester nickte lächelnd. »Wenn Sie wollen, gerne. Sie können ...« Sie hielt inne und sah den Flur hinunter. »Oh, ich glaube, da kommt er gerade.«

Tatsächlich schob ein Pfleger ein Bett durch die Stationstüren. Schon von Weitem erkannte Julia, dass Henry darinlag. Er trug ein OP-Hemd, seine Nase war verbunden, und er hatte die Augen geschlossen, schlief offenbar noch.

»Darf ich mal durch?«, fragte der Pfleger, als er vor dem Zimmer ankam, und sah Julia auffordernd an.

Sofort erwachte sie aus ihrer Erstarrung und trat ein Stück zur Seite, um Platz zu machen. Der Pfleger schob das Bett an ihr vorbei und stellte es ab.

»Klingeln Sie, wenn Sie etwas brauchen oder wenn Sie Schmerzen haben«, sagte die Krankenschwester, die dem Pfleger in den Raum gefolgt war, zu Henry. Er schien sie zu hören, denn er schlug ganz kurz die Augen auf, schloss sie aber sofort wieder.

Die Krankenschwester wandte sich an Julia. »Oder sonst sagen Sie uns Bescheid, wenn Ihr Freund etwas braucht, ja?«

Julia nickte und korrigierte die Frau nicht, die sie offenbar für Henrys Partnerin hielt. Stattdessen wartete sie, bis die beiden anderen das Zimmer wieder verlassen hatten. Dann trat sie zögernd an Henrys Bett.

Er war blass und atmete unruhig, außerdem war sein Haar ganz zerzaust.

»Henry?« Sie beugte sich über ihn und strich ihm vorsichtig eine Haarsträhne aus der Stirn.

Er schien die Berührung zu spüren, denn er öffnete die Augen diesmal länger und sah sich benommen um. Dann blieb sein Blick an ihr hängen.

»Julia?«, fragte er, heiser und mit einem ungläubigen Ausdruck in der Stimme.

Sie lächelte gegen die Tränen an, die ihr plötzlich in die Augen stiegen. Ihn so zu sehen, brach ihr das Herz.

»Wie geht es dir?«, fragte sie.

Er verzog das Gesicht. »Mein Kopf … dröhnt«, brachte er mühsam hervor und sah so gequält aus, dass es Julia einen Stich versetzte. Zärtlich strich sie ihm über die Wange.

»Das wird wieder«, sagte sie. »Ganz bestimmt. Du wirst ganz gesund.«

Henry schloss erneut die Augen.

»Geh nicht weg«, murmelte er schläfrig und tastete nach Julias Hand. Sie verstand, was er wollte, und verschränkte ihre Finger mit seinen.

»Nein«, versicherte sie ihm, griff mit der anderen Hand hinter sich und zog den Stuhl, der neben dem Bett stand, so zu sich heran, dass sie sich setzen konnte.

»Es wird alles gut«, wiederholte sie, auch ein bisschen zu sich selbst, und streichelte seine Hand, bis sie an seinen gleichmäßigen Atemzügen merkte, dass er wieder eingeschlafen war.

25

Henrys Kopf dröhnte, und der Schmerz wurde schlimmer, als er die Augen kurz öffnete und das grelle Licht ihn blendete. Oder sah er einfach nur nichts mehr?

Die Erinnerung an die Diagnose und die Operationsvorbereitungen kehrten zurück, und sein Herz hämmerte viel zu schnell gegen seine Rippen, als ihm klar wurde, dass er auch blind sein konnte.

Nein, er war doch nach der OP schon wieder wach gewesen und hatte etwas gesehen. Oder? Wenn nur dieses verdammte Dröhnen nicht wäre, das ihm das Denken schwer machte!

Mühsam zwang er sich, die Augen erneut zu öffnen. Zuerst war da nur Helligkeit, aber dann erkannte er ein Bild, das an der gegenüberliegenden Wand hing. Es nahm langsam Konturen an, und obwohl es nur ein kitschiges Blumenmotiv war, fand Henry es wunderschön, einfach weil er jedes Detail daran wahrnehmen konnte.

Nun wurde ihm auch klar, dass es die Morgensonne war, die durch das Fenster hereinschien. Also hatte er die erste Nacht überstanden. Und er konnte sehen! Was für eine Erleichterung, dachte er mit einem Seufzen.

Es wird alles gut.

Henry runzelte die Stirn, als dieser Satz unvermittelt durch seinen Kopf hallte. Es war Julia gewesen, die ihn gesagt hatte, und er hatte auch ihr Gesicht gesehen. Sie hatte seine Hand gehalten und ihn berührt. Das musste er geträumt haben, auch wenn es sich verdammt real angefühlt hatte …

»Guten Morgen!« Eine Krankenschwester kam herein und brachte ein Tablett mit, das sie auf der Ablage seines Nachttischs abstellte. Sie war rothaarig, hatte unzählige Sommersprossen im Gesicht und hieß Megan, wenn er das richtig in Erinnerung hatte. Auf jeden Fall war sie netter als die anderen Schwestern, deshalb mochte er sie.

»Guten Morgen«, brummte er und spürte, wie rau seine Kehle war.

»Ich habe Ihnen Frühstück gebracht, falls Sie Hunger haben«, erklärte die freundliche Megan und wollte wieder gehen.

»Warten Sie«, sagte er. »Die Operation – wie ist sie gelaufen?«

»Der Professor macht gerade seine Visite. Er müsste jeden Moment da sein, dann kann er Ihnen Auskunft geben«, erwiderte die Schwester und wollte das Zimmer verlassen. Doch Henry hielt sie noch einmal zurück.

»Sagen Sie – war gestern jemand hier?«

Sie nickte lächelnd. »Ja, Ihre Freundin. Sie hat sich große Sorgen um Sie gemacht. Ich glaube, wenn die Besuchszeit nicht zu Ende gewesen wäre, dann hätte sie die Nacht hier verbracht. Wir mussten sie auffordern zu gehen. Freiwillig hätte sie das vermutlich nicht getan.«

Freundin?, dachte Henry verwirrt. »Aber ich habe gar …«

»Ah, da ist sie ja wieder«, unterbrach ihn die Schwester und deutete auf Julia, die gerade durch die geöffnete Tür trat.

»Oh, ich kann später wiederkommen«, sagte Julia erschrocken, aber die Krankenschwester winkte sie herein.

»Nein, kommen Sie nur, Ihr Freund ist sicher froh, wenn er ein bisschen Gesellschaft hat. Nicht wahr, Mister Campbell?«

Henry nickte und merkte, dass Julias Wangen sich röteten. Sie wich seinem Blick aus und wartete, bis die Schwester das Zimmer wieder verlassen hatte. Dann trat sie an das Bett.

»Tut mir leid«, sagte sie, sichtlich verlegen. »Ich … ich habe nicht behauptet, dass ich deine Freundin bin. Die Schwester ist nur davon ausgegangen, dass es so ist, und ich habe nicht widersprochen, weil ich Angst hatte, dass sie mich wegschickt.«

Henry starrte sie an wie eine Erscheinung. Sie trug Jeans und eine Bluse, so wie sonst in der Praxis, und sie war ein bisschen blass. Aber er hatte sie wahrscheinlich noch nie schöner gefunden als in diesem Augenblick.

»Und du wolltest hierbleiben?«, fragte er.

»Du hast gesagt, dass du das möchtest«, erwiderte sie. »Du hast mich darum gebeten.«

Henry dachte an seinen vermeintlichen Traum und daran, wie angenehm es sich angefühlt hatte, Julia in seiner Nähe zu wissen. Dass er das ihr gegenüber zugegeben hatte, war ihm unangenehm.

»Was machst du hier?«, fragte er und wollte sich aufrichten. Aber als er den Kopf hob, wurde der Schmerz in seinem Schädel so schlimm, dass er wieder in die Kissen zurücksank.

»Warte, ich helfe dir.« Julia trat zu ihm und bückte sich nach etwas, das seitlich am Bett angebracht sein musste. Als sie sich wieder aufrichtete, hatte sie eine Fernbedienung in der Hand und fuhr das Kopfteil hoch, bis sein Oberkörper aufrecht war. Dann beugte sie sich über ihn, um seine Kissen zu richten.

Dabei kam sie ihm so nah, dass er den vertrauten blumigen

Duft ihres Parfüms wahrnahm. Sie roch nach grünen Äpfeln und Frühlingsblumen, und wie immer, wenn er diese Mischung einatmete, stieg sie ihm ein bisschen zu Kopf. Es war jedoch nur ein kurzer Moment, dann zog Julia sich beinahe hastig wieder zurück und stellte sich ans Fußende des Betts, die Hände am Gestänge des Bettgestells, so als bräuchte sie etwas zum Festhalten.

»Wie hast du mich gefunden?« Henry konnte sich nach wie vor nicht erklären, warum sie hier war.

»Isobell kannte noch die Adresse von deinen Verwandten, bei denen du früher gelebt hast«, erklärte Julia. »Also bin ich auf gut Glück hingefahren und habe dort deine Freundin Aisling getroffen. Sie hat mir gesagt, wo ich dich finde.«

Henry stöhnte innerlich, nicht sicher, ob er wütend oder froh darüber war, dass Aisling Julia verraten hatte, wie es um ihn stand.

»Und wieso hast du dir die Mühe gemacht?«, fragte er und erschrak, als ihm plötzlich ein Gedanke kam. »Ist etwas mit Isobell?«

Julia schüttelte den Kopf. »Nein, ich wollte nur …« Sie verstummte, weil die Zimmertür wieder geöffnet wurde und eine ganze Schar Ärzte in weißen Kitteln hereinkam, angeführt von Professor Rashidi, einem kleinen älteren Mann mit grau meliertem Haar und dunklem Teint.

»Ah, Mister Campbell, Sie sind wach, wie schön«, sagte er. »Dann können wir …« Sein Blick fiel auf Julia, und er hielt inne. »Entschuldigen Sie, wir haben jetzt Visite. Würden Sie so lange bitte draußen warten?«

»Nein, sie soll bleiben«, erklärte Henry sofort. Er wollte nicht, dass Julia ging, bevor er eine Chance gehabt hatte, ihr Gespräch weiterzuführen. Außerdem beruhigte ihn ihre

Anwesenheit. Er mochte einfach nicht allein sein, wenn der Professor ihm eröffnete, wie die Operation verlaufen war.

Die Ärzte drängten sich jetzt um das Bett, deshalb verließ Julia ihren Platz und stellte sich neben das Kopfende, was Henry sehr recht war. Er hätte auch nichts dagegen gehabt, wenn sie seine Hand gehalten hätte. Aber er wusste, dass er das nicht verlangen konnte.

Der Professor blickte einen der jungen Ärzte auffordernd an, der ein Klemmbrett in der Hand hielt, und dieser begann, Henrys Fall zu beschreiben.

»Henry Campbell, dreißig Jahre alt, gutartiger Hypophysentumor, endoskopische Resektion gestern erfolgreich durchgeführt«, las er vor.

Der Professor nickte und betrachtete Henry prüfend. »Wie sieht es mit den Augen aus? Irgendwelche Einschränkungen?«, erkundigte er sich.

»Nein«, antwortete Henry, aber der Professor leuchtete ihm trotzdem in die Augen und unterzog ihn mehreren Tests, bei denen er die Anzahl der gezeigten Finger nennen oder mit den Augen dem Zeigefinger des Professors folgen musste.

»Und können Sie wieder riechen?«, wollte der ältere Arzt wissen.

Henry dachte an Julias Duft, der ihm gerade so zu Kopf gestiegen war. »Bisher ja.«

»Sehr gut. Dann wird sich daran auch nichts mehr ändern«, verkündete der Professor mit einem zufriedenen Lächeln. »Wir sprachen ja schon darüber, wie viel Glück Sie hatten, dass der Geruchsverlust als Symptom bei Ihnen so früh aufgetreten ist. So war der Tumor noch nicht allzu groß und auch noch nicht mit dem übrigen Gewebe verwachsen. Deshalb ist es uns gelungen, ihn vollständig zu entfernen. Das sind gute Neuigkeiten, denn eine weitere Therapie erübrigt sich damit ebenfalls.«

Henry wagte noch nicht zu glauben, was das vermutlich bedeutete. »Dann werde ich wieder ganz gesund?«, fragte er.

Der Professor nickte.

»Wenn es keine unvorhergesehenen Komplikationen gibt, können wir Sie in ein paar Tagen entlassen und sehen Sie dann hoffentlich nie wieder.«

Henry war so erleichtert, dass er sich ganz schwach fühlte. Es war fast zu schön, um es zu glauben.

»Und ich werde keine Einschränkungen mehr haben?«, hakte er noch einmal nach.

Der Professor lächelte. »Nein, glauben Sie mir. Sie können weitermachen wie geplant.«

Henry schaffte es gerade noch, sich zu bedanken, bevor die Ärztemannschaft wieder aus dem Zimmer rauschte und ihn mit Julia allein ließ.

»Sind das nicht tolle Nachrichten?« Henry war so glücklich, dass er lächelnd zu Julia aufblickte. Sie blieb jedoch ernst und wirkte erschüttert.

»Warum hast du nichts gesagt?«, fragte sie und sank auf den Stuhl, der neben dem Bett stand. »Du hättest uns doch sagen müssen, dass du krank bist!«

Henry wusste, dass sie recht hatte, und im Nachhinein kam ihm sein Schweigen falsch vor. Er hatte viele Fehler gemacht, seit er nach Cornwall gefahren war, deshalb zuckte er zerknirscht mit den Schultern.

»Ich dachte, dass Isobell sich dann für dich entscheidet. Ich weiß selbst nicht mehr, was da in mich gefahren ist. Ich hätte mich gar nicht erst um die Praxis bemühen sollen.«

»Doch, das hättest du«, widersprach Julia. »Ich bin die, die hätte verzichten sollen. Du hast wirklich die älteren Rechte. Ich hätte dir den Vortritt lassen müssen.«

So kleinlaut kannte er sie gar nicht, und er wusste nicht, ob es ihm gefiel.

»Unsinn«, sagte er und wandte den Kopf ab. »Du bist die Richtige für den Job. Du wirst in Carywith sehr glücklich werden.«

»Nein, das werde ich nicht.« Julia erhob sich von ihrem Stuhl und ging zum Fenster. Sie verschränkte die Arme vor der Brust und wandte ihm den Rücken zu, deshalb konnte er ihr Gesicht nicht sehen.

»Julia?« Er wäre am liebsten zu ihr gegangen, aber sein Kopf brummte viel zu stark, und er war nicht sicher, wie gut er sich auf den Beinen hätte halten können.

»Man hat mir meine alte Stelle in London wieder angeboten«, sagte sie, ohne sich zu ihm umzuwenden. Ihre Stimme klang ausdruckslos. »Die Sache mit Dominion hat sich aufgeklärt, es war nicht mein Fehler. Deshalb will die Klinik mich zurück.«

Henry brauchte einen Moment, um diese Information zu verarbeiten.

»Was soll das heißen?«, fragte er.

Julia drehte sich zu ihm um. »Es heißt, dass ich jetzt doch in mein altes Leben zurückkann. Ich stehe dir nicht mehr im Weg. Du hast den Arzt gehört – mit dir ist wieder alles in Ordnung. Also kannst du die Praxis übernehmen, so wie du es wolltest.«

Völlig perplex starrte Henry sie an und merkte, wie das Glücksgefühl verflog, das ihn seit der Nachricht von seiner erfolgreichen Operation erfüllt hatte. Ja, es stimmte, er konnte wieder Pläne machen. Er war frei und musste entscheiden, wie es für ihn weiterging. Aber alles, woran er tatsächlich denken konnte, war der traurige Ausdruck in Julias Augen, den er kaum ertrug.

»Nein, du musst nicht gehen«, erklärte er, selbst erstaunt über die Klarheit, mit der er seinen Weg plötzlich vor sich sah. »Ich komme nicht zurück nach Carywith. Sobald ich hier raus bin, suche ich mir eine neue Stelle. Ich hatte ein Angebot, nach Argentinien zu gehen, bevor die Sache mit meinem Kopf so schlimm wurde. Ich werde mich mal erkundigen, ob die Stelle inzwischen besetzt ist. Vielleicht habe ich ja Glück.«

»Argentinien?« Julia wurde noch ein bisschen blasser, als sie ohnehin schon war. »Und Isobell? Sie wird sehr enttäuscht sein, wenn du wieder ins Ausland gehst.«

»Sie hat doch dich«, erwiderte Henry. »Geh zurück nach Carywith, Julia. Da gehörst du hin. Du liebst das Cottage, und …«

»Du liebst das Cottage auch«, unterbrach sie ihn. »Das hast du zumindest behauptet.«

Henry schwieg einen Moment und sah den Garten vor sich, das Haus, das Meer in der Ferne. Cove Cottage war der schönste Platz auf der ganzen Welt, von der er schon einiges gesehen hatte – da war er immer noch sicher. Dennoch schüttelte er den Kopf.

»Es war ein Traum, dem ich nachgehangen habe. Aber jetzt bin ich endgültig aufgewacht«, sagte er und kam sich dumm vor, dass er so lange gebraucht hatte, um zu dieser Erkenntnis zu kommen. »Ich tauge nicht als Landtierarzt. Ich bin ein Vagabund, ich muss weiter. Ich würde es gar nicht aushalten, so lange an einem Ort zu sein. Aber du schon, Julia.« Er lächelte. »Du hast gesagt, dass du dir wünschst, endlich irgendwo anzukommen. Carywith ist ideal für dich. Die Leute brauchen eine gute Tierärztin, und die bist du. Du bist sogar sehr gut.«

Julia schüttelte den Kopf. »Ich war nur mit dir zusammen gut, Henry«, widersprach sie. »Ich weiß nicht, ob ich das ohne dich kann. Oder …« Sie zögerte kurz. »Oder möchte.«

Einen langen Moment schwiegen sie, und Henry hatte das Gefühl, hineinzufallen in die bernsteinfarbene Tiefe ihrer Augen. Er sah die gleiche Sehnsucht darin, die er auch empfand, obwohl er das kaum fassen konnte. Unsicher räusperte er sich.

»Du hast gesagt, dass da nichts ist zwischen uns«, erinnerte er sie. »Du hast gesagt, wir sollen das vergessen.«

»Das war ein Missverständnis«, sagte sie. »Ich dachte, du bist mit Aisling zusammen. Aber das bist du nicht. Und du hast mich geküsst, bevor du gefahren bist. Also kann ich dir nicht egal sein. Und deshalb …« Sie zuckte mit den Schultern. »Deshalb könnten wir es doch versuchen. Als Partner. Es ließe sich bestimmt alles genau regeln, und dann könnten wir beide in Carywith bleiben. Was meinst du?«

Henrys Mund war mit einem Mal ganz trocken, und sein Herz hämmerte gegen seine Rippen.

»Du meinst, dann wären wir Geschäftspartner?«, fragte er.

Sie nickte. »Und vielleicht auch richtige Partner?«

Henry las in ihren Augen, dass sie ihn tatsächlich fragte, ob er mit ihr zusammen sein wollte.

»Oh Gott, Julia, ich …« Er fuhr sich mit der Hand durchs Haar, überrascht darüber, wie gerne er zugestimmt hätte. Aber er konnte nicht. »Das würde nicht gut gehen«, sagte er. »Ich bin kein Teamspieler. Am Ende würde ich dich enttäuschen.«

Er wusste nicht mehr, wie oft er diese Sätze schon zu den Frauen in seinem Leben gesagt hatte. Sie waren seine Standardantwort, wenn es gefühlsmäßig eng für ihn wurde. Aber es war ihm noch nie so schwergefallen, sie auszusprechen. Und es hatte auch noch nie so wehgetan.

»Okay.« Julia nickte und wich seinem Blick aus. »Dann … gehe ich jetzt wohl besser«, murmelte sie, stand auf und ging an seinem Bett vorbei zur Tür.

»Julia, warte!«, rief er.

Sie war schon an der Tür, blieb dort noch einmal stehen und sah ihn an.

»Es tut mir leid. Du verdienst jemand Besseren als mich«, sagte er und war sich in seinem ganzen Leben noch nie so mies vorgekommen.

Julia spürte, wie ihr ein Schluchzen die Kehle hochstieg.

»Leb wohl, Henry«, brachte sie noch hervor, bevor sie sich abwenden musste. Tränenblind lief sie durch den Flur.

Seine Zurückweisung tat so schrecklich weh, dass sie kaum noch Luft bekam, und sie bereute, dass sie ihn überhaupt gefragt hatte. Es war einfach über sie gekommen, als sie in seine Augen geblickt hatte, weil die Vorstellung, mit Henry in Cove Cottage zu leben und zu arbeiten, so überwältigend schön war. Der Gedanke war ihr nach ihrer Liebesnacht schon einmal gekommen und hatte sich gestern, als sie an seinem Bett gesessen hatte, in ihrem Kopf festgesetzt. In den schillerndsten Farben hatte sie sich ausgemalt, dass es weiterging mit ihr und Henry in Carywith, während sie seine Hand gehalten und seinen Schlaf bewacht hatte.

Aber es würde ein Traum bleiben, das wusste sie jetzt. Henry hatte keinen Platz für sie, weder in seinem Leben noch in seinem Herzen. Stattdessen wollte er weiterziehen, sobald er ganz gesund war und dem nichts mehr im Wege stand. Er würde sie vergessen und sein Vagabundenleben genau da wieder aufnehmen, wo er aufgehört hatte, als er nach Cornwall gekommen war. Damit würde sie leben müssen, auch wenn sie noch nicht wusste, wie.

Julia erreichte den Ausgang und blieb stehen. Wie sie den Weg zurückgefunden hatte, war ihr ein Rätsel, sie hatte überhaupt nicht auf ihre Umgebung geachtet. Ihre Augen brannten, und sie atmete ein paarmal tief durch, um sich wieder zu beruhigen. Und dann würde sie sich ein Taxi rufen, und …

»Julia?« Eine Frau mit einem Kinderwagen kam auf sie zu, und sie erkannte, dass es Aisling war. Sie bemerkte offenbar Julias aufgelösten Zustand, denn sie sog erschrocken die Luft ein. »Oh nein, ist etwas mit Henry? Geht es ihm nicht gut? Ich dachte, er hätte die Operation gut überstanden.«

»Das hat er auch«, versicherte Julia ihr. »Es ist alles in Ordnung. Aber das kann er Ihnen selbst erzählen. Ich … muss jetzt weiter.« Sie versuchte ein Lächeln, das ihr ganz sicher kläglich misslang. Dann wandte sie sich hastig ab und lief auf den Taxistand zu, der sich in der Nähe des Eingangs befand.

»Zum Flughafen«, sagte sie zu dem Fahrer und blickte nicht zurück, als der Wagen sich in den Verkehr einfädelte.

Henry starrte an die Decke und fragte sich, wann das Druckgefühl nachlassen würde, das ihm auf der Brust lag. Er wurde einfach das Bild nicht los, wie Julia ihn angesehen hatte, bevor sie gegangen war. Wie ein verwundetes Tier. Er hasste es, dass er ihr wehgetan hatte. Aber was hätte er sagen sollen? Er machte keine Versprechungen, die er nicht halten konnte …

Es klopfte an der Tür, und in der Sekunde, die verging, bevor sie sich öffnete, hoffte Henry gegen jede Vernunft, dass es Julia sein würde, die hereinkam. Stattdessen schob Aisling den Kinderwagen ins Zimmer.

»Ach, du bist es«, sagte er und hörte selbst, wie enttäuscht er klang.

»Falls du Julia Shaw erwartet hast, die ist vor fünf Minuten in ein Taxi gestiegen«, erklärte Aisling. »Und sie sah verdammt unglücklich aus.« Sie musterte ihn vorwurfsvoll. »Habt ihr euch gestritten?«

Henry schüttelte den Kopf. »Wir haben über die Praxis gesprochen«, erklärte er. »Der Professor sagt, ich komme wieder ganz in Ordnung, und Julia meinte, dass sie die Praxis nicht übernehmen will. Ich könnte sie haben, aber ich will nicht. Sobald ich entlassen werde, trete ich die Stelle in Argentinien an, die ich ausgeschlagen habe, als das mit den Symptomen losging. Oder ich suche mir etwas anderes in Südamerika. Da findet sich schon was.«

Aisling holte den kleinen Rory aus dem Kinderwagen, der angefangen hatte zu weinen, und setzte ihn sich auf die Hüfte. »Das war alles?«, hakte sie nach und musterte ihn mit gerunzelter Stirn. »So wie du aussiehst, muss doch noch mehr passiert sein.«

Henry wusste, dass es keinen Sinn hatte, Aisling etwas vorzumachen. Sie würde nachbohren, bis er ihr die Wahrheit gestand. Und er wollte es ihr sogar erzählen, wie er überrascht feststellte.

»Julia hat vorgeschlagen, dass wir die Praxis gemeinsam übernehmen. Sie möchte, dass …« Er zuckte mit den Schultern, weil er es immer noch nicht ganz glauben konnte. »Sie möchte, dass wir zusammen sind.«

Aisling, die sich in den Kinderwagen gebeugt hatte, um Rorys Schnuller herauszuholen, hielt in der Bewegung inne.

»Und das hast du abgelehnt?« Sie steckte Rory den Schnuller in den Mund, und der kleine Junge beruhigte sich sofort. »Spinnst du?«, fuhr sie Henry an.

»Was hätte ich ihr denn sagen sollen?«, fragte er, überrascht über ihre heftige Reaktion. »Du kennst mich. Ich bin nicht der Typ für feste Beziehungen.«

»*Bis jetzt* warst du nicht der Typ dafür!«, erwiderte Aisling. »Aber du kannst mir doch nicht erzählen, dass es mit dieser Julia nicht anders ist. Mein Gott, Henry, du hast pausenlos von ihr erzählt, als du aus Cornwall gekommen bist. Julia hier, Julia da, so ging es die ganze Zeit. So habe ich dich noch nie erlebt.« Sie schob Rory auf ihre andere Hüfte. »Und Julia kommt extra her, um auf gut Glück nach dir zu suchen. In einer Großstadt wie Edinburgh. So etwas tut man nur, wenn einem jemand sehr wichtig ist.«

Henry wich Aislings Blick aus. »Ich kann ihr aber nichts versprechen«, murmelte er.

»Denkst du, so etwas erwartet sie?«, schimpfte Aisling. »Herrgott, Henry, es gibt keine Garantien in der Liebe, wann begreifst du das endlich? Steven und ich haben uns versprochen, dass wir zusammenbleiben, ›bis dass der Tod uns scheidet‹, aber ich habe keine Ahnung, ob wir so lange durchhalten. Trotzdem ist er der Mann, mit dem ich es versuchen will.«

Sie schwieg, bis er sie wieder ansah. »Henry, ich sehe dir jetzt schon dein halbes Leben lang dabei zu, wie du jedes Mal wegläufst, wenn dir irgendjemand emotional zu nahekommt. Offenbar glaubst du, dass du damit verhinderst, dass du noch mal jemanden verlierst. Aber gerade hast du Julia Shaw verloren, und wenn mich nicht alles täuscht, dann wirst du das noch bereuen.«

»Du täuschst dich tatsächlich«, gab er zurück und legte eine Hand an seine Stirn, weil der Schmerz dahinter jetzt fast unerträglich klopfte. »Ich bin glücklich, wenn ich ungebunden bin. So bin ich einfach.«

Aisling ließ sich auf den Stuhl neben Henrys Bett sinken. Ihr Gesichtsausdruck war jetzt besorgt.

»Tut mir leid, ich hatte ganz vergessen, dass du noch Schmerzen haben musst.« Sie streckte ihren freien Arm aus und strich ihm über die Hand. »Möchtest du etwas haben? Soll ich dir einen Tee holen oder einen Kaffee?«

Henry nickte, nicht weil er wirklich etwas wollte, sondern weil er froh war, dass Aisling ihn einen Moment allein ließ. Er schätzte sie als Freundin gerade wegen ihrer Ehrlichkeit, aber ihre Worte hatten ihn getroffen.

Wieder sah er Julias Gesicht vor sich, den traurigen Ausdruck in ihren Augen. Ob sie wirklich nach London zurückging? Er hatte sie sich während der vergangenen Tage so oft im Cottage vorgestellt, dass er das Bild nur schwer loslassen konnte. Die Vorstellung, dass er sie dort finden würde, falls er sie sehen musste, hatte ihn zumindest ein bisschen beruhigt. Nun würde er nicht erfahren, wohin sie ging und was sie machte. Er würde in Argentinien sein, weit weg von Cornwall, und würde mit anderen Menschen zusammenarbeiten. Er würde sie vergessen müssen.

Henry drehte sich auf die Seite und sah aus dem Fenster. Es ist besser so, dachte er und versuchte, den Druck in seiner Brust zu ignorieren, der ihm inzwischen fast den Atem nahm.

26

»Wenn Sie wollen, dann können Sie gerne schon unterschreiben«, erklärte Collin Browning und lächelte Julia über den Konferenztisch hinweg an. »Oder haben Sie noch Fragen?«

Julia blickte auf den Arbeitsvertrag, der vor ihr auf dem Tisch lag. »Nein, aber …« Sie schluckte. »Ich denke, ich brauche noch ein bisschen Bedenkzeit.«

Collin, ein Mann um die fünfzig mit schütterem braunem Haar, ließ sich in seinen Stuhl zurücksinken, und das Lächeln, das eben noch auf seinem Gesicht gelegen hatte, wirkte plötzlich ein bisschen gequält.

»Seien Sie mir nicht böse, Julia, aber wir brauchen langsam eine Entscheidung von Ihnen. Wir müssen die Stelle besetzen, und wenn Sie doch kein Interesse haben, dann …«

»Doch, natürlich. Ich muss nur noch etwas klären, bevor ich zusagen kann«, log Julia, peinlich berührt. Sie musste nichts mehr klären. Und sie wusste, dass ihr ehemaliger Chef schon mehr als geduldig mit ihr gewesen war. Während der vergangenen zwei Wochen hatte sie ihn immer wieder vertröstet, bis er sie schließlich heute zu einem Gespräch in die Klinik gebeten hatte, um den Vertrag noch einmal im Detail mit ihr durchzugehen und ihr persönlich zu versichern, wie gerne man sie wieder im Team der St. George's Vet Clinic begrüßen würde.

Julia hatte diese Einladung in der Hoffnung angenommen,

dass es ihr leichter fallen würde, eine Entscheidung zu treffen, wenn sie die Klinik wiedersah.

Doch bisher hatte es nichts geändert. Innerlich fühlte sie sich immer noch wie erstarrt, aber das wollte sie Collin gegenüber nicht zugeben, deshalb erhob sie sich hastig, bevor er nachhaken konnte.

»Sie hören von mir. Bald«, versprach sie ihm und verabschiedete sich.

Der Weg durch die Flure, vorbei an den modernen Untersuchungsräumen und dem großen OP-Bereich zurück zum Haupteingang, war ihr noch sehr vertraut, immerhin hatte sie zwei Jahre lang fast jeden Tag hier verbracht. Und sie wusste natürlich auch, welche beruflichen Möglichkeiten die Klinik ihr bot, die als eine der besten in ganz England galt. Es war kein Zufall, dass die Besitzer von Sportpferden ihre Tiere besonders häufig gerade hier vorstellten. Deshalb hätte Julia vor ein paar Wochen noch viel darum gegeben, von der Geschäftsleitung derart hofiert zu werden. Ihre neue Stelle war besser dotiert, und sie hatte Aufstiegschancen, die wirklich verlockend klangen. Dennoch konnte sie sich immer noch nicht zu einer Zusage durchringen. Dafür war sie viel zu sehr mit Cove Cottage beschäftigt.

Sie dachte daran, wie schwer es ihr gefallen war, nach ihrer Rückkehr aus Edinburgh mit Isobell zu sprechen. Die alte Dame war natürlich sehr enttäuscht gewesen, als Julia ihr von dem neuen Angebot der Klinik erzählt hatte und davon, dass sie es vielleicht annehmen wollte. Von ihrem Gespräch mit Henry hatte Julia ihr dagegen nichts berichtet, und Isobell hatte zum Glück auch nicht nachgehakt, sondern Verständnis gezeigt, als Julia sie um Bedenkzeit gebeten hatte. Julia war daraufhin in ihre Londoner Wohnung zurückgekehrt, wo sie seitdem versuchte, zu einem Entschluss zu kommen. Aber die Tage vergingen, während sie grübelte und grübelte.

Julia lief am Empfang vorbei aus dem Gebäude und blickte noch einmal zurück. Die Klinik war ein Neubau, sehr modern und ein bisschen futuristisch, und stand für sie in einem krassen Gegensatz zu dem ländlich-idyllischen Charme von Cove Cottage. Wenn es danach gegangen wäre, welchen Ort sie schöner fand, dann hätte sie tatsächlich nicht überlegen müssen, dann wäre es definitiv Cornwall gewesen …

Abrupt wandte Julia sich wieder um und lief zum klinikeigenen Parkplatz an der Seite des Hauses, um ihren Mini zu holen. Die Klinik im Stadtteil Lewisham lag direkt an der South Circular, einer Hauptverkehrsstraße, die durch den kompletten Londoner Süden führte. Um die Mittagszeit war die Straße zum Glück vergleichsweise leer, deshalb würde Julia es recht schnell zurück zu ihrem Apartment in Fulham schaffen, in das sie nach der Trennung von Rob gezogen war.

Sie setzte sich hinter das Steuer, startete den Motor und verließ den Parkplatz, fädelte sich in den Verkehr ein. Kaum war sie ein paar Minuten gefahren, klingelte ihr Handy. Über die Freisprechanlage nahm sie den Anruf entgegen und hörte Lucys Stimme.

»Hey, wie geht es dir?«, fragte ihre Freundin und schob in einem leicht gehetzten Tonfall hinterher: »Hast du dich schon entschieden?«

»Ich dachte, wir hätten vereinbart, dass wir das Thema ruhen lassen«, erwiderte Julia. Sie hatten seit ihrer Rückkehr nach London oft telefoniert, und ihre Gespräche waren jedes Mal eine Herausforderung für Julia gewesen, weil sie wusste, wie sehr Lucy darauf hoffte, dass sie nach Carywith zurückkehrte. Deshalb hatte sie beim letzten Mal erklärt, dass sie über diesen Punkt erst wieder reden wollte, wenn sie ihre Entscheidung getroffen hatte. »Du hast versprochen, das nicht mehr anzusprechen.«

»Und daran hätte ich mich auch gehalten. Aber es gibt da etwas, das du unbedingt wissen solltest«, erwiderte Lucy.

Sofort schlug Julias Herz ein bisschen schneller. »Ist Henry wieder da?«

»Nein, das nicht«, sagte Lucy, und Julia versuchte, nicht enttäuscht zu sein. Natürlich war er nicht zurückgekommen, er saß vermutlich längst in einem Flieger nach Argentinien. Sie wusste selbst nicht, wieso sie immer noch hoffte, dass er es sich anders überlegte.

Lucy sprach schon weiter. »Isobell sagt, dass sie nicht mehr warten kann«, berichtete sie. »Ich war gestern mit Byron bei ihr in der Praxis, und sie meinte, dass sie noch mal ein neues Inserat aufgeben will, nur für den Fall, dass du ihr absagst.«

Die Nachricht schockierte Julia für einen Moment. Doch dann erinnerte sie sich daran, dass Isobell jedes Recht dazu hatte, so zu handeln. Sie musste jemanden für die Praxis finden, und es war nett genug von ihr gewesen, dass sie Julia überhaupt so lange Zeit gelassen hatte. Dennoch war die Vorstellung schrecklich, dass demnächst eine fremde Person das Cottage bewohnen und in der Praxis arbeiten würde.

»Julia? Hast du mir zugehört?«, erkundigte sich Lucy. »Du solltest dich bald entscheiden. Sonst ist es vielleicht zu … Oh!« Vogelgezwitscher erklang am anderen Ende der Leitung, und Julia erkannte, dass es sich um die Türglocke von Lucys Laden handelte. »Ich muss Schluss machen, ich hab Kundschaft«, sagte Lucy, ein bisschen leiser als zuvor. »Ich melde mich nachher noch mal, ja?«

Sie beendete das Gespräch, und in der Stille, die danach

im Auto herrschte, hörte Julia plötzlich die sonore Stimme ihres Vaters in ihrem Kopf. *Wenn du keine Entscheidung triffst, dann tun es andere für dich.* Gideon Shaw benutzte diese Weisheit oft im Zusammenhang mit schwierigen Geschäftsabschlüssen – oder wenn Julia für irgendetwas zu lange brauchte. Und im Hinblick auf die Praxis würde es wohl genau so kommen. Wenn sie nicht bald zusagte, würde Isobell aktiv werden und sich jemand anderen suchen. Und das war vielleicht sogar gut so, überlegte Julia. Schließlich musste sie sich dann nicht weiter mit der Frage quälen, was sie tun sollte. Dann lag es nicht mehr in ihrer Hand …

Sie erreichte Fulham und die Straße, in der ihre Wohnung lag. Normalerweise war es gar nicht so leicht, einen Parkplatz zu finden, doch sie hatte Glück und bekam einen ganz in der Nähe ihres Apartmenthauses.

Sie hatte die Wohnung nach ihrer Trennung von Rob sehr überstürzt gemietet und hätte es sicher schlechter treffen können. Das Gebäude war erst kürzlich kernsaniert worden, die Gegend stimmte, die Miete war bezahlbar und der Zustand der Zimmer tadellos. Dennoch stellte sich bei Julia kein Gefühl des Nachhausekommens ein, als sie die Tür aufschloss und durch den winzigen Flur in den großen Wohnraum trat, den sie möbliert übernommen hatte.

Die Einrichtung war durchaus geschmackvoll und bot alles, was Julia brauchte: eine kleine moderne Küchenzeile, einen Esstisch mit vier Stühlen, den sie auch als Schreibtisch nutzte, eine Sitzecke mit Sofa vor der großen Fensterfront, einen Kleiderschrank und ein hinter einem Paravent versteckten Bett. Die Möbel passten zueinander, die Wandfarbe, die Vorhänge und die Sofakissen waren farblich aufeinander abgestimmt, und es gab sogar einen künstlichen Kamin an der Wand, in dem man ein Gasfeuer mit dekorativ flackernden Flammen entzünden konnte.

Julia war jedoch nie dazu gekommen, sich hier wirklich einzurichten. Ihre persönlichen Sachen wie gerahmte Bilder und Erinnerungsstücke, die die kahlen Wände und leeren Regale belebt hätten, lagerten noch in zwei großen Kartons oben auf dem Kleiderschrank. Und auch sonst zeugte eigentlich nur Bungees Käfig, der neben dem Sofa auf dem Boden stand, davon, dass dies ihr Zuhause war.

Sie legte ihre Tasche und den Arbeitsvertrag auf den Tisch und trat an das große Fenster. Von dort hatte man einen schönen Blick auf die Rückfront des Nachbarhauses und den gepflasterten Innenhof. Es gab mehrere Blumenkübel, die mit blühenden Stauden bepflanzt waren, aber es war trotzdem kein Vergleich zu den liebevoll angelegten Beeten im Garten von Cove Cottage. Nichts konnte wirklich mithalten mit dem hübschen Haus am Meer, gestand Julia sich ein. So einen Ort würde sie vermutlich ihr ganzes Leben lang nicht mehr finden …

Der helle Gong der Wohnungsklingel riss sie aus ihren Gedanken. Sie runzelte die Stirn, weil sie niemanden erwartete. Wusste überhaupt jemand, dass sie wieder in London war? Für einen Moment überlegte sie, das Klingeln einfach zu ignorieren, doch der Gong ertönte erneut, zweimal sogar. Offenbar wollte sie jemand dringend sprechen, deshalb ging sie zur Haustür und betätigte die Gegensprechanlage.

»Ja?«, fragte sie. »Wer ist denn da?«

»Ich bin's. Darf ich raufkommen?«, fragte eine vertraute Männerstimme, und Julia war so überrascht, sie zu hören, dass sie fast automatisch den Türöffner drückte.

27

»Rob?« Sie hatte so wenig mit dem Anblick ihres Exfreundes gerechnet, der mit einem riesigen Blumenstrauß in der Hand die Treppe heraufkam, dass sie für einen Moment glaubte zu halluzinieren. »Was willst du hier?«

»Die sind für dich«, meinte Rob und reichte ihr mit einem für seine Verhältnisse beinahe zaghaften Lächeln die Blumen. Julia nahm sie, immer noch völlig perplex.

»Darf ich kurz reinkommen?«, bat er. »Ich würde gerne mit dir sprechen.«

Julia zögerte. »Woher wusstest du, dass ich hier bin?«

»Das hat mir die Tierärztin verraten, bei der du in Cornwall gearbeitet hast«, erklärte er.

»Isobell?« Julia schüttelte den Kopf. »Du hast bei Isobell angerufen?«

Er nickte. »Aber sie meinte, du wärst wieder hier, also dachte ich, dass ich es einfach mal auf gut Glück versuche.« Er zuckte mit den Schultern. »Also? Darf ich reinkommen?«

Julia trat ein Stück zur Seite und ließ Rob in die Wohnung. Er ging durch den Flur in den Wohnraum und blickte sich um.

»Nett hast du es hier«, meinte er, und plötzlich spürte Julia Wut in sich aufsteigen. Machte er ihr gerade wirklich ein Kompliment für die Wohnung, die sie hatte mieten müssen, weil er sie aus seiner rausgeworfen hatte?

Sie besaß keine Vase, die groß genug gewesen wäre für den Strauß. Deshalb behalf sie sich damit, Wasser in die kleine Spüle einzulassen, und stellte die Blumen dort hinein.

»Was willst du, Rob?«, fragte sie erneut und drehte sich zu ihm um. Er stand noch mitten im Zimmer, und wieder fiel ihr auf, dass er nicht so selbstbewusst wirkte wie sonst.

Eigentlich konnte Robert Ferris nichts aus der Ruhe bringen. Er arbeitete in einer Marketingagentur und hatte es mit seinen fünfunddreißig Jahren schon zum stellvertretenden Geschäftsführer gebracht, was ganz sicher auch mit seiner gewinnenden Art und seinem Charme zu tun hatte, dem Julia damals ebenfalls nicht hatte widerstehen können. Als er sich jetzt auf das Sofa setzte, blieb er jedoch sehr ernst.

»Ich habe mich von Stella getrennt«, erklärte er nach kurzem Schweigen.

»Aha.« Julia horchte in sich hinein, ob diese Information irgendetwas für sie änderte, aber sie fühlte weder Genugtuung noch Erleichterung. »Warum?«, wollte sie wissen.

»Weil mir klar geworden ist, dass ich sie nicht liebe«, sagte er, und als er zu ihr aufblickte, entdeckte Julia eine Hoffnung in seinem Blick, die sie irritierte. »Ich liebe immer noch dich.«

Sie schwieg, für einen Moment sprachlos, und Rob schien das als Ermunterung zu verstehen, sich weiter zu erklären. Er sprang auf und begann, im Zimmer auf und ab zu gehen.

»Weißt du, als ich dich in Cornwall mit diesem Tierarzt gesehen habe, da ist mir klar geworden, was für einen Fehler ich begangen habe. Du sahst so unglaublich toll aus, und plötzlich musste ich daran denken, wie gut wir es miteinander hatten. Du hattest immer Verständnis für mich, und mit dir musste ich auch nie auf diese sterbenslangweiligen Scilly Islands fahren.«

»Dann war euer Urlaub nicht so, wie du ihn dir vorgestellt hast?«, erkundigte sich Julia, nicht sicher, ob sie die Details überhaupt wissen wollte.

»Nein!« Rob verzog angewidert das Gesicht. »Stella hat behauptet, das Wetter wäre dort gut, aber es hat eine Woche lang fast nur geregnet. Außerdem gab es keinen vernünftigen Strand, jedenfalls nicht so einen wie am Mittelmeer.« Er klang entrüstet. »Ich habe ihr gesagt, dass es auf den Balearen schöner ist, aber sie hat darauf bestanden, dass es Cornwall sein muss.«

»Cornwall ist ja auch wunderschön«, erwiderte Julia und betrachtete ihn mit einer Mischung aus Irritation und Verwunderung.

Warum hatte sie nicht früher erkannt, was für ein unglaublicher Egoist er war? Sie hatte geglaubt, dass er mit Stella auf die Scilly Islands gefahren war, weil sie ihm wichtiger war als Julia. Dabei hatte Stella nur nicht so schnell nachgegeben, sondern darauf bestanden, das Urlaubsziel zu bestimmen – ein Stresstest, an dem die ach so große Liebe offenbar schon gescheitert war.

Es lag gar nicht an mir, dachte Julia, plötzlich wütend auf sich selbst. So viele Monate hatte sie sich gegrämt und geglaubt, sie sei nicht schön und begehrenswert genug für Rob. Dabei war es nie um ihre Person gegangen, sondern nur darum, wer Robs Ego gerade besser streichelte. Für eine Weile war Stella offenbar spannender gewesen, doch dann musste ihm aufgegangen sein, dass er es mit Julia einfacher gehabt hatte. Sie war zu ihm gezogen, weil er seine Wohnung nicht hatte aufgeben wollen, sie war mit ihm nach Mallorca und nach Saint Tropez geflogen, weil es ihm dort am besten gefallen hatte, und sie hatte auch meist zurückgesteckt, wenn es darum ging, wie sie ihren Alltag gestalteten. Warum sie sich so hatte gängeln lassen, wusste sie selbst nicht. Eigentlich war sie gar nicht der Typ dafür. Hatte sie vielleicht gespürt, dass ihre Beziehung zu Rob sonst nicht funktioniert hätte?

Julia dachte an Henry. Er hatte sie ständig herausgefordert, aber er war ihr auf Augenhöhe begegnet und hatte sie als die Person wahrgenommen, die sie war. Er hatte ihr das Gefühl gegeben, etwas Besonderes zu sein – etwas, das Rob nie getan hatte.

Und ich dumme Kuh habe diesem Mistkerl nachgetrauert, dachte Julia und betrachtete ihren Ex-Freund mit einer ganz neuen Distanz. Im Grunde musste sie Stella dankbar sein, dass sie ihr die Augen darüber geöffnet hatte, was Rob tatsächlich für ein Mensch war.

»Wie geht es Stella denn mit eurer Trennung?«, fragte sie, weil sie zu ihrer eigenen Verwunderung plötzlich Mitleid mit ihrer ehemaligen Freundin hatte, der es jetzt sicher genauso schlecht ging, wie es ihr damals gegangen war.

»Sie ist zu ihren Eltern nach Lancaster gefahren«, erklärte Rob. »Wenn sie zurückkommt, will ich, dass sie auszieht.« Er legte den Kopf schief und blickte Julia prüfend an. »Ich nehme an, du bist wieder in London, weil es mit deinem Tierarzt nicht geklappt hat?«

Julia spürte, wie ihr Herz sich kurz zusammenzog, so wie immer, wenn sie daran dachte, dass Henry jetzt in Argentinien war.

»Das geht dich nichts an, Rob«, erklärte sie.

»Doch, es geht mich etwas an«, beharrte er. »Ich möchte dich nämlich zurück. Ich hätte dich von Anfang an nicht aufgeben dürfen. Das war ein Fehler, und den möchte ich gerne so schnell es geht korrigieren!«

Julia war kurz davor, in ziemlich hysterisches Gelächter auszubrechen.

»Rob, du hast mich betrogen«, erinnerte sie ihn. »Mit meiner besten Freundin! Du hast mich monatelang hintergangen und mir dann auch noch erklärt, dass du mich nicht mehr attraktiv findest.«

»Aber das habe ich nicht so gemeint«, versicherte er ihr. »Du bist wunderschön, Julia! Du hast mir immer gefallen.«

Fassungslos starrte Julia ihn an und dachte fast automatisch an Henry. Er hatte ihr damals, in ihrer Liebesnacht, auch gesagt, dass sie wunderschön war. Aber bei ihm hatte es echt geklungen. Jeder Blick, jede Berührung von ihm hatte wieder gut gemacht, was Rob in ihr zerstört hatte, und dafür würde sie ihm immer dankbar sein.

»Du gehst jetzt besser«, sagte sie zu Rob, weil sie keine Lust mehr hatte, diese Farce in die Länge zu ziehen. »Und komm bitte nie wieder. Ich bin fertig mit dir. Daran kann nichts und niemand mehr etwas ändern.«

Sie starrte ihn mit all der Verachtung an, die sie für ihn empfand, und er schien zu begreifen, dass er keine Chance mehr hatte, denn sein Lächeln schwand.

»Ich hoffe, das wird dir nicht irgendwann leidtun«, sagte er in dem gleichen herablassenden Tonfall, mit dem er ihr damals erklärt hatte, dass sie verstehen müsste, dass er sich anderweitig verliebt hatte. Dann drehte er sich auf dem Absatz um, stürmte aus dem Zimmer und knallte die Wohnungstür hinter sich zu.

Julia zuckte bei dem Geräusch zusammen, aber sie spürte nichts als Erleichterung darüber, dass er weg war.

Nein, es würde ihr nicht leidtun, dass sie ihn rausgeworfen hatte. Sie bereute ganz andere Dinge! Dass sie so viel Zeit an einen Mann verschwendet hatte, der ihre Liebe nicht wert gewesen war. Und dass sie so lange gebraucht hatte, um zu begreifen, dass sie ihre Entscheidung eigentlich längst getroffen hatte.

Natürlich würde sie nicht in London bleiben! Hier war nicht das Zuhause, das sie gesucht hatte, denn das befand sich in Cornwall. Sie hatte ihr Herz nicht nur an Henry verloren, sondern auch an Cove Cottage, und sie konnte und wollte das Haus und die Praxis nicht aufgeben, nur weil aus Henry und ihr kein Paar geworden war.

Ja, es brach ihr das Herz, dass er nicht dort sein würde, wenn sie zurückkam. Aber wenn sie schon seinetwegen litt, dann wollte sie das in Carywith tun, wo sie das Meer rauschen hören und sich an der Farbenpracht des Gartens erfreuen konnte. Henry mochte nicht in der Lage sein, die Herausforderung anzunehmen, die Isobells Nachfolge mit sich brachte, aber Julia würde es wagen, auch allein. Sie musste zurück dorthin, selbst wenn es wehtat, denn es war der Ort, an den sie gehörte, das spürte sie plötzlich ganz deutlich.

Ein Rascheln ließ sie zum Hamsterkäfig hinüberblicken. Bungee streckte sein Köpfchen aus einer seiner Röhren. Dann schob er sich ganz heraus und putzte sich das Gesicht.

»Hey, du bist ja wach.« Julia ging vor dem Käfig in die Hocke und betrachtete den kleinen Nager lächelnd. »Was meinst du, sollen wir zurückgehen nach Cornwall?«

Bungee hielt kurz inne und sah sie an, dann verschwand er wieder in seinen Röhren.

Julia schmunzelte, auch ein bisschen über sich selbst. Nein, sie brauchte niemanden mehr, der sie bestärkte. Ihr Entschluss stand endlich fest, deshalb ging sie zu ihrem Bett und holte ihren Koffer darunter hervor, um zu packen.

28

Als Julia mit dem Mini auf den Hof von Cove Cottage fuhr, sank die Sonne gerade über dem Meer und tauchte das Haus und den Garten in einen warmen Orangeton. Die Praxis lag im Dunkeln, weil sie um diese Zeit natürlich schon geschlossen war, aber die Fenster im Haus waren erleuchtet und warfen ein einladend warmes Licht in den beginnenden Abend.

Genauso schön hatte Julia diesen Anblick gefunden, als sie damals mit Henry hier angekommen war, und plötzlich sah sie sich wieder in seinem Defender sitzen, in ihrem nassen Kleid mit seiner viel zu großen Sweatjacke.

Damals hatte sie ihn einfach nur schrecklich gefunden, weil er ihr diesen wunderschönen Ort streitig machen wollte. Heute hätte sie viel darum gegeben, wenn er wieder an ihrer Seite gewesen wäre. Aber es sollte nicht sein, dachte sie, als sie ausstieg, und ignorierte den schmerzhaften Stich, den ihr die Erkenntnis versetzte. Sie würde sich daran gewöhnen müssen, dass die Erinnerungen an Henry hier überall präsent waren.

Sie atmete noch einmal durch, dann ging sie auf das Haus zu. Isobell war zum Glück da, ihr Auto stand auf dem Hof, was Julia sehr erleichterte. Nachdem sie ihre Entscheidung getroffen hatte, war sie nämlich einfach aus London losgefahren, ohne ihren Besuch anzukündigen.

Sie drückte die Türklingel und hörte den warmen Gong,

der durch das Haus hallte. Kurze Zeit später erklangen Schritte, und dann ging die Tür auf, und Isobell erschien im Türrahmen. Julia fiel auf, dass sie denselben langen grünen Cardigan trug wie bei ihrem ersten Besuch. Und genau wie damals lag ein strahlendes Lächeln auf ihrem Gesicht.

»Nein, so was!«, rief sie und umarmte Julia herzlich. »Mit Ihnen hatte ich überhaupt nicht gerechnet!«

»Tut mir leid, dass ich nicht angerufen habe«, entschuldigte sich Julia. »Aber ich dachte, ich sage Ihnen lieber persönlich, dass ich jetzt endlich eine …«

»Ach, jetzt kommen Sie doch erst mal rein«, unterbrach Isobell sie. »Ich mache Ihnen einen Tee, den können Sie nach der langen Fahrt sicher gebrauchen. Und dann reden wir in Ruhe!«

Sie wich Julias Blick aus, was Julia ein bisschen wunderte. Das bildest du dir ein, dachte sie und folgte der alten Dame durch den Flur. Dabei bemerkte sie, dass die Kartons verschwunden waren, die vorher dort gestanden hatten.

»Haben Sie schon Sachen nach Nottingham gebracht?«, erkundigte sie sich.

»Nein, ich habe nur schon einiges von den Sachen, die ich nicht mehr brauchen werde, verschenkt«, erwiderte Isobell und deutete auf einen der Sessel, als sie den Salon erreichten. »Setzen Sie sich doch. Ich hole schnell den Tee.«

Julia nahm Platz und stellte bei einem Blick durch den Raum fest, dass auch hier weniger Chaos herrschte. Die Kartons waren fast alle verschwunden, nur hinter der Tür standen noch zwei. Und eines der Regale war zu Julias Erstaunen wieder eingeräumt. Weil es Bücher zu sämtlichen Themen der Veterinärmedizin enthielt, nannte Isobell es ihre »Berufsbibliothek«. Julia hatte vor Wochen schon angemerkt, dass sie diese Bücher gerne kaufen würde, falls sie die Praxis übernahm, deshalb freute es sie, dass Isobell sie bereits für sie hingestellt hatte. Dann fiel ihr ein, dass die alte Tierärztin noch nicht wusste, wie sie sich entschieden hatte. Wieso standen die Bücher trotzdem wieder im Regal?

Bevor sie weiter darüber nachgrübeln konnte, kehrte Isobell mit einem Becher heißem Tee in der Hand zurück. Sie reichte ihn Julia und setzte sich dann mit einem Seufzen auf das Sofa.

»Ich gestehe, dass ich nicht mehr wirklich mit Ihrer Rückkehr gerechnet habe«, sagte sie.

»Ja, ich weiß, und es tut mir sehr leid, dass ich mir so viel Zeit gelassen habe«, erwiderte Julia. »Aber jetzt weiß ich, was ich will. Ich werde den Job in London ablehnen und die Praxis übernehmen, wenn Sie mich noch als Ihre Nachfolgerin wollen.«

Das Schweigen, das nach ihren Worten eintrat, dauerte viel länger, als Julia erwartet hatte. Wenn sie sich diesen Moment während der Fahrt hierher ausgemalt hatte, war Isobell jedes Mal sehr erfreut gewesen und hatte sie umarmt und ihr gratuliert zu ihrer Entscheidung. Und danach hatten sie über die Details geredet und Pläne geschmiedet, wie es jetzt weiterging.

Tatsächlich zuckte Isobell jedoch nur mit den Schultern.

»Ich würde Sie schon wollen, das wissen Sie ja«, sagte sie. »Nur leider hat sich hier inzwischen einiges geändert. Ich werde nämlich nicht nach Nottingham ziehen.«

»Nicht?« Überrascht sah Julia sie an. »Aber warum denn nicht?«

Isobell seufzte tief. »Weil meine Cousine sich neu verliebt hat. Erinnern Sie sich an den Nachbarn, der mich bei meinem

Besuch dort so genervt hat? Nun, wie sich herausgestellt hat, findet Emma ihn ganz entzückend. Die beiden haben sich ineinander verliebt, und nun wird er bei ihr einziehen. Für mich wäre zwar immer noch ein Zimmer frei, aber ich glaube nicht, dass ich dem jungen Glück im Weg stehen möchte. Der Grund für meine Umzugspläne war ja, dass Emma sich so allein gefühlt hat. Das ist jetzt anders, also kann ich hierbleiben.« Sie lächelte. »Und wenn ich ehrlich bin, dann ist mir das auch sehr recht so. Eigentlich wollte ich gar nicht weg, ich dachte nur, dass es vernünftig wäre. Aber mein Herz schlägt hier, in Carywith, das weiß ich jetzt.«

Julia sah sie verwirrt an. »Dann … verkaufen Sie das Cottage doch nicht?«

»Doch, dabei bleibt es. Aber ich werde nicht weggehen, sondern ins Gartenhaus ziehen«, erklärte Isobell. »Auf die Idee haben Sie und Henry mich gebracht. Für mich war das Häuschen immer nur eine Art ausgelagertes Gästezimmer, aber nachdem Sie beide dort so lange gewohnt haben, ist mir klar geworden, dass es auch für mich taugen würde. Ich bin schon viele meiner Sachen los, also werde ich nicht mehr so viel Platz brauchen. Und falls es mir doch zu eng wird, dann lasse ich einfach noch ein Zimmer anbauen. Dann kann ich meinen Garten weiterhin genießen und das Haus und die Praxis trotzdem abgeben.« Sie zuckte mit den Schultern. »Das ist doch eine gute Lösung, denken Sie nicht auch?«

»Ja, aber … dann hat sich doch gar nichts geändert«, sagte Julia.

»Doch, schon«, beharrte Isobell. »Jetzt bin ich Teil des Deals. Wer die Praxis übernimmt, bekommt auch mich.«

»Na, wenn's weiter nichts ist!« Julia lächelte erleichtert. »Ich würde mich sehr freuen, Sie in der Nähe zu haben! Dann kann ich Sie fragen, wenn ich mal nicht mehr weiterweiß. Das fände ich wunderbar!«

»Das freut mich. Es ist nur so …« Isobell zögerte und wich Julias Blick erneut aus. »Es hat sich auch hinsichtlich des Verkaufs etwas getan.«

Julia schluckte beklommen, weil sie plötzlich an das denken musste, was Lucy ihr erzählt hatte. »Interessiert sich noch jemand für die Praxis?«

Die alte Dame nickte. »Ja, tut mir leid, das sagen zu müssen. Es kam auch für mich sehr überraschend. Aber es ist jemand, den ich mir hier auch sehr gut vorstellen könnte.«

»Was? Aber das kann doch nicht sein?« Julia war wie vor den Kopf geschlagen. »Ich dachte, es wäre Ihnen wichtig, dass jemand die Praxis übernimmt, den Sie für geeignet halten. Deswegen habe ich doch so lange mit Henry im Gartenhaus gewohnt – damit Sie uns kennenlernen und sehen, wie wir arbeiten.« Sie schüttelte den Kopf, immer noch fassungslos. »Und jetzt ziehen Sie einfach einen Fremden in Erwägung, den Sie gar nicht …«

»Ich kenne den neuen Bewerber gut. Und Sie kennen ihn auch«, unterbrach Isobell sie und lächelte. »Es ist Henry, Julia. Er möchte die Praxis übernehmen.«

29

Julia spürte, wie ihr Herzschlag sich beschleunigte.

»Henry?« Ihre Stimme zitterte leicht. »Aber … er hat gesagt, dass er frei sein will«, sagte sie. »Er wollte die Praxis nicht.« *Und mich auch nicht*, fügte sie in Gedanken hinzu.

»Das hat er sich anders überlegt«, erwiderte Isobell. »Ich war auch überrascht, als er gestern wieder vor der Tür stand. Aber ich hatte den Eindruck, dass es ihm diesmal sehr ernst ist.«

Julia schluckte. »Henry ist hier?«

»Im Moment ist er unterwegs, um etwas abzuholen«, erwiderte Isobell. »Aber er kommt sicher gleich zurück.«

Julias Hände zitterten plötzlich, und sie hatte immer noch Mühe, diese neuen Informationen zu verarbeiten.

»Und was jetzt?«, fragte sie. »Wem von uns geben Sie dann die Praxis?«

»Henry hat mir dazu einen Vorschlag gemacht, der mir sehr gut gefällt«, sagte Isobell. »Aber ich denke, das erklärt er Ihnen besser selbst – ich glaube, da kommt er gerade.«

Tatsächlich hörte man das Motorengeräusch eines Autos, das auf den Hof fuhr. Julias Herz raste jetzt. Wie von selbst erhob sie sich und verließ den Salon. Sie lief durch den Gang zur Haustür und riss sie auf, weil sie immer noch nicht glauben konnte, was Isobell gesagt hatte.

Doch es war tatsächlich der Defender, der jetzt neben

ihrem Mini stand. Und dann sah sie Henry, der ausgestiegen war, die Fahrertür zuwarf und das Auto umrundete, um zur Haustür zu gehen. Als er Julia dort bemerkte, blieb er abrupt stehen. Ihre Blicke trafen sich, und Julias Knie waren auf einmal ganz weich.

»Ich …« Sie musste erneut ansetzen, weil ihre Stimme versagte. »Ich dachte, du bist in Argentinien.«

Er kam zu ihr und blieb vor ihr stehen. Da sie auf der Türschwelle stand, war sie etwas größer als sonst und konnte ihm besser in die Augen sehen.

»Dahin wollte ich, ja«, bestätigte er. »Ich saß sogar schon im Flieger. Aber ich bin wieder ausgestiegen.«

Julia kämpfte gegen das Bedürfnis, die Hand auszustrecken und an seine Brust zu legen. Sie hatte so oft von ihm geträumt, dass sie jetzt gar nicht glauben konnte, dass er leibhaftig vor ihr stand.

»Warum?«, fragte sie, ein bisschen zittrig.

»Ich konnte nicht«, erwiderte er. »Dann wäre ich Tausende Kilometer von dir getrennt gewesen. Und das hätte ich nicht ausgehalten.« Er griff nach ihr und zog sie zu sich. »Du hast es mir verdorben, Julia. Es macht mir keinen Spaß mehr, die Welt zu erkunden. Jedenfalls nicht ohne dich.«

Seine Nähe war genauso berauschend wie seine Worte, und als er sich zu ihr herunterbeugte und sie küsste, schlang Julia die Arme um seinen Hals und vergaß kurz alles um sich herum. Doch dann gewann ihr Verstand die Oberhand, und sie schob ihn atemlos ein Stück von sich weg.

»Aber du wolltest mich nicht«, erinnerte sie ihn. »Du hast gesagt, dass du kein Teamspieler bist. Und dass es nicht gut gehen würde mit uns. Du hast gesagt, dass du mich enttäuschen wirst.«

Als sie sich seine Worte in Erinnerung rief, brachte das auch den Schmerz zurück, und sie spürte, wie ihr Tränen in die Augen stiegen. Das entging Henry nicht. Zerknirscht hob er die Schultern.

»Ich dachte, dass es so ist«, sagte er. »Ich dachte, dass ich nicht geeignet bin für eine Beziehung. Und dass ich niemals einen Ort finde, an dem ich zu Hause bin. Nicht mal Cove Cottage war das bisher wirklich für mich, obwohl ich hier als Kind so glücklich war.« Er hob eine Hand und legte sie an Julias Wange. »Aber dann saß ich in diesem verdammten Flieger, und alles, woran ich denken konnte, warst du. Ich musste lange reden, bis die Stewardess bereit war, mich wieder aussteigen zu lassen. Aber selbst wenn ich gezwungen gewesen wäre zu fliegen, hätte ich mich in das nächste Flugzeug zurück nach England gesetzt. Ich kann keine halbe Welt von dir getrennt sein, das weiß ich jetzt.« Er zog sie wieder zu sich und legte seine Stirn an ihre. »Ich hab dich vermisst. Ich wusste ehrlich nicht, dass man einen anderen Menschen so sehr vermissen kann.«

Julias Herz flog ihm zu, aber ihr Verstand wehrte sich noch, blieb skeptisch.

»Und warum bist du nicht direkt zu mir nach London gekommen, um mir das zu sagen?«, wollte sie wissen. »Warum bist du zuerst hierhergefahren?«

»Weil ich dachte, dass du mir sicher nicht glaubst, dass es mir diesmal ernst ist«, gestand er. »Nicht nach dem, wie ich mich benommen und was ich alles zu dir gesagt habe. Deshalb habe ich mir etwas überlegt, aber das musste ich erst mit Isobell besprechen. Morgen spätestens wäre ich zu dir nach London gefahren, um mit dir zu reden.« Er strich ihr lächelnd eine Haarsträhne hinter das Ohr. »Ich hatte das alles perfekt geplant. Aber wann hätten Sie mir je nicht dazwischengefunkt, Doktor Shaw?«

Julia krallte die Finger in sein Hemd. »Und der Plan ist, mir die Praxis wegzunehmen?«, fragte sie.

Er schüttelte den Kopf. »Ich will sie dir nicht wegnehmen, ich will sie mit dir teilen, so wie du es vorgeschlagen hast.«

Julias Herz schlug schneller. »Wirklich?«

Er nickte. »Das war eine verdammt gute Idee von dir, und ich Idiot habe sie ausgeschlagen. Dabei geht es gar nicht anders, Julia. Ich kann mir nichts anderes mehr vorstellen, als weiter in Cove Cottage mit dir zu leben und zu arbeiten. Mein Zuhause ist jetzt hier. Bei dir. Wenn du mich noch willst?«

Julia schüttelte den Kopf, als ihr wieder einfiel, was die alte Tierärztin ihr eben im Haus erzählt hatte. Das war also der Plan, den Henry mit ihr besprechen sollte. »Isobell weiß Bescheid?«

»Ja, und sie liebt die Idee«, versicherte Henry ihr. »Ich denke, sie kann sich sehr gut vorstellen, mit uns weiterzumachen, nur diesmal andersherum – sie im Gartenhaus und wir im Cottage.« Er lächelte, und sie sah die Unsicherheit in seinem Blick. »Also, was sagst du? Werden wir Partner?«

Julia hätte ihm gerne gesagt, dass nichts auf der Welt sie glücklicher machen würde. Aber sie zögerte, als ihr wieder einfiel, wie schlecht es ihr seinetwegen in den letzten Wochen gegangen war. Er hatte ihr fast das Herz gebrochen, und wenn sie noch mehr Zeit mit ihm verbrachte, würde sie sich endgültig rettungslos in ihn verlieben. Sollte er dann beschließen, dass es ihm hier zu langweilig war und er doch lieber sein Vagabundenleben wieder aufnehmen wollte, würde sie sich davon vielleicht nicht mehr erholen. Deshalb ließ sie ihn los und ging ein Stück weg von ihm, bevor sie sich wieder zu ihm umwandte.

»Ich möchte es, Henry«, sagte sie. »Wirklich. Aus ganzem Herzen. Aber bist du dir sicher, dass es auch das ist, was du willst?« Sie verschränkte die Arme vor der Brust und sah ihn eindringlich an. »Ich kann das nur, wenn du es wirklich ernst meinst. Wenn du einen Rückzieher machst, dann …«

»Das tue ich nicht«, versprach er. »Und ich verstehe, dass du skeptisch bist. Es stimmt ja, das ist alles neu für mich. Aber ich habe noch nie etwas ernster gemeint. Ich habe sogar … warte!«

Er ging zu ihr und griff nach ihrer Hand, dann zog er sie zu seinem Auto hinüber und öffnete die Hecktüren. Julia blickte in das Innere des Wagens, nicht ganz sicher, was er mit seiner Aktion bezweckte. Dann nahm sie eine Bewegung wahr und sah, dass die Hundebox nicht mehr leer war.

»Oh, Henry!«, rief sie entzückt und öffnete die Klappe, um den Welpen besser sehen zu können, der darin auf einer Decke saß. Es war ein kleiner Border-Collie-Rüde, der geschlafen haben musste, denn er blinzelte müde und gähnte, als Julia ihn auf den Arm nahm.

»Er stammt aus dem Wurf von der Grey-Farm«, erklärte Henry. »Ich habe ihn eben abgeholt. Wenn wir jetzt Landtierärzte werden, dann brauchen wir schließlich auch einen Hund, oder nicht?«

Julia presste das Gesicht in das weiche Fell des Welpen, um ihre Rührung darüber zu verbergen, dass Henry diesen Schritt gegangen war. Damit überzeugte er sie mehr als mit seinen Worten davon, dass es ihm tatsächlich ernst war.

»Wie heißt der Kleine denn?«, wollte sie wissen.

Henry blickte auf den Welpen hinunter, über dessen

Namen er sich offenbar noch keine Gedanken gemacht hatte. »Wie wäre es mit Rover?«, schlug er vor.

Julia lachte, weil das Wort »Vagabund« bedeutete.

»Netter Versuch, Henry Campbell. Aber das kommt nicht infrage.« Sie betrachtete das kleine Hündchen. »Ich denke, wir nennen ihn Felix.«

Henry hob eine Augenbraue. »Der ›Glückliche‹?«

Sie nickte und kraulte den Welpen hinter den Ohren. »Das passt besser.«

»Und wenn ich nicht einverstanden bin?«, fragte Henry schmunzelnd.

»Dann werden wir uns darüber wohl streiten müssen«, erwiderte sie. »Darin haben wir ja schon Übung.«

Er lachte. »Ich freu mich drauf. Mit niemandem streite ich mich so gerne wie mit dir«, erklärte er und schlang die Arme um sie und den kleinen Hund. »Soll das heißen, Sie versuchen es mit mir, Doktor Shaw?«

»Ja, Doktor Campbell. Ich werde sehr gerne Ihre Partnerin«, sagte Julia und kam ihm entgegen, als er sie noch einmal küsste.

Trisha Ashley

Ein Landhaus zum Verlieben

Die ebenso lebenslustige und eigenwillige Malerin Charlotte hat sich ihr Leben recht bequem eingerichtet: Ein Wintergarten zum Malen, ein liebenswerter Ehemann, der zwar meist auf Geschäftsreise ist, aber brav die Miete zahlt … Blöd nur, wenn der Gatte urplötzlich die Scheidung einreicht und sie vor die Tür setzt! Vollkommen unerwartet findet sich Charlotte deshalb in dem idyllisch gelegenen Anwesen ihrer Familie in Yorkshire wieder. Die schrulligen Eigenarten ihrer herrlich chaotischen Schwestern und ihres Vaters, der fröhlich auf Freiersfüßen wandelt, sind jetzt genau richtig, um Charlotte ihr gebrochenes Herz vergessen zu lassen. Und dann gibt es da auch noch den neuen Nachbarn, der Charlotte mit seiner mal grummeligen, mal charmanten Art immer wieder ungewollt zum Träumen bringt – oder sollte sie besser die Finger von dem geheimnisvollen Schriftsteller Mace lassen?

»Trisha Ashleys Bücher sind voll warmherzigem Humor!«
Bestsellerautorin Sophie Kinsella

Erschienen bei dotbooks.
www.dotbooks.de